Hallo, die Geschichte die ich euch jetzt erzähle, begann vor 5 Jahre, ich war damals 20 Jahre alt und ging in New York zum College. Meine Eltern starben leider vor 6 Jahren bei einem Autounfall, so das ich recht früh alleine auf beiden Beinen stand. Die einzigen Verwandten die ich noch hatte waren die Eltern meines Vaters die in Irland lebten. Aber der Kontakt war nicht besonders gut. Ich hatte damals ein kleines Apartment mitten im Zentrum von New York. Das Geld für mein Studium verdiente ich neben bei in einem Plattenladen bei mir um die Ecke es war nicht viel Geld aber für mich reichte es um über die Runden zu kommen. OH, ich habe mich ja noch gar nichts vorgestellt. Man nennt mich Aileen, Aileen Connelly, eigentlich würde ich sagen vom Typ her durchschnittlich. Habe lange schwarze Locken und grüne Augen (die ich von meinem Vater geerbt habe)und bin 1.65 groß. Meine Mum sagte immer, dass ich so typisch Irisch wäre. Aber meine beste Freundin Lucy würde mir mal wieder widersprechen in punkto durchschnittlich. Lucy Standwood geht mit mir in eine Klasse und ist in meinem Alter sie ist etwas größer wie ich 1.72 würde ich sagen hat lange blonde Haare und blaue Augen. Ein richtiger Jungen Schwarm. So nun habe ich genug geplaudert, ich beginne jetzt mit meiner Geschichte die mein Leben veränderte........

Es begann in den Sommerferien 2005. Es war super heiß, Lucy und ich
hatten vor uns ein paar schöne Wochen am Meer zu machen so richtig
mit allen drum und dran. Wenn ihr versteht was ich meine. Es war 10
Uhr als Lucy schon wie verrückt gegen meine Tür klopfte. „Aileen? Bist
du da?" Noch halb verschlafen machte ich ihr auf. „Klar, wo soll ich
sonst sein?" Knurrte ich! „Du wirst nie erraten wer mich heute Morgen
angerufen hat!" „Lucy, komm doch erstmals rein!" Gähnt ich. „Willst
du auch ein Kaffee?" Aber ich glaube das hörte sie schon nicht mehr
sie plapperte direkt drauf los! „Brian Ross hat mich heute angerufen du
weißt doch der Kapitän der Footballmanschaft!" „Mhmh!" Machte ich
nur und reichte ihr eine Tasse Kaffee. „Er will mit mir ausgehen hat er
gesagt du ich habe ihn auch eingeladen mit zum Strand zu fahren ich
hoffe das ist ok für dich?" Er bringt auch seinen besten Freund Ethan
Baker mit!" „Klar ist das ok!" Log ich. Das hatte mir gerade noch
gefehlt. Ok, Brian sieht gut aus aber ein bisschen zu eingebildet für
meinen Geschmack, was ich Lucy natürlich nicht sagen würde. Lucy
plapperte ohne Unterbrechung weiter ich war bereits bei meiner 3.
Tasse Kaffee angelangt als es erneut an der Tür klopfte. Ich machte die
Tür auf und vor mir stand ein Bothe. „Ein Einschreiben an Aileen
Connelly?" „Ja, das bin ich!„ Und schaute verdutzt drein. „Ok dann
bekomme ich noch eine Unterschriebt hier unten bitte!" Er hielt mir
ein Blatt Papier und einen Stift entgegen. Als er gegangen war fragte
Lucy: „Was war?" „Ein Einschreiben, aus Irland, sehr merkwürdig. Sie
schreiben mir doch sonst nie!„ Ich riss den Umschlag auf und lass
folgendes.

**Sehr geehrte Miss Connelly, hiermit möchte ich Sie bitten so schnell es geht nach
Irland zu reisen. Wie sie wissen sind sie die einzige Enkelin der Connellys und
somit allein Erbin des Conellyhaus. Ich würde mich freuen Sie so bald begrüßen zu
dürfen. Mit freundlichen grüßen D.Mac Blair......**

„Was hat das zu bedeuten?" Fragte mich Lucy. „Keine Ahnung!„ Gab
ich zur Antwort. „Da steht eine Nummer ich rufe da mal an." Ich
rannte zum Telefon. War was mit meinen Großeltern? Ich wählte hastig

die Nummer. „Mac Blair und Co Caity mein Name was kann ich für Sie tun?" „Ähhh hallo Aileen, Aileen Connelly am Apparat ist Mr. Mac Blair zu sprechen?" „Oh, aber natürlich ich verbinde sie, „ dann kam eine typische Irische Musik…. „Declan Mac Blair am Apparat?" „Hallo mein Name ist Aileen, Aileen Connelly ich habe gerade ein Einschreiben bekommen ist etwas mit meinen Großeltern?" „Oh, hallo Miss Connelly ähmm … das würde ich gerne mit ihnen persönlich besprechen, währe das möglich?" „Klar wann soll ich kommen?" „So schnell es geht!" „Ok ich werde sofort meine Sachen packen und den nächsten Flieger nehmen." „Ok Miss Connelly wenn sie gelandet sind rufen sie mich gleich an ich werde Sie vom Flughafen abholen.„ „Danke, bis später!„ Ich legte auf. „Und?„ Lucy schaute mich fragend an. „Was ist?„ „Ich muss sofort nach Irland da stimmt was nicht!„ Lucy schaute mich an als ob sie einen Geist gesehen hat „WAS? Sofort?„ Was ist mit unserem Urlaub?" „Lu, es tut mir leid wenn du willst kannst du ja mit kommen! Und wir machen in Irland Urlaub." „Ok," sagte sie, „wird bestimmt auch lustig." Sie grinste und sagte, dass sie eben schnell den Koffer packen geht. „Ok bis später dann!" „Bis später!" Antwortete ich. Und sie rauschte davon. Was ist da los? Fragte ich mich. Da ist was faul Oma hätte doch selber angerufen wenn was passiert wäre oder? Ich grübelte so lange vor mir her das ich schon Kopfschmerzen bekam. Dann endlich rief ich am Flughafen an, ich bekam einen Flug für zwei um 17 Uhr. Ok dachte ich jetzt aber schnell ich packte meine Sachen zusammen und schrieb Lucy eine Nachricht über Handy das wir uns um 16 Uhr am Flughafen treffen. Nach drei Stunden hatte ich dann endlich meinen Koffer gepackt und bestellte mir ein Taxi, vorher holte ich noch mein ganzes Geld vom Konto, man konnte ja nie wissen wie lange der Aufenthalt dort sei. Lucy stand schon am Eingang und wartete schon auf mich. „Lee ich dachte du hast keinen guten Kontakt zu deinen Großeltern!" Fragte Lucy mich. „Warum eigentlich nicht?" „Lu das ist eine lange Geschichte, die ich dir ein andermal erzähle im Moment raucht mir der Schädel." „Ok!" Sagte sie. „Hast du die Tickets schon?" „Die können wir am Schalter drei abholen." Lucy und ich liefen nun zum Schalter drei und holten die Tickets. Pünktlich um 17 Uhr ging der Flieger, ich war so müde das ich sofort einschlief.......

Nach ein paar Stunden wachte ich schließlich auf. Ich fühlte mich wie gerädert. Lucy flirtete mit einem Jungen Mann der hinter uns saß. „Oh," sagte sie auf einmal. „Na ausgeschlafen?„ „Mhmh," machte ich nur, „wie lange dauert es noch bis wir da sind?„ „Eine Stunde sagt der Kapitän, warum?" „Ich muss doch noch diesen Mac Blair anrufen das wir bald landen." „Ach so, ok mach das mal." Und schon hatte sie sich wieder umgedreht und machte dem Hintermann wieder schöne Augen. Ich stand auf um das Bordtelefon zu benutzen. Ich wählte die Nummer und schon hörte ich wieder die Stimme der Sekretärin. „Mac Blair und Co, Caity mein Name was kann ich für sie tun?" „Hallo Aileen Connelly noch mal ...." „Ja ja ich verbinde sie schon." Und dann kam wieder diese Musik. „Mac Blair am Apparat?" Hörte ich ihn sagen „Ja hallo Aileen Connelly hier, ich wollte ihnen nur sagen das wir ungefähr in einer Stunde in Kerry landen." „Gut Miss Connelly ich schicke ihnen jemanden hin der sie dann abholt, wir sehen uns dann später!" „Ok, danke bis später." Komischer Kerl dachte ich mir, irgendwas ist da im Busch ich wusste nur nicht was. Aber das werde ich noch herausfinden. Ich ging zurück zum Platz wo Lucy schon auf mich wartete. „Und? Was gibt es neues?" „Er schickt uns jemanden vorbei der uns am Flughafen abholt!" Sagte ich. „Lu irgendetwas stimmt hier nicht, wenn was mit den beiden wäre, hätten sie mir doch geschrieben!" „Lee, jetzt erzähl mal, was ist da eigentlich vorgefallen. Warum hast du keinen Kontakt mehr zu den beiden." „Ach Lu, du weißt ja das ich vor 6 Jahren meine Eltern verloren habe." Sie nickte. „Ich war 14 als die traurige Nachricht ankam. Meine Großeltern waren so fertig das sie sich nicht um mich kümmern konnten. Ich bin dann zu den O´ Touls gegangen Paul und Emma haben sich echt rührend um mich gekümmert. Weißt du Emma konnte keine Kinder bekommen sie war echt froh das ich zu ihnen gekommen bin." „Haben deine Großeltern dich nicht besucht?" „Nein die beiden brachten es nicht übers Herz mich anzuschauen, weil ich zu sehr aussah wie mein Dad!" „Oh, wie traurig!" „Naja auf jeden Fall bin ich dann vor einem Jahr da weggezogen um in New York ein neues Leben zu beginnen, was ja auch gut geklappt hat bis jetzt." „Was meinst du was sie jetzt von dir wollen Lee?" „Keine Ahnung, aber wie gesagt das werde ich noch heraus finden." Nach einer Stunde hörten wir auch schon den Kapitän sprechen. „Wir bedanken uns das sie mit Irischline geflogen sind wir landen in wenigen Minuten in Kerry wir bitten sie das Rauchen einzustellen und sich anzuschnallen. Danke!" Das Flugzeug fing langsam an zu sinken bis wir schließlich am Boden waren. Lucy und ich stiegen aus um an der Gepäckstation unsere Koffer zu holen als ich schon vom weiten jemanden rufen hörte. „Miss Connelly.... Miss Connelly bitte!" Na super, dachte ich jetzt weiß der ganze Flughafen wie ich heiße. „Ja hier drüben!" Antwortete Lucy für mich. Der Mann kam sofort in unsere Richtung. „Gott sei dank das sie hier sind Miss mein Name ist David ich werde sie zu Mr. Mac Blair bringen." „Danke David worum geht es eigentlich?" „Ich bin nicht befugt ihnen das zu sagen Miss!" „Gut, dann lassen sie uns gehen!" Antwortete ich und verdrehte die Augen. David führte uns zum Parkplatz wo ein schwarzer Mercedes stand! „Wow!" Kreischte Lucy. „Fahren wir wirklich damit?" David nickte. „Lee der Urlaub beginnt ja herrlich!" Kicherte sie. Ich grinste nur in mich hinein typisch Lucy dachte ich. David verstaute unsere Koffer im Wagen und wenige Minuten danach ging es auch schon los. Ich schaute während der Fahrt aus dem Fenster und bemerkte erst jetzt wie sehr ich Irland vermisst hatte. Lucy schaute mich an. „He Lee, nicht träumen! Du sag mal kommen hier auch mal ein paar Häuser? Ich sehe ja nur grün!" Ich verkniff mir ein lachen. „Wenn du in die Stadt fährst dann ja!" Lucy klappte der Mund auf.. „Wie jetzt, keine Einkaufsläden in der nähe deiner Großeltern?" „Was heißt in der nähe! Mit dem Fahrrad ca 30 Minuten!" „Mit dem Fahrrad?" Flüsterte Lucy und wurde ganz bleich! „Klar meine Großeltern haben kein Auto." Lucy war sprachlos! „Lee sag mal wo wohnen deine Großeltern überhaupt?" Sie wohnen in der nähe von Waterville ziemlich außerhalb, du kannst aber vom Haus aufs Meer schauen und abends hörst du es sogar." „Oh das hört sich ja sehr spannend an!" Grummelte sie. Nach einer guten Stunde waren wir auch schon da. Aber nicht bei meinen Großeltern, sondern parkte David den Wagen an einem großen Haus das ich nicht kannte. Lucy und ich stiegen aus dem Wagen und sie starte mich an! "Ist das das Haus deiner

Großeltern?" Ich schüttelte den Kopf! „Miss Connelly darf ich sie bitten mir zu folgen." Sagte David. Wir liefen hinter im her und Lucy grinste über beide Ohren. Wir kamen in einer großen Halle, der Boden war aus reinem Marmor und die Decken waren leicht gewölbt. Es sah aus wie in einem Palast. „So Miss bitte hier endlang Mr. Mac Blair erwartet sie im Salon." Wir betraten einen Saal der eigentlich sehr gemütlich wirkte wenn da nicht die grausamen Tierköpfe an der Wand wären. „Ahaa, Miss Connely ich habe sie schon erwartet!" Mr. Mac Blair stand von seinem Schreibtisch, der natürlich aus Mahagoni geschnitzt war, auf. Er war ein kleiner Mann, mit rotem Haar und einem Bart. Er wirkte auf mich eher plump. „Hallo, antwortete ich, ich hoffe es macht ihnen nichts aus das ich meine Freundin Lucy Standwood mitgebracht habe?" Lucy trat vor und reichte ihm die Hand. „Aber natürlich nicht!" Sagte Mac Blair! „So, wollen sie eine Tasse Tee?" „Ja gerne!" Antworteten Lucy und ich gleichzeitig. „David bringst du bitte 3 Tassen Tee für meine Gäste und mich!" „Jawohl Sir!" Und David stelzte davon. „So Miss Connelly und nun erzähl ich ihnen warum es so wichtig war das sie sofort her mussten!" Er räusperte sich. „Rrrhmm... wie sie wissen besitzen ihre Großeltern das Haus nahe den Klippen." Ich nickte. „Gut wir haben schon mit den beiden gesprochen sie sind beide nicht mehr ganz so fit und wollen das Haus verkaufen." Ich erschrak und riss die Augen auf! „WAS!?,, Schrie ich. „Nun ja Grace und James sind nicht mehr die jüngsten sie können das große Haus nicht mehr in Schacht halten. James hatte nur eine einzige bitte bevor der Kaufvertrag gemacht wird!" „Und die währe?" Fragte ich zornich. „Er verkauft nur wenn sie das Haus nicht haben wollen!,, Jetzt war ich platt, damit hätte ich nicht gerechnet nach der ganzen Zeit. „Wie lange habe ich Bedenkzeit?" „Miss Connelly solange sie wollen!" „Gut dann würde ich erst gerne mit meinen Großeltern sprechen!" „Gern!" Sagte Mac Blair, als David gerade mit dem Tee rein kam. „David wenn die Damen den Tee getrunken haben, bringen sie, sie rauf in ihre Zimmer und Morgen nach dem Frühstück könne die beiden gerne zum Connellyhaus fahren." „Sehr wohl Sir!" Nach 20 Minuten folgten Lucy und ich David nach oben. Wir hatten ein großes Zimmer für uns ganz alleine, aber mit einzelnen Betten. Als David raus war flüsterte Lucy. „Lee was hältst du davon?" „Lu ich bleibe dabei, hier stimmt was nicht, ich habe das Gefühl das der Typ hinter dem Haus her ist und meine Großeltern unter druck setzt, nur das sie schnell verkaufen. Die beiden können sich sicher nicht gegen ihm stellen aber das werde ich ihm schon noch zeigen!" „Lee glaubst du wirklich das da was im Busch ist?" „Ja das glaube ich!" Antwortete ich ihr. „So ich werde jetzt erst mal Duschen und dann in die Falle hüpfen, Morgen ist ein anstrengender Tag für uns." Nach ungefähr einer guten Stunde im Bad war ich auch schon im Bett, mir gingen so viele Sachen durch den Kopf, dass ich erst nicht einschlafen konnte aber nach ner Zeit wurden meine Augen so schwer das ich dann doch einschlief....

Am anderen Morgen ging es mir schon besser. Lucy war schon im Bad.
Ich stand auf und schaute aus dem Fenster und ich merkte wie sehr ich
Irland liebte. „Guten Morgen Schlafmütze!" Begrüßte mich Lucy.
„Guten Morgen, na gut geschlafen?" „Klar wie ein Baby." Sagte sie.
„So ich werde mich jetzt mal anziehen!" „Ok, ich mache mich auch
eben zurecht." Und lief schon Richtung Bad. Die Dusche tat sehr gut,
als ich mich abgetrocknet habe und meine Haare gebändigt hatte, was
natürlich unmöglich war, ging ich mit Lucy runter zum Frühstück.
David kam uns schon entgegen. „Guten Morgen die Damen!" „Morgen
David,„ komisch das mir das gestern gar nicht aufgefallen war wie
hübsch er eigentlich war. Er war sehr groß schlank, blonde kurze Haare
und himmelblaue Augen .Ok jetzt weiß ich auch warum Lucy ihn
immer so angeschmachtet hat. Ich grinste. „Lee was ist los?" „Ach Lu
du bist echt die Härte kannst du nicht mal für 5 Minuten die armen
Männer in ruhe lassen?" Sie schaute mich mit einer Unschuldsmiene an.
„Ich mach doch gar nichts!" Kicherte sie. Das Frühstück war herrlich
es gab frische Brötchen und echte Irische Butter Marmelade Kaffee
und Tee. Ich fühlte mich wie eine Königin. Nach dem Frühstück
packten wir unsere Sachen und David fuhr uns zu Connellyhaus. Als
wir ankamen merkte ich den riesigen Knoten in meiner Brust, jetzt bin
ich hier dachte ich, am Haus meiner Eltern wo ich geboren bin. Ein
komisches Gefühl dachte ich. „Du Lee ist das jetzt das richtige Haus?"
Ich schluckte. „Ja Lucy das ist es!" Es war ein schönes Haus, klein aber
fein, es hatte rote Wände und blaue Dachziegel kleine Fenster, aber
davon genug, es waren kleine Muster auf den Fensterläden. Ich liebte
es. Ich klopfte an die Tür. Niemand sagte was. Ich versuchte es noch
mal. „Grace, James seid ihr da? Ich bin es Aileen!" Keine Antwort.
Doch dann hörte ich eine Stimme. „Aileen? Aileen Connelly?" Ich
drehte mich um und mich traf der Schlag. Vor mir stand ein Mann
Ende 40 seine braunen Haare waren schon etwas grau meliert an den
Seiten das viel deswegen so auf weil er einen Hut trug. Es war Paul O´
Toul. Ich quietschte und rannte gleich auf ihn zu. Er lächelte und
drückte mich ganz fest an sich. „Aileen was für eine Überraschung, ich
freu mich so dich zu sehen .Wie hübsch du doch geworden bist!" „Oh

Paul ich freu mich auch so dich zu sehen wie geht es dir was macht Emma?" „Liebes uns geht es gut danke, Emma wird außer sich sein wenn sie dich sieht." „Paul was ist mit meinen Großeltern? Warum machen die nicht auf?" „Ach liebes, hast du meinen Brief nicht bekommen?" Ich schüttelte den Kopf. „Sie sind vor einem halben Jahr gestorben. „Mir wurde schlecht. „Was?? Paul das ist doch jetzt nicht war oder?" „Doch, so ist es. James und Grace haben in ihrem Testament geschrieben, dass du die Alleinerbin bist. Und dieser widerliche Mac Blair wollte sich schon das Haus unterm Nagel reißen er hat alles dran gesetzt dich zu finden. Aileen du musst dich in acht nehmen der Typ ist gefährlich." „Tod!" Ich weinte. Lucy kam auf mich zu und streichelte mir über das Haar. „Ach Lee es tut mir so leid!" Schlurzte sie. „Kommt!" Sagte Paul, „wir gehen erstmal einen Tee trinken. Und dann erzähl ich dir alles." Paul nahm mich bei der Hand und wir gingen ein stück, Paul und Emma wohnten nicht weit von meinen Großeltern entfernt. Als Paul die Tür aufmachte rief er sofort: „Du Emma was meinst du wenn ich getroffen habe?" Da kam auch schon die zarte Stimme aus der Küche, „wenn den Schatz?" „Ja komm mal raus dann siehst du es!" Da kam sie, Emma war ein zartes Persönchen Mitte 40 und Feuerrote Haaren, sie hatte ein paar Sommersprossen im Gesicht ihre grünen Augen leuchteten als sie mich sah. „Nein ich glaub das nicht, Aileen Schätzchen!" Sie rannte auf mich zu und drückte mich fest an ihrer Brust. Ich heulte wie ein Schlosshund so sehr freute ich mich die beiden wieder zu sehen. „Ich hab euch so vermisst schniefte ich!" „Ach Schätzchen," seufzte Emma. „Ich hole erst mal Tee für euch." Lucy stand zögernd in der Ecke! „Komm setzt dich ruhig!" Sagte Emma als sie wieder aus der Küche kam. „Ich bin Emma und das ist mein Mann Paul! Und wer bist du?" „Lucy, Lucy Standwood ich bin Aileens beste Freundin." Stammelte sie. „Schön dich kennen zu lernen Lucy. Und nun erzähl mir, was verschlägt dich wieder nach Irland?" Und so erzählte ich ihr die Geschichte mit dem Einschreiben und das treffen mit Mac Blair. Als ich geendet hatte knurrte Paul: „So ein Sau Hund!" „Na!" Schimpfte Emma. „Paul wie sind meine Großeltern gestorben?" Fragte ich nach ner Zeit. „Ach liebes, sie sind am gebrochenem Herz gestorben. Sie kamen nie drüber hinweg dass deine Eltern so früh starben. Aber sie sprachen oft von dir liebes, immer wenn deine Briefe aus Amerika kamen mit Bildern von dir wollten sie immer eins haben. Das wirst du auch sehen wenn du ins Haus gehst." „Aber Paul, wie soll ich ohne den Schlüssel dort rein kommen?" Paul grinste. „Ach ja, das habe ich vergessen dir zu sagen ich habe einen Ersatzschlüssel! Wir können gerne jetzt gehen wenn du magst!" „Gern!" Paul brachte uns zurück zum Haus und schloss auf. Er machte das Licht an und alle Erinnerungen kamen in mir hoch. „Oh, Lucy schau mal das sind meine Eltern, auf dem Bild als sie geheiratet haben. Und dort bin ich bei meiner Einschulung und Paul guck mal da hast du mir Reiten beigebracht...!" Ich hörte gar nicht mehr auf zu reden! Ich war endlich wieder Zuhause. Paul machte uns noch den Kamin an und gab mir den Schlüssel er bat mich sofort wenn was ist anzurufen. Ich drückte ihm einen Kuss auf die Wange und sagte:" Mach ich Paul versprochen!" Dann ging er wieder nach Hause. Lucy die die ganze Zeit nicht gesprochen hatte stand vor dem Kamin und beobachtete mich! „Lu alles in Ordnung mit dir?" Fragte ich nach ner Zeit. Sie schaute mich an und nickte. „Ach Lee merkst du nicht wie sehr du aufblühst!" Ich schaute sie verdattert an. „Wie meinst du das?" Fragte ich sie. „Die ganze Umgebung, soviel wie jetzt hast du in dem Jahr wie ich dich kenne nicht mehr gelacht." Irgendetwas in ihrer Stimme sagte mir dass sie sehr traurig war. „Lu es ist und bleibt nun mal mein Zuhause." „Ich weiß!" Sagte sie. „Komm ich zeig dir dein Zimmer!" Lucy lief hinter mir die Treppen rauf. Sie bekam das Zimmer meiner Eltern. Es war ein kleines Zimmer mit weißen Wänden und blauen Vorhängen. Das Bett war aus massivem Holz genau so wie der Schrank. In der Ecke stand ein kleiner Tisch wo eine Lampe drauf stand davor ein Stuhl. Mitten im Raum lag noch der alte Teppich von meiner Mum den sie so geliebt hatte, er war genau wie die Vorhänge blau aber hatte winzige kleine rote Karos drauf. Ich machte Lucy den Kamin an und zeigte ihr noch das Bad was am anderen Ende des Ganges war, dort konnte sie ihre Sachen hinlegen. Als Lucy mit auspacken beschäftigt war ging ich in mein Zimmer. Es sah noch genau so aus wie früher. Bund. Und wenn ich sage Bund dann mein ich es auch so. In der Ecke stand ein Bett was mein Dad mir rot angestrichen hat der Schrank war lila mit weißen Karos der Teppich war blau und die Wände gelb der Schaukelstuhl in der Ecke war grün und die Vorhänge waren mit orange Kreisen besetzt. Ich kicherte bei dem Anblick. Klar dachte ich für eine 14 Jährige war es damals super. Ich machte auch hier den Kamin an und machte mich ans auspacken. Als ich den Schrank aufmachte vielen mir ganz viele Bilder entgegen. Nanu dachte ich mir wo kommen die den her. Ich erschrak als ich sah was das für Bilder waren. Es waren Bilder von meinen Eltern und mir. Und auf der Rückseite stand immer das Datum und was zu sehen war drauf. Bei einem Bild musste ich lächeln. (Das ist unsere Aileen geboren am 12.07.1981.) Das nächste Bild zeigte meine Eltern und mich wo wir im Urlaub waren. (Rick Shannon und die kleine Aileen in Italien, Sommer 1985.) Und so ging das die ganze Zeit weiter. Ich legte den Stapel Bilder sorgfältig zusammen und legte sie in die unterste Schublade vom Schrank. Als es an der Tür klopfte. „Ja?" „Aileen ich wollte mich endschuldigen ich weiß das das alles sehr schwer für dich ist und es tut mir leid das ich mich so blöd angestellt habe." Sie schaute mich mit großen Augen an! „Lu, danke das du da Verständnis für hast, komm ich zeige dir die Stadt wir müssen bestimmt auch noch was einkaufen gehen." Wir liefen die Treppen wieder runter und machten einen Einkaufzettel was wir für die nächste Woche so brauchen. Wir zogen uns unsere Regenjacken an, man weiß ja nie, und holten die Räder aus dem Schuppen hinterm Haus. Dann zog ich die Tür hinter uns zu und schwang mich aufs Rad Lucy schimpfte zwar wie ein Rohrspatz hatte aber nachher auch spaß an der Sache. Und so fuhren wir den Weg Richtung Waterville City......

Als wir in Waterville City ankamen schaute mich Lucy ganz endgeistert an! „Das ist die City?" „Ja!" Sagte ich. „Großer Gott ich hoffe wir verlaufen uns nicht!" Sagte sie bitter. „Lucy was hast du erwartet! Waterville ist nun mal eine kleine Stadt die du mit New York nicht vergleichen kannst!" Lucy biss sich auf die Lippen und wir gingen in den kleinen Laden um die Ecke, wo wir Brot und alles kauften. „Aileen?" Hörte ich jemanden hinter mir rufen. Es war Jeremy wir waren früher in einer Klasse ein stämmiger Junge mit blonden Haaren er kam auf uns zu. „Jeremy das ist ja ne Überraschung!" „Hi, wie geht es dir? Lange nichts mehr von dir gehört, wie lange bleibst du mit deiner Freundin in Irland?" „Eine gute Woche warum?" „Wir haben heute Abend ne party in der Scheune wollt ihr auch kommen?" Sofort antwortete Lucy: „Klar kommen wir um wie viel Uhr?" Jeremy grinste. „So gegen 18 Uhr ist euch das recht?" Lucy und ich nickten. „Gut bis später dann!" Ich kicherte. „Lu, ich hoffe du weist worauf du dich eingelassen hast!" Sie lachte und sagte: „Endlich dann mal was los hier!" Ich verkniff mir ein Lachen, Lucy kannte unsere sogenannten Partys noch nicht, aber ich werde einen Teufel tun und es ihr verraten. Als wir alles zusammen hatten fuhren wir wieder nach Hause. Paul rief mich noch einmal an um sich zu vergewissern das alles in Ordnung bei uns ist. „Ja Paul alles ok, du ich habe Jeremy getroffen er hat uns heute eingeladen zur Party!" „Ja super, dann wünsche ich euch viel Spaß!" „Danke, bis Morgen mal und schöne Grüße an Emma!" „Mach ich tschüß" „Ja tschüß Paul!" Lucy war oben in ihrem Zimmer und suchte schon das passende Outfit für die Party. In der Zwischenzeit kochte ich schon mal was, naja eigentlich habe ich nur 2 Pizzen im Ofen geschoben. Nach einer guten Stunde kam Lucy dann runter mit hochrotem Gesicht. „Was ist los?" „Ich habe endlich das passende zum anziehen gefunden für heute Abend, oh du hast schon Essen gemacht?" „Ja die Pizza ist gleich fertig. Setz dich schon mal." Lucy setzte sich hin und löcherte mich vom neuen. „Wer ist dieser Jeremy eigentlich?" Ich grinste! „Er war meine große Jugendliebe, wir haben echt viel zusammen unternommen, sind schwimmen gegangen reiten gewesen haben lange Spaziergänge gemacht usw." Lucy starte mich an.

„Mehr nicht? Kein Kuss?" „Doch Lucy das auch, ich sag ja er war meine Jugendliebe ich war 12 oder 13 das war kurz vor dem Unfall meiner Eltern." „Mhmh,„ sagte sie. Nach dem Essen gingen wir Duschen und zogen uns an. Ich wählte eine enge Jeans, flache Schuhe und ein Shirt mit V-Ausschnitt, was lässig an mir herunter hing und nicht zu sehr auftrug. Darüber dann die passende Jeans Jacke, so fühlte ich mich am wohlsten, ein wenig Wimperntusche, Lipgloss und fertig. Ich wartete unten im Wohnzimmer auf Lucy. Als ich sie schon die Treppen runter laufen hörte. Sie blieb wie angewurzelt stehen. „Gehst du so?" Ich schaute an mir herunter! „Ähmm ja warum?" Sie kam mit ihren neuen weißen Stiefeln und dem schwarzen Rock herunter der nur bis zu den Knien ging. Darüber hatte sie eine hautenge seidene Bluse. Die Haare hatte sie kunstvoll hochgesteckt und ihr bestes Make up benutzt. „Sollen wir?" Fragte ich sie etwas genervt und weil ich keine Lust hatte mich noch mal umzuziehen. „Ok," sagte sie. „Auf in den Kampf!" Auf dem Weg zu Jeremys Haus, ging die Fragerei über Jeremy von vorne los, z.b. Lieblings Farbe, Hobbys, Sportarten usw. Ich erklärte ihr aber immer wieder dass das schon Ewigkeiten her ist. Aber davon wollte sie nichts wissen. Als wir dann endlich da waren machte ich drei Kreuzzeichen weil sie endlich mit dem löchern aufhörte.

Jeremy begrüßte uns herzlich und erklärte mir dass die anderen auch da sind. Mit den anderen meinte er Susan, Terry, Micky, John, Kelly und Sandy. Sie kamen alle auf uns zu gestürmt um uns zu begrüßen. Nur drei andere nicht die ich auch noch nie gesehen hatte. Ich drehte mich zu Jeremy um. „Du Jerry wer sind denn die drei da hinten?" „Die sind neu hier in der Gegend das sind die Callaghans. Das Mädchen heißt Chloe und die Jungs heißen Tyrone und Evan frag mich nur nicht wer von denen wer ist das kann ich dir auch nicht sagen." Ich schaute rüber aber sie standen mit dem Rücken zu mir gedreht so dass ich leider nicht viel sah. Lucy stelzte direkt zur Tanzfläche und legte los. Ich blieb lieber etwas abseits. Ich ertappte mich das ich immer zu den drei neuen schauen musste. Dann kam Micky zu mir, „hi Aileen wie geht es dir wir haben schon ewig nichts mehr von dir gehört!" „Ganz gut geht es mir und dir?" Und dann legte Micky auch schon los! Zu meinem erschrecken stellte ich fest das ich ihm gar nicht zugehörte. Nach einer weile ging auch Micky zur Tanzfläche. Da alle nun Tanzen waren nahm ich mir die Zeit und ging etwas spazieren. Ich stand nun am Rand der Klippe und beobachtete den Sonnenuntergang. Ich Träumte so vor mich hin als ich plötzlich eine Stimme hörte. „Wunderschön nicht war?" Ich schreckte zusammen und drehte mich um! „Es ist immer sehr faszinierend wenn sie untergeht!" Jetzt stand er neben mir. Wie schön er war. Und diese Stimme so weich, er hatte Pech schwarze Haare die ihm etwas über die Ohren fielen ein markantes Gesicht und diese Augen. Ich habe noch nie solche Augen gesehen. Wie Caramel Sirup ich merkte richtig wie mein Herz aussetzte. Was war los mit mir. „Ja, sehr schön!" Stotterte ich. „Tyrone Callaghan ist mein Name und wie heißt du?" „Aileen, Aileen Connelly!" Ich war wütend auf mich weil meine Stimme so zitterte. „Hallo Aileen!" Er lächelte und zeigte mir seine schneeweißen Zähne. „Ich habe dich noch nie hier gesehen seit wann bist du hier?" Fragte er mich! „Seit gestern!" Bekam ich gerade noch raus. Sag was Aileen mahnte ich mich selber sei nicht so schüchtern. „Ok Aileen war nett mit dir zu plaudern!" Nein bitte geh nicht dachte ich mir. „Vielleicht sieht man sich!" Und da drehte er sich auch schon um und war verschwunden! „Ja das hoffe ich!" Hauchte ich noch so eben zu mir selber. „Lee ich habe schon überall nach dir gesucht Mensches Kinder was treibst du hier und warum bist du so blass hast du nen Geist gesehen?" „Nein einen Engel!" Seufzte ich. „Ok Lee wirst du krank? Komm die anderen warten schon auf uns." Als wir dann zurück kamen reckte ich meinen Kopf in alle Himmelsrichtungen aber er war nirgends zu sehen. Den Rest des Abend verbrachte ich mit träumen ich stellte mir immer wieder sein Gesicht vor. Bis Lucy irgendwann meinte: „Komm Lee, las uns nach Hause gehen ich werde müde und mir wird kalt." Und so machten wir uns auf den Weg nach Hause.

Als die Sonnenstrahlen mich am anderen Morgen weckten fühlte ich mich elendich. Ich konnte die ganze Nacht nicht richtig schlafen, weil er mir nicht aus dem Kopf ging. Ob ich ihn je wiedersehe? Fragte ich mich die ganze Zeit. Selbst als ich unter der Dusche stand, konnte ich an nichts anderes mehr denken als an ihn. Lucy saß schon in der Küche und hatte Frühstück gemacht. „Morgen," murmelte ich! „Guten Morgen, man welche Laus ist dir denn über die Leber gelaufen?" Ich schaute sie fragend an. „Hast du mal deine Augen gesehen? Hast du überhaupt geschlafen?" „Ein wenig," gähnte ich! „Manoman Lee was ist den los erzähl mal!" Und dann berichtete ich ihr von Tyrone! „Hihi, Lee ich glaube du bist verliebt!" Kicherte Lucy. „Aber im ernst, der ist mir gar nicht aufgefallen! Er muss aber echt der Hammer sein; das du so durch den Wind bist!" Ich wurde rot und machte mir ein Brot. „So was steht heute auf den Plan Lu?" „Ich dachte wir unternehmen mal was mit deinen alten Freunden, die wollten nämlich zum Strand heute fahren. Was hältst du davon?" „Ok, das ist eine super Idee!" Schrie ich so das Lucy sich am Brot verschluckte. „Ok, ok komm mal wieder runter. Ich rufe Jerry gleich an und sag ihm das!" „Du rufst ihn an?" „Klar er hat mir seine Nummer gegeben!" Grinste Lucy frech. „Das glaub ich jetzt nicht, du kannst es auch nicht sein lassen!" Kicherte ich. Sie ging aber schon lachend aus der Küche und schnappte sich das Telefon. Nach einer guten halben Stunde kam sie wieder und erzählte mir das wir uns in 20 Minuten vor der Tür treffen. Wir räumten dann noch zusammen den Tisch ab und liefen beide nach oben um unsere Taschen zu packen. 15 Minuten später waren wir auch schon fertig und warteten vor der Tür auf Jeremy und den anderen. Lucy zupfte immer zu an ihren Sachen, so dass auch ja alles richtig saß. „ Lu, du siehst gut aus." Sagte ich ihr und sie lächelte nur und sagte. „Meinst du ich gefalle Jeremy?" Ich schaute sie an und dachte mir nur meinen Teil. Wäre ja mal ein Wunder wenn sie einem Jungen nicht gefallen würde. Und da kam Jeremy auch schon um die Ecke. „Hi Mädels, na gut geschlafen?" Begrüßte er uns. „ Also ich ja, aber schau dir Lee nicht an!" Kicherte Lucy. „Jerry schaute mich an, „Aileen, alles in Ordnung mit dir?" „Ja klar alles bestens!" Schwindelte ich. Ich wollte ihm ja schließlich nichts von meinen Gefühlen erzählen. Wir setzten uns auf die Räder und fuhren los. An der nächsten Ecke kamen Micky und die anderen zu uns. Es war kein langer Weg zum Strand aber ich war ja sowieso mit meinen Gedanken ganz wo anders. Lucy machte Jeremy pausen los schöne Augen, was mich natürlich sehr amüsierte.

Als wir am Strand ankamen suchten wir uns ein schönes schattiges Plätzchen. Sandy und Micky machten sich sofort auf den Weg und spielten Wasserball. Kelly, Terry, Susen und John stimmten schon bald mit ein. Lucy sprang nach einer Zeit auch auf und machte mit. Es sah urkomisch aus wie die sechs so vor uns auf und ab hüpften das ich lachen musste. „Aileen?" Fragte Jeremy nach einer weile. „Ja?" „Erzähl mal, was ist los mit dir? Du bist schon eine ganze weile so ruhig ist gestern was gewesen?" Ich biss mir auf die Lippen und holte tief Luft. „Ja Jerry, es ist was gewesen. Aber nichts schlimmes!" Sagte ich sofort weil er total erschrocken hochfuhr. „Kannst du mir mehr über die Callaghans erzählen?" Er schaute mich verdutzt an, „warum interessierst du dich so für sie?" „Och nur so!" Log ich. „Ok!" Sagte er. „Aber ich weiß auch nicht so viel über sie." „Egal Jerry erzähl mir soviel du weist!" Sagte ich und war total aufgeregt. „Mhmh, las mich mal überlegen. Die Callaghans sind vor ungefähr 2 Jahren hier her gezogen. Aber man bekommt sie so gut wie nie zu sehen. Ich weiß noch nicht mal ob sie überhaupt arbeiten, aber wenn man sich überlegt wo sie wohnen müssen sie Geld wie Heu haben." Ich schaute ihn fragend an. „Wo wohnen sie denn?" Jeremy zog die Augenbraue hoch. „Sie wohnen in dem alten Schloss oben auf dem Hügel, weißt du noch? Da wo wir immer auf der Mauer gesessen haben und uns Gruselgeschichten erzählt haben!" Er schaute mich an, als ob er prüfen wollte ob ich das alles noch wusste. „Nein! Du meinst doch nicht oben im Moonlight Castle? Oder?" Es heißt natürlich anders. Aber den richtigen Namen wussten wir nicht. Als wir noch Kinder waren haben wir das Schloss so genannt, weil es bei Vollmond echt gruselig aus sah. „Doch Aileen genau das meine ich." Jetzt lachte er laut auf weil ich ihn mit offenem Mund ansah. „Jetzt bin ich aber platt. Jerry erzähl mir bitte mehr!" Er überlegte kurz und sagte schließlich: „Ich weiß nur noch das Chloe manchmal späht abends im Pup unten in der Stadt ist. Was die Jungs machen weiß ich nicht, wie gesagt man bekommt sie fast nie zu Gesicht und wenn ja, dann immer nur für einen kurzen Augenblick." „Mhmh sehr komisch." Antwortete ich und runzelte die Stirn. Und schon hatte ich einen Eimer kaltes Wasser übern Kopf. „Ahhhhh, ist das kalt!" Schrie ich. Lucy und Micky lachten sich halb tot. Ich funkelte die beiden böse an aber musste schließlich auch lachen. Jeremy sprang dann auf und ging dann zu den anderen und spielte mit. „He Leute!" Schrie Lucy. „Ich mach mal ne Pause. „Ok!" Kam es im Chor zurück. Und schon saß sie neben mir. „He Lee ich glaube die Abkühlung hast du gebraucht." Sie zwinkerte mir zu. „Musst du immer noch an den Typen denken?" Ich nickte. „Oh man Lee was mache ich nur mit dir?" Seufzte sie. „Jerry meinte das Chloe, also die Schwester von ihm, öfter im Pup unten in der Stadt ist!" „Mhmh ok, dann gehen wir heute Abend mal da hin und fragen sie!" Lucy schaute mich an aber ich schluckte nur. „Ich weiß nicht Lu, was soll ich ihr den sagen?" Sie verdrehte ihre Augen. „Na das du ihren Bruder, diesen T.. irgendwas .." „Tyrone!" Antwortete ich Blitz schnell. „Sag ich doch!" Antwortete sie spitz. „Das du ihn gerne wieder sehen willst." „Nein Lu, das kann ich nicht!" Stotterte ich. Allein schon bei der Vorstellung bekam ich Herz rasen. „Tja, anders geht es nicht." Antwortete sie mir. Ich drehte mich um und schaute den anderen zu wie sie jetzt John einbuddelten. Susen Sandy und Kelly hielten sich schon die Bäuche vor lachen. Micky Jeremy und Terry schaufelten immer mehr Sand auf ihn drauf und bauten eine Burg auf seinem Bauch. „Ok Lu lass es uns versuchen!" Sagte ich nach ein paar Minuten. „Lucy sprang auf und war begeistert. „Abgemacht?" Fragte sie und hielt mit ihre Hand entgegen. „Abgemacht!" Sagte ich und drückte ihre Hand. „Hi, Lee wird mutig!" Gackerte sie. „Sollen wir die anderen auch fragen?" Ich schüttelte hastig meinen Kopf. „Las uns das lieber alleine machen Lu. Dann ist das nicht ganz so peinlich wenn sie mich auslacht." „Ach Lee, warum sollte sie lachen? Schließlich ist er ja zu dir gekommen und hatte dich zuerst angesprochen. Oder etwa nicht?" „Ja, aber…." „Kein aber Lee, ich helfe dir ok?" Ich nickte. Die Sonne war schon verschwunden. „Aileen, Lucy ich glaube es gibt gleich Regen!" Schrie Jeremy von weiten. Und so packten wir auch schon unsere Sachen zusammen und fuhren nach Hause. An der Kreuzung verabschiedeten wir uns von den anderen und fuhren mit Jeremy weiter als der Regen auch schon begann. Als wir am Connellyhaus ankamen winkten wir Jeremy zum Abschied und stellten die Räder zurück in den Schuppen. „So ich spring jetzt mal eben unter die Dusche. Wann sollen wir denn los Lee?" Ich schaute auf die Uhr. Es war halb sieben. „Ich dachte so gegen neun Uhr! Was sagst du dazu?" Lucy überlegte und nickte. „Ja das schaffe ich!" Und schon war sie auf der Treppe verschwunden. Ich blieb noch etwas im Wohnzimmer sitzen und dachte mir schon mal eine menge Fragen aus. Als ich hörte wie Lucy das Wasser aufdrehte, ging ich auch hoch in mein Zimmere und zog die nassen Sachen aus. In meinem blauen Bademantel fühlte ich mich schon ein wenig wohler. „Lee ich bin fertig, wenn du magst kannst du jetzt duschen!" Hörte ich Lucy schreien. Und so schlurfte ich Richtung Bad und freute mich auf das warme Wasser. Pünktlich um neun machten wir uns dann auf den Weg.

Der Pup war super voll. Aber Lucy und ich bekamen noch einen Tisch in der hintersten Ecke. „Weist du eigentlich wie diese Chloe aussieht?" Fragte mich Lucy nach einer weile. Ich schaute sie an und wurde blass. „Ähmm, nicht so wirklich." Lucy machte große Augen und lachte. „Na super Lee, wie sollen wir sie denn dann fragen wenn du nicht mal weist wie sie aussieht!" Die Kellnerin kam, „ was wollt ihr trinken?" „Eine Cola bitte!" Sagte ich. „Für mich bitte auch. So dann las doch mal schauen ob wir sie nicht doch finden." Und schon reckte sie ihren Hals in allen Richtungen. Aber mir kam es eher so vor als ob sie sich eher für die Männer hier interessiert, was ich gar nicht so schlimm fand. Denn ich verlor so langsam den Mut wieder. Der Pup war eigentlich sehr gemütlich mit runden Tischen und grün weiß karierten Tischdecken. Es spielte eine live Band und die meisten Gäste wippten im Takt mit. Aber keine Spur von Chloe oder Tyrone. Nach gut vier gläsern Cola und drei Stunden später, wurde ich müde. Lucy bemerkte es und sagte schnell: „Wenn du magst können wir auch gerne nach Hause gehen. Sie ist ja eh nicht hier. Wir bezahlten und gingen schließlich nach Hause. Ich war auf einer Art froh dass sie nicht da war, aber irgendwie auch enttäuscht das ich nicht mit ihr sprechen konnte. „Mensch Tyrone, ich bin kein kleines Kind mehr. Ich kann hin gehen wo ich will!" Hörte ich auf einmal jemanden hinter mir schreien. Hatte sie eben Tyrone gesagt? Ich drehte mich Blitz schnell um aber es war keiner zu sehen. Lucy die das auch gehört hatte schaute auch verdutzt nach links und rechts. „Komisch! Es klang so als ob sie genau hinter uns stand!" Sagte ich mehr zu mir selber. Lucy zuckte mit den Schultern und zog mich weiter. „Komm schon Lee, hier ist keiner!" Und so gingen wir weiter. Zuhause angekommen ging ich auch sofort ins Bett. Vor dem einschlafen versuchte ich mir noch mal sein Gesicht vorzustellen, was mir natürlich nicht schwer viel. Tyrone wann sehe ich dich endlich wieder? Fragte ich mich immer und immer wieder. Bis meine Augen so schwer wurden das ich einschlief. Im Traum stand er ganz nah bei mir. Wir unterhielten uns. Ich hörte ganz deutlich seine Stimme und seine Augen leuchteten im Mondlicht. Sein Haar wehte im Wind. Er sah verdammt gut aus. Im Traum hörte ich mich sagen!

„Wann werde ich dich wieder sehen?" Und er antwortete: „Bald Aileen, hab geduld." Und da wachte ich auch schon auf. Ich zog mir die Bettdecke über den Kopf. „Nein, ich will noch nicht aufstehen! Ich will noch etwas bei ihm bleiben!" Grummelte ich. Aber da kam auch schon Lucy in mein Zimmer und zog mir die Bettdecke weg. „Na komm schon Lee! Morgenstunde hat Gold in Mund, raus aus den Federn. Ich habe Lucy noch nie so gehasst wie in diesem Moment. Aber sie rauschte auch schon wieder hinaus. Ich lag noch etwa fünf Minuten auf meinem Bett, als ich Lucy schon wieder rufen hörte. „He, du bist doch nicht wieder eingeschlafen?" „Nein, nein ich komme ja schon." Und so ging ich dann hinunter in die Küche. Lucy hatte das Frühstück schon fertig. „Lu, Morgen mach ich mal das Frühstück ok?" „Wenn du magst!" Gab sie zur Antwort. Ich wollte ihr gerade antworten als das Telefon klingelte. Ich ging hin und nahm ab. „Ja hallo, wer ist da?" „Ja guten Morgen Miss Connelly. Mac Blair am Apparat. Ich wollte nur mal nach fragen ob sie sich schon entschieden haben was das Haus betrifft?" Sülzte er mir ins Ohr. „Nein!" Antwortete ich zornich. „Sie waren mir ja auch keine große Hilfe. Sie hätten mir ja ruhig mal erzählen können dass meine Großeltern schon tot sind!" Zischte ich durch die Zähne. „Ja Miss, das tut mir leid das ich ihnen das verschwiegen habe, aber ich wollte sie nicht verletzen." Stammelte er. „Mich verletzen? Ha das ich nicht lache. Mr. Mac Blair, geben sie mir noch vier Tage und dann bekommen sie meine Entscheidung." „Gut Miss!" Sagte er etwas gereizt. „Wie sie wünschen. Bis in vier Tagen dann." „Ja genau! Auf Wiederhören." „Wiederhören!" Und ich knallte das Telefon auf. Lucy schaute um die Ecke, „alles in Ordnung?" „So ein Mistkerl!" Schimpfte ich. „Wer?" „Dieser Mac Blair! Fragt mich doch allererst ob ich schon wüste ob ich verkaufe oder nicht. Der wusste das bestimmt mit meinen Großeltern. Das werde ich ihm schon noch heimzahlen." Ich schimpfte noch eine ganze weile rum. Bis mir auffiel das Lucy mich die ganze Zeit beobachtete. „Ist was?" Fragte ich sie. „Nein nicht direkt. Ich bin nur am überlegen was wir heute so machen bei dem Regen!" Erst da schaute ich aus dem Fenster und sah das es in strömen Regnete. „Worauf hast du Lust?" Fragte ich sie. „Ähmm nun ja," stammelte sie. „Jeremy hat gefragt ob ich nicht mal

Lust habe mit ihm ins Kino zu gehen! Aber nur wenn du nichts dagegen hast!" Sagte sie leise. Ich schaute sie an und grinste. „Warum soll ich da was gegen haben? Dann wünsche ich dir viel Spaß!" "Und du bist nicht sauer?" Fragte sie unsicher. „Nein, nein geh nur dann kann ich meine Fotos oben mal sortieren." Sie quietschte und sprang mir in die Arme. „Du bist echt die beste Freundin der Welt." Und schon rannte sie zum Telefon. „Jeremy kommt mich um in 2 Stunden abholen." Sagte sie nach einer weile und rannte die Treppen rauf. „Da muss ich mich ja beeilen!" Und weg war sie. Ich schüttelte lachend den Kopf. Ich ging zum Telefon um Paul anzurufen. „Ja hallo?" Hörte ich Emma sagen. „Hi Emma, Aileen hier wollte nur bescheid sagen das alles in Ordnung ist." „Ach hallo Schätchen, das ist schön das es euch gut geht. Na hast du dich gut eingelebt?" „Ja Emma ich bin ehrlich froh wieder hier zu sein. Lucy geht gleich mit Jeremy ins Kino." Sagte ich. „Wie und was ist mit dir?" Fragte Emma ganz erstaunt! „Och ne, lass die beiden mal alleine gehen. Ich werde mich anderweitig beschäftigen." „Aileen soll ich rüber kommen?" Fragte Emma schließlich. „Nein nein das brauchst du nicht, ist aber echt lieb von dir. Wie gesagt ich finde schon was womit ich mich beschäftigen kann." „Na gut Schätzchen, aber wenn was ist ruf an ich komme dann sofort rüber zu dir." „Danke Emma mach ich. Tschüß dann und grüß Paul von mir." „Ja mach ich tschüß Aileen." Und ich legte auf. „Aileen ? Meinst du ich kann so gehen?" Lucy kam gerade in die Küche. „Wow, Lu du siehst echt toll aus. Jerry fallen die Augen aus." Grinste ich. Lucy strahlte. „Das sollen sie ja auch!" Sagte sie frech. Eine Stunde später klopfte es dann auch schon an der Tür. Jeremy stand mit einem Blumenstrauß vor der Tür. „Hi Jerry!" Sagte ich „Lu es ist für dich rief ich. „Hi Aileen, es macht dir wirklich nichts aus das ich mit deiner Freundin ausgehe?" Er schaute mich schüchtern an. „Mach dir um mich keine Sorgen Jerry, habt ja einen schönen Abend." Und schon kam Lucy ins Wohnzimmer Jeremy stand da in der Tür mit offenem Mund. „Oh, Blumen, sind die für mich?" Fragte Lucy entzückend. Und Jeremy reichte ihr ohne ein Wort zu sagen die Blumen. „Ich stelle sie nur eben ins Wasser." „Lu das kann ich auch machen!" Sagte ich. „Danke Lee, ist echt lieb von dir." „Ja schon gut viel Spaß euch beiden und jetzt aber los sonst läuft der Film gleich ohne euch." Sagte ich lachend. Lucy umarmte mich noch und dann gingen sie auch schon Richtung Auto. Jeremy hatte sich extra für heute das Auto seines Vaters geliehen. Einen schwarzen Pick Up. Als die Lichter nicht mehr zu sehen waren überlegte ich was ich jetzt wohl tun soll. Erst wollte ich nach oben und die Fotos sortieren, aber irgendwie hatte ich dann doch keine Lust mehr dazu. Ich dachte wieder an Throne. Was er wohl jetzt macht? Fragte ich mich. Als ich dann aus dem Fenster schaute, sah ich dass es aufgehört hatte zu Regnen. Kurz entschlossen nahm ich meine Regenjacke und ging raus. Ich ging eine weile an den Klippen spazieren. Die Luft war herrlich. Ich hörte das Meer rauschen und die Sonne spiegelte sich darin, der Anblick war Atem beraubend. Ich legte meine Regenjacke auf den nassen Boden und beobachtete das Meer eine ganze weile. Es war ein romantisches Bild. Ich wünschte Tyrone währe bei mir. Ich schloss meine Augen und dachte ganz fest daran. So langsam wurde es kühler und ich bemerkte auch nicht dass die Sonne schon langsam unterging. Als sie nicht mehr zu sehen war und der Mond langsam am Himmel zu sehen war, wollte ich schon aufstehen und nach Hause gehen. Als ich diese Stimme hörte. „Guten Abend Aileen!" Mein Herz blieb stehen. Diese Stimme. Ich drehte mich um und er stand vor mir. „Tyrone!" Flüsterte ich. „Gut behalten!" Grinste er. „Darf ich mich zu dir setzen?" Ich nickte nur und bekam kein Wort raus. Als er sich zu mir auf meine Jacke setzte streifte sein Arm meinen Rücken. Und meine Hände fingen mächtig an zu zittern. Er saß mir so nah. Aileen sag was mahnte ich mich selber sonst ist er gleich wieder weg. „Wie geht es dir?" Nein das hast du jetzt nicht wirklich gefragt schimpfte ich mit mir selber, aber es war schon raus. Ich biss mir auf die Lippen und war froh dass es so dunkel war. Er schaute mich an und antwortete: „Danke, den umständen entsprechend!" Mein ganzer Körper zitterte bei dem klang seiner Stimme. Was war nur los mit mir? Wie kann ein Mensch mich so verrückt machen? „Aileen hast du Lust mich ein bisschen zu begleiten?" „Was? Wo… wo willst du denn hin?" Stammelte ich. Er lächelte. „Nur etwas spazieren gehen, keine Angst ich enführ dich schon nicht!" Ich wurde rot. „Ok gehen wir!" Sagte ich schnell. Und stand auf. Wir gingen eine weile nebeneinander ein Stück. Bis er schließlich stehen blieb. Er drehte sich zu mir um und schaute mich an. Diese Augen! „Aileen ? Darf ich dich was fragen?" „Klar!" Sagte ich. Und schaute ihn fragend an. „Wie lange willst du in Irland bleiben?" „Ähmm keine Ahnung! Aber fürs erste erstmal vier Tage. Warum fragst du mich das?" Ich schaute ihn fragend an. „Nur so, bin von Natur aus neugierig." Er lächelte mich an. Er fragte mich noch tausend andere Dinge, und ich verlor so langsam meine Nervosität. Ich erzählte ihm von meiner Wohnung in New York und er hörte mir geduldig zu. Als ich ihn über seine Familie befragte, blieb er stehen und schaute mich an. „Aileen das erzähle ich dir ein andermal! Jetzt ist nicht der richtige Zeitpunkt dafür." Sagte er traurig. Ich nickte nur. Und so gingen wir wieder Richtung Haus zurück. Als wir am Haus ankamen nahm er meine Hand, seine war so weich, er schaute mir ganz tief in die Augen, mir lief es eiskalt den Rücken runter. „Aileen, ich werde jetzt gehen. Es war ein sehr schöner Abend." Und da hörte ich schon Jeremys Auto ankommen. Tyrone schaute hoch und ließ meine Hand los. Er wandte sich von mir ab und wollte gehen als ich gerade noch „wann sehe ich dich wieder?" Heraus gehaucht bekam. Er drehte sich noch mal zu mir um, lächelte und sagte: „Schon sehr bald!" „Aileen? Wir sind wieder da!" Hörte ich Lucy schreien. „Ich bin hier Lucy!" Sagte ich. Und schon war Tyrone in der Dunkelheit verschwunden. „Du was machst du denn hier draußen alleine?" Fragte Lucy mich verwundert. „Er war hier!" Sagte ich nur und ging ins Haus.

Ich konnte die ganze Nacht nicht schlafen. Ich drehte mich nur von einer Seite zur anderen. Bis ich es schließlich aufgab. Ich ging runter in die Küche und machte mir einen Tee. Ich schaute aus dem Küchenfenster was hat er gesagt wann wir uns wieder sehen? Schon sehr bald! Aber wann ist bald! Er geht mir nicht mehr aus dem Kopf. Diese Augen, dieses Lächeln diese Stimme. „Aileen? Was machst du hier im Dunkeln?" Lucy stand im Morgenmantel in der Tür und schaute mich fragend an. „Ich konnte nicht schlafen!" Sagte ich knapp. „Aileen, was ist nur los mit dir? Du bist nicht mehr dieselbe!" „Ach Lu ich weiß auch nicht mehr weiter, er geht mir einfach nicht mehr aus dem Kopf. Ich muss ständig nur an ihn denken. Ich überlege sogar schon was er wohl jetzt so macht gerade eben in dieser Zeit, wo wir uns unterhalten." „Oh je, dich hat es ja echt schlimm erwischt." Seufzte sie. „Am besten ist, du sagst es ihm mal." „Bist du verrückt!" Sagte ich total entsetzt. „Ja Lee, wie willst du es sonst machen? Willst du jetzt jede Nacht in der dunklen Küche verbringen und darüber nachdenken was er wohl jetzt gerade in diesem Moment tut?" Sie hatte ja recht, „Lu, wie soll ich es ihm sagen? Wie soll ich ihm erzählen wie ich mich in seiner Gegenwart fühle?" Sagte ich verzweifelt. „Lee sag ihm die Wahrheit." Oh Gott die Wahrheit, das schaffe ich nie, aber nach einer weile sagte ich schließlich. „Ok ich werde es versuchen!" „Gut, das schaffst du schon. Wann seht ihr euch denn wieder?" Fragte Lucy neugierig. Ich zuckte mit den Schultern. „Schon sehr bald!" Lucy zog die Augenbraun hoch, aber fragte nicht weiter. „Ähmm ich gehe wieder ins Bett Lee, bis Morgen früh dann!" Und schon stand sie auf und ging die Treppen rauf. Ich blieb noch eine weile sitzen und grübelte so vor mir her, als die Sonne schon aufging. Habe ich jetzt so lange hier gesessen? Fragte ich mich. Ich stand auf und ging rauf um mich zu duschen, weil müde war ich ganz und gar nicht. Als ich fertig angezogen war schaute ich auf den Kalender an der Wand. „Ich habe noch drei Tage bis zur Heimreise!" Sagte ich zu mir selber. Also ich muss jetzt mal schauen was ich mit dem Haus mache. Und so suchte ich alle Sachen zusammen, Bilder, Wertpapiere, Kaufvertäge, Grundstückspapiere usw. Als ich alles zusammen hatte und alles durch ging entdeckte ich das das

Haus schon in der dritten Generation war das heißt ich wäre die vierte. Das machte mich auf einer Art sehr stolz. Desto mehr ich auf die Dokumente schaute, merkte ich das das Haus ein Teil von mir war. Ich fand sogar unter den ganzen Papieren Fotos von meinen Großeltern und einen Stammbaum. Wow dachte ich mir nur das Haus wurde 1850 gebaut und seitdem ist es im Besitz der Connellys. Ein Grund mehr es nicht abzugeben. Als ich Schritte auf der Treppe hörte schaute ich auf. „Guten Morgen Lee!" Gähnte Lucy. „Was machst du da?" Ich schaute sie an, „ich habe alte Papiere vom Haus gefunden, schau mal wie alt das Haus ist!" Ich hielt ihr ein Blatt vor die Nase. Sie schaute drauf und machte ganz große Augen. „Wow, Lee das ist ja der Hammer, du bist die vierte Generation!" Staunte sie. „Und, was machst du jetzt?" Ich zuckte mit den Schultern. „Ich glaube ich werde heute mal zum Notar gehen und mit ihm die ganze Sache besprechen." Lucy nickte und sagte dann sehr leise: „Möchtest du das ich mit komme?" Ich schaute sie an und wusste, dass sie viel liebe was mit Jeremy machen würde. „Nein, das schaffe ich schon alleine. Mach dir einen schönen Tag heute!" Sie lächelte und nahm mich ihm Arm. „Und du bist ganz sicher das du das alleine schaffst?" Ich lächelte, „na klar ich bin doch schon groß! So ich gehe jetzt erstmal rauf um duschen zu gehen." Ich ging die Treppen rauf und nahm meinen Bademantel mit ins Bad, als ich von unten schon hörte wie Lucy telefonierte. Ich zog mir mein Schlafshirt aus und stieg in die Dusche, das warme Wasser war herrlich. Als ich meinen Kopf unterm Wasser strahl hielt machte ich die Augen zu und sag Tyrones Gesicht vor mir. Da war er wieder, warum musste ich jetzt wieder an ihn denken? Ich sah ihn so klar vor meinen Augen. Als währe er hier bei mir. Ich machte die Augen auf und merkte, dass ich immer noch unter der Dusche stand. Ich machte das Wasser aus und trocknete mich ab. Aileen jetzt reiß dich zusammen mahnte ich mich selber du hast jetzt eine Menge zu tun. Ich zog meinen Bademantel an und ging in mein Zimmer. Es war ein kühler Tag heute, ich zog meinen roten Rollkragenpulover und meine Lieblings Jeans an meine Haare naja wie immer nicht zu bändigen. Ich zog meine Turnschuhe an und ging runter in die Küche. Lucy war nicht da, aber ich hörte sie fluchen in ihrem Zimmer. Ich grinste und stellte mir vor wie sie jetzt da oben hin und her rannte um das passende Outfit zu finden. Ich ging zur Kaffeemaschine und machte mir einen Kaffee. Ich setzte mich am Küchentisch und studierte noch mal die ganzen Blätter. Lucy kam in die Küche, „so ich bin fertig ich hoffe Jerry kommt gleich." „Was wollt ihr denn gleich machen?" Fragte ich. „Mal schauen er sagte er wollte mir die Stadt zeigen," ihre Augen funkelten als sie sagte: „Dann kann ich Schoppen gehen." „Na dann viel Spaß ich glaube er kommt!" Sagte ich weil ich ein Auto in unserer Auffahrt hörte. Sie schaute aus dem Fenster und kicherte, „ja du hast recht er ist es!" Sie gab mir einen Kuss auf die Wange und rauschte schon nach draußen. Als ich meinen Kaffee ausgetrunken hatte machte ich mich auf den Weg. Ich nahm meine Regenjacke und ging nach draußen um mein Fahrrad zu holen. Ich hatte die Papiere in einen schwarzen Ordner reingelegt, und klemmte sie auf meinen Gepäckträger. Und schon strampelte ich los. Ich fuhr an riesigen Feldern vorbei, die Gegend war atemberaubend. Warum bin ich damals vorgegangen? Fragte ich mich. Nach ca 20 Minuten kam ich beim Notar an. Ich stellte mein Fahrrad ab und ging zur Tür. Ich klopfte und ein junges Mädchen machte auf. „Ja bitte? Was kann ich für sie tun?" „Connelly mein Name ich muss einmal mit Mr. Douglas sprechen." Sie nickte und sagte: „Kommen sie rein, mein Onkel kommt sofort." Ich betrat das Haus es war sehr gemütlich eingerichtet. Das Mädchen führte mich in ein kleines Zimmer, was ich als ein Arbeitszimmer einschätzte. „Möchten sie einen Kaffee oder einen Tee?" Fragte mich das Mädchen. „Einen Kaffee bitte!" Sie nickte und ging hinaus. Kurze Zeit später kam sie mit einem silbernen Tablett wieder und gab mir eine Tasse Kaffee. „Ah, Aileen Connelly wie schön sie zu sehen!" Mr. Douglas kam herein und schüttelte meine Hand. „Was kann ich für sie tun?" Ich schaute ihn an. „Mr. Douglas, ich habe mal ein paar Unterlagen mitgebracht vom Haus, ich wollte sie mal fragen was für ein Wert das Haus hat!" Er runzelte die Stirn und nahm die Papiere entgegen. Er blätterte sie durch, und nickte. „Wollen sie das Haus wirklich verkaufen?" Ich zuckte mit den Schultern, „wenn ich ehrlich bin habe ich noch keine Ahnung." Er schaute mich fragend an. „Und warum sind sie dann bei mir?" „Ich brauche ihren Rat," sagte ich traurig. Er räusperte sich und ging zum Telefon. „Ja Chris, Aron hier.

Kannst du mir mal einen Gefallen tun. Kannst du mal in die Wertpapiere vom Connellyhaus gucken. Ja, ich brauche den genauen Wert des Hauses! Ja danke!" Nach einen längeren Schweigen sagte er schließlich: „Mhm, ja ok, danke Chris!" Und dann legte auf. Ich schaute ihn mit großen Augen an und wartete gespannt auf die Summe. Er drehte sich zu mir um und sagte zu mir: „Chris hat in die Papiere geguckt und meinte das das Haus einen Wert von 265,000 Dollar hat." Mir blieb das Herz stehen, ich hielt die Luft an. „265,000 Dollar!" Flüsterte ich. Er nickte. Er erklärte mir auch warum aber in meinem Kopf rausche es so sehr das ich nichts mitbekam. Was soll ich nur mit so viel Geld anfangen. „Aileen? Ist alles in Ordnung?" „Ja…ja klar!" Stammelte ich. „Puh das muss ich erstmal sacken lassen!" Er nickte mir zu und reichte mir seine Karte. „Wenn sie noch irgendwelche Fragen haben rufen sie mich an." Ich nahm die Karte und bedankte mich. Er begleitete mich noch zur Tür und wünschte mir einen schönen Tag. Ich ging zu meinem Fahrrad und war total durcheinander. Ich schaute auf die Uhr, und merkte erst jetzt wie späht es schon war. Ich setzte mich aufs Rad und fuhr los. Aber ich wusste nicht so recht wo ich hin fuhr, in meinem Kopf schwirrte alles durcheinander. Als ich langsam wieder klar denken konnte, merkte ich das ich zum Friedhof gefahren bin. Ich schaute auf und stellte mein Rad an einem Baum ab. Ich war seit einem Jahr nicht mehr hier. Ich nahm meinen ganzen Mut zusammen und ging durch das kleine Eisen Tor. Ich brauchte nicht lange überlegen, meine Füße wussten wie sie zu laufen hatten. Und da stand ich auch schon. Am Grab meinen Eltern. Der Grabstein war schon mit Efeu bedeckt. Ich nahm meine Hände aus der Hosentasche und riss mit einen kräftigen Ruck daran, so das ich lesen konnte was draufstand.

Der beste Weg etwas zu lieben: Realisieren, dass man es verlieren kann.

Es ruhen hier: Rick und Shannon Connelly

Ich schaute noch lange auf den Stein, was soll ich nur tun, dachte ich mir. Ich brauche eure Hilfe. „Aileen, was machst du alleine hier draußen?" Ich drehte mich um und sah Paul. Er kam auf mich zu und ich fiel in seinem Arm und weinte so sehr das ich schon keine Luft mehr bekam. „Liebes, schhhh.. Ist schon gut, " er streichelte mir übers Haar. „Paul ich vermisse sie soo sehr!" Schlurzte ich. „Ja, ich weiß liebes, was ist nur los, was macht dich so traurig?" Ich erzähle ihm vom Notar und von dem Wert des Hauses. „Paul, ich weiß nicht was ich tun soll!" „Ach liebes, komm ich bringe dich erstmal nach Hause und mache dir einen Tee. Deine Hände sind ja eiskalt." Er hatte schon nach meiner Hand gegriffen und wir gingen zusammen zum Tor. Er nahm mein Fahrrad und wir liefen das Stück schweigend nebenher. Zu meiner Erleichterung war Lucy noch nicht da. Ich setzte mich am Küchentisch und Paul machte uns einen Tee. Nach einer weile sagte er, „und wie denkst du darüber?" „Was meinst du Paul?" Er schaute mich mit fragenden Augen an. „Gehst du wieder zurück nach New York und verkaufst das Haus?" Ich schniefte und zuckte mit den Schultern. „Ach Paul, ich weiß es nicht. Auf einer Art will ich nicht mehr hier weg weil es mein Zuhause ist. Aber dann will ich auch irgendwie wieder zurück nach New York. Es gehen mir so viele Dinge im Kopf rum das ich schon Kopfschmerzen habe." Er schaute mich traurig an. „Liebes ich kann dir die Entscheidung leider nicht abnehmen. Aber egal was du tust hör auf die Stimme deines Herzen. Nur das ist dann der richtige Weg. So liebes und jetzt gehst du schön warm duschen und gehst ins Bett und Morgen früh sieht die Welt schon ganz anders aus." Er zwinkerte mir zu. Und es ging mir automatisch wieder gut ging. „Ok, ich werde deinen Rat befolgen." Er nickte und stand auf. Als er mich im Arm nahm flüsterte er mir noch zu, „egal wann, wenn was ist ruf sofort an und ich bin wieder bei dir!" Er drückte mir einen Kuss auf die Stirn und ging zur Tür hinaus. Ich befolgte seinen Rat und ging erstmal schön warm duschen. Dann zog ich meinen Lieblings Schlabberpulli an und legte mich ins Bett. Ich war so fertig das ich auch sofort einschlief und gar nicht bemerkte wann Lucy nach Hause kam. Ich hatte wirklich einen eigenartigen Traum. Ich sah meine Eltern wie sie immer wieder zu mir sagten ich soll das Haus nicht verkaufen weil es doch unser Zuhause ist. Dann kam Tyrone auf mich zu und sah mich nur an und seine Augen hielten mich fest. Er sagte auch immer und immer wieder das ich auf mein Herz hören soll. Ich fragte immer und immer wieder was sagt mein Herz denn? Ich höre nichts. Das wirst du schon noch! Sagte er und war Verschwunden. Danach war alles ruhig, meine Eltern und Tyrons waren verschwunden. Und ich schlief den Rest der Nacht tief und fest.

-11-

Am anderen Morgen stand ich schon sehr früh auf. Ich ging in die Küche und machte Frühstück. Ich hatte gar nicht mitbekommen wann Lucy nach Hause gekommen war. Ich deckte den Tisch und kochte Kaffee. Ich schaute auf die Uhr. 7 Uhr. Ich verdrehte die Augen: „Uff, so früh." Sagte ich zu mir selber. Ich fühlte mich fürchterlich. Ich hatte Kopfschmerzen. Ich nahm von der Anrichte im Flur die ganzen Papiere und ging sie zu 100-mal durch. Etwas in mir sagte immer wieder zu mir du kannst das Haus nicht verkaufen. Es ist dein Zuhause. In meinen Kopf drehte sich alles. „Was soll ich nur machen!" Seufzte ich. Das Telefon klingelte. Ich ging hin und nahm ab. „Ja hallo?" „Schätzchen! Wie hörst du dich den an? Ist alles in Ordnung mir dir? Wir machen uns große Sorgen!" Emma klang sehr nervös. „Emma ich habe nur schlecht geschlafen, das ist alles." Sagte ich. „Paul hat mir von gestern erzählt. Das du auf dem Friedhof warst und das du sehr traurig und aufgelöst warst. Schätzchen wenn ich was für dich tun kann sag es bitte!" „Emma das ist echt lieb von dir, aber da muss ich alleine durch. Ich glaube da kann mir keiner helfen." Antwortete ich. Emma harkte nach. „Was hast du denn auf dem Herzen? Manchmal tut es gut über die Dinge zu reden!" Sagte sie mit sanfter Stimme. Sie hatte ja recht. Und so erzählte ich ihr alles vom Haus, von Tyrone und meinem Traum. Als ich alles erzählt hatte ging es mir bedeutend besser. Sie sagte dann zu mir! „Schätzchen, mit dem Haus kann ich dir nicht helfen das musst du ganz alleine entscheiden. Aber was diesen jungen Mann betrifft, finde ich du solltest ihn mal einladen zum Kaffee. So wie du ihn mir beschreibst hört sich das sehr gut an." Ich grinste. „Emma ich werde es versuchen." Meine Stimme klang schon etwas stabiler nicht mehr so zitterig. Emma merkte es und sagte dann: „Gut, wenn was ist ruf mich an ja?" „Ja mach ich, und vielen dank das du mir zugehört hast." „Ach kein Problem dafür bin ich ja da. Tschüß Aileen." „Ja tschüß Emma." Und ich legte den Hörer auf. Ich schaute noch mal auf die Uhr. Es war 8 Uhr. Jetzt hab ich eine Stunde telefoniert, dachte ich. Ich ging zurück in die Küche und machte mir ein Brot. Ich studierte weite die Papiere des Hauses als ich hörte wie jemand die Treppe runter kam. Lucy stand im Morgenmantel und zerzaustem Haar vor mir. Ich lachte bei dem Anblick. „Guten Morgen! Hast du einen Ringkampf mit deinem Kissen gehabt?" Sie schaute mich verlegen an! Und da kam Jerry auch schon um die Ecke. „Morgen," murmelte er. Ich traute meinen Augen nicht. Ich grinste nur und stand auf um einen dritten Teller zu holen. Beide setzten sich schweigend. „Wie ich sehe hattet ihr einen sehr schönen Abend?" Ich konnte mir das lachen nicht verkneifen. Lucy und Jeremy nickten nur. Ich gab den beiden eine Tasse Kaffee. „Was ist los? Redet ihr nicht mehr mit mir?" Fragte ich verdutzt als keine Antwort kam. „Doch!" Antwortete Lucy. „Wir dachten du wärst nicht da!" Ich schaute die beiden verdattert an. „Und warum ist es jetzt so schlimm das ich da bin?" Lucy zuckte nur mit den Schultern und Jeremy antwortete, „uns ist das peinlich!" Ich schaute sie nacheinander an und schüttelte lachend den Kopf. „Was soll den so peinlich sein? Ihr hattet einen schönen Abend, das ist doch nicht peinlich." Lucy schaute zu mir hoch und lächelte. „So ihr zwei und jetzt frühstückt mal in ruhe ich habe noch eine ganze Menge zu tun." Sagte ich und ging aus der Küche. „Ich werde eine runde spazieren gehen, macht euch einen schönen Tag!" Rief ich noch und ging rauf. Ich ging ins Bad um zu duschen. Danach ging ich in mein Zimmer um mich anzuziehen. Als ich fertig war schnappte ich mir meine Tasche und stopfte die Dokumente und Papiere vom Haus hinein. Ich ging die Treppen wieder runter Jeremy und Lucy räumten gerade den Tisch ab. „So, ich bin dann mal weg. Bis später." Und schon ging ich hinaus. Ich freute mich für Lucy das sie so gut mit Jeremy klar kam. Ich holte mein Rad aus dem Schuppen und fuhr los. Ich wusste genau wo ich hin wollte. Es war ein herrlicher Tag die Sonne war schön warm aber es ging ein kühler Wind. Nach gut 30 Minuten war ich auch schon am Ziel. Ich legte mein Rad auf die Wiese und setzte mich auf die Mauer. Es war die Mauer wo ich früher immer mit Jeremy gesessen habe. Ihr habt richtig geraten. Ich bin zum Moonlight Castle gefahren. Es war ein großes Schloss aus grauem Stein. Es hatte einen hohen Turm und ein spitzes Dach. Wo Tyrone wohl sein Zimmer hat? Fragte ich mich. Und wurde bei dem Gedanken rot. Warum bin ich eigentlich hier hin gefahren? Fragte ich mich. Ich schaute noch mal hoch zum Schloss, so gruselig sieht es gar nicht aus! Ich holte meine Papiere raus und las sie nochmals durch. Die Sonne brannte im Nacken. Aber es war nicht unangenehm. Ich lass die Papiere dreimal durch. Was hatte dieser Mac Blair mit dem Haus vor? Ich konnte es mir einfach nicht vorstellen. Langsam wurde mir warm ich hüpfte von der Mauer und zog mir meine Jacke aus. Ich legte sie auf die Wiese und legte mich drauf. Ich beobachtete die Wolken der Himmel war hellblau und die Wolken sahen wie Wattebäuchen aus. Ich grübelte noch eine Zeit darüber nach was dieser Mac Blair nur vorhatte……..! Es wurde kühler. Es war schon fast dunkel. Ich erschrak. Oh mein Gott ich bin eingeschlafen. Ich stand auf und packte meine Papiere zusammen. „Na, ausgeschlafen?" Hörte ich jemanden hinter mir sagen. Mein Herz machte Luftsprünge. „Guten Abend Tyrone!" Flüsterte ich und drehte mich um. Er stand lässig an der Mauer gelehnt und lächelte mich an. Er sah verdammt gut aus in seiner hellblauen Jeans seinem weißen Pullover und seiner Lederjacke. „Hallo Aileen, was treibt dich hier her?" Oh Gott was sag ich jetzt nur? Fragte ich mich. „Ähmm…. Ich habe…. Ich wollte meine Papiere mal durchlesen." Stotterte ich. „Deine Papiere? Vom Haus?" Fragte er mit hochgezogenen Augenbraun und zeigte auf den Stapel Papieren in meiner Hand. Ich nickte. „Und warum machst du das hier und nicht Zuhause?" Fragte er mich neugierig. Ich lief rot an. „Weil…. Weil… ach nur so." Ich konnte ihm nicht sagen das ich wegen ihm hier her gekommen bin. Er musterte mich und lachte. „Was gibt es da zu lachen?" Fragte ich ihn. „Ach nichts!" Kicherte er. „Aileen möchtest du gerne was trinken?" Ich schaute ihn erstaunt an aber nickte nur. Da nahm er schon mein Fahrrad und sagte: „Ich habe Cola und Limonade zu Hause." Und schon gingen wir Richtung Schloss. Er nahm mich wirklich mit zu sich nach Hause. Mein Herz tanzte in meinem Brustkorb. Als wir näher kamen sah ich das die Tür aus massiven Holz war mit riesigen Eisen Scharniere. Es quietschte etwas beim aufmachen, „ja Evan sollte das schon vor Tagen ölen!" Sagte er. Ich schmunzelte. Im inneren blieb mir die Luft weg. Eine Riesen große Vorhalle mit alten Wandteppichen und Ritterrüstungen an der Wand. Es sah echt aus wie im Mittelalter hier. Er führte mich durch die Halle nach rechts. Als wir in der Küche ankamen nahm er zwei Gläser aus dem Schrank „Cola oder Limo?"

Fragte er mich als er den Kühlschrank aufmachte. „Cola bitte!" Er nahm zwei Cola raus. „Kannst du die Gläser nehmen?" „Klar!" Sagte ich. Er ging voraus eine große Treppe hinauf. Ganz am Ende war eine Tür, „das ist mein Zimmer!" Sagte er. „Ladys First!" Lächelte er. Ich betrat das Zimmer und staunte. Es war sehr modern eingerichtet. Die Wände waren in einem zarten beige gestrichen, rechts in der Ecke stand ein schwarzes Ledersofa und ein Glastisch. Links an der Wand stand ein großer schwarzer Hochglanzschrank, er nahm die ganze Wand ein. Mitten im Raum lag ein schwarz weißer Teppich. Am Fenster stand ein Schreibtisch auf dem ein Laptop stand. Es waren silbrig glänzende Jalousie an den Fenstern und ein Halogenstrahler stand gegenüber vom Sofa. „Wow!" Brachte ich nur heraus. „Freut mich das es dir gefällt!" Sagte er. „Setz dich ruhig." Er stellte die Cola auf den Tisch und nahm mir die Gläser ab. Schweigend setzte ich mich auf das Sofa und beobachtete ihn dabei wie er die Cola in die Gläser schüttete. Ich drehte meinen Kopf noch ein paar mal hin und her, dabei bemerkte ich das gar kein Bett vorhanden war, ich stutzte aber traute mich nicht zu fragen. Tyrone reichte mir ein Glas und ich trank einen großen Schluck. Nach einer weile sagte er: „Aileen, weißt du schon was du mit dem Haus machst?" „Nein, leider noch nicht. Ich habe noch zwei Tage bis zur Heimreise und ich bin kein Stück weiter." Er schaute mir tief in die Augen. „Was sagt den dein Herz?" Was hatte er mich gefragt? Wie in meinem Traum letzte Nacht. Ich schluckte, „mein Herz? Es sagt auf einer Art, dass es hier nie wieder weg will. Aber anders herum will es auch wieder zurück nach New York." Er nickte nur. Erst jetzt schaute ich mir sein Gesicht genauer an. Er hatte schöne volle Lippen, gefolgte von eine sehr gerade Nase und seine Augen, solche Augen habe ich noch nie gesehen. Sie hatten die Farbe von Caramel eingehüllt in einen schwarzen Kreis. Augen die mich fesselten. Seine Augenbraun hatten einen leichten Bogen. Seine Haare hatten die Farbe von Kohle. Er hatte sie alle lässig nach hinten gekämmt. Aber ein paar Strähnen vielen ihm in die Stirn. Er sieht verdammt gut aus dachte ich. Er zog eine Augenbraun hoch und fragte: „Ist alles in Ordnung mit dir? Du bist so still?" Oh peinlich hoffentlich hat er nicht gemerkt das ich ihn gemustert habe. Ich lächelte verlegen! „Nein, es ist alles in Ordnung."

Er nickte nur wieder und stand auf. Meine Blicke folgten ihm. Mein Herz ging schneller als ich sah was er machte. „Also ich finde es zu warm in der Jacke hier." Und schon hatte er seine Lederjacke am Stuhl gehängt. Sein Pullover lag eng an seinem Körper, so das sich seine Muskeln abzeichneten. Er hat eine Traum Figur dachte ich mir nur. „Möchtest du deine nicht auch ausziehen?" Fragte er mich. Ohne ein Wort zu sagen zupfte ich schon an meinem Jackenärmel. Er nahm mir die Jacke ab und legte sie über seine. Ich klammerte mich richtig an mein Cola Glas, weil ich nicht wusste was ich sonst mir meinen Fingern tun sollte. Er kam wieder zu mir herüber und setzte sich neben mir. „Aileen, darf ich dich was fragen?" Ich nickte. „Warum bist du vor einem Jahr hier weg gezogen?" Ich schaute in fragend an. Ich überlegte eine weile und antwortete ihm: „Weil ich Abstand brauchte von meinen ganzen Erinnerungen." Er schaute mich an und seine Augen sagten mir das er verstand was ich meinte. Er fragte auch nicht weiter nach. „Aileen, wenn ich dir irgendwie helfen kann, dann sag bitte bescheid." Jetzt war ich total verwirrt. Und bekam nur ein leises „ok" heraus. Er nickte zufrieden. Ich fragte mich die ganze Zeit warum er sich auf einmal so für mich interessiert. Er lockerte die Stimmung, in dem er mir noch andere Fragen stellte. In seiner nähe fühlte ich mich geborgen, wir lachte viel und alberten herum. Als ich mich mal wieder von einem Lachanfall erholte fragte ich: „Du, Tyrone wie alt bist du eigentlich?" „25, warum fragst du mich das?" Fragte er lachend. „Och, nur so, wollte ich mal wissen!" Grinste ich frech. Er schüttelte lachend seinen Kopf. „Du bist mir eine," wir vergaßen die Zeit um uns herum. Als mein Handy klingelte. Ich holte es meiner Hosentasche. „Ja, hallo?" „Aileen, Gott sei dank dir ist nichts passiert. Ich habe mir solche Sorgen gemacht!" Es war Lucy. Die total hysterisch im Hörer brüllte. „Lu, beruhig dich erstmal, mir geht es gut. Ich bin bei Tyrone." Langes schweigen am Telefon. „Du bist wo??" Kreischte Lucy. „Du hast schon richtig gehört." Grinste ich. „Junge Dame, du hattest mich ja ruhig mal anrufen können, ich dachte schon du wärst von den Klippen gefallen. Paul und Emma machen sich auch schon große Sorgen." Ich verdrehte die Augen. Also hatte Lucy in der ganzen Nachbarschaft angerufen und nach mir gefragt. „Ok Lu, ich werde Paul anrufen." „Wann kommst du

denn nach Hause?" Fragte Lucy sofort. „Lu, ich weiß es noch nicht."
Zischte ich durch die Zähne. „Oh, ok bis später dann!" Und sie legte
auf. Ich wollte gerade das Handy wieder weg stecken, als Tyrone mich
fragend anschaute. „Ist etwas passiert?" Ich schüttelte den Kopf.
„Nein, nur das Lucy die halbe Nachbarschaft verrückt gemacht hat weil
sie nicht wusste wo ich bin." Er grinste. „Na das ist doch schön wenn
deine Freundin sich solche Sorgen macht." Antwortete er. „Ja, ich
glaube du hast recht. Ich darf ihr nicht böse sein. So ich glaube ich rufe
mal eben Paul und Emma an, damit sie bescheid wissen das es mir gut
geht." Ich griff zum Handy und rief die beiden an. Emma ging auch
sofort dran und hielt mir erstmal eine Standpauke. Aber nachher war
sie froh das mir nichts zugestoßen war. Ich versprach so etwas nicht
mehr zu tun und legte dann auf. „So, jetzt ist alles wieder in Ordnung."
Ich schaute ihn an. Er war so nah mit seinem Gesicht das ich seinen
Atem auf meiner Wange spürte. Ich bekam direkt eine Gänsehaut.
„Aileen, soll ich dich gleich nach Hause fahren?" „Und was ist mit
meinem Fahrrad?" Fragte ich erstaunt. „Das bringe ich dir Morgen früh
vorbei!" Ich schaute ihn an, aber nickte schließlich. Ich war einfach zu
müde um mit dem Rad nach Hause zu fahren. „Aileen? Darf ich dich
noch was fragen?" Ich schaute ihn an, „darf ich dich Morgen wieder
sehen?" In meinem Bauch flogen tausend Schmetterlinge. Ich lächelte
und sagte: „Ja sehr gerne!" Er zwinkerte mir zu und stand auf. „So
komm, ich fahr dich nach Hause. Du kannst deine Augen ja gar nicht
mehr aufhalten." Ich gähnte. Er zog sich seine Jacke an und brachte mir
meine. Als ich sie anhatte, nahm er mich bei der Hand und wir gingen
aus dem Zimmer. Er führte mich wieder durch die große Halle, aber
wir gingen nicht vorne zur Tür heraus, sondern gingen hinten heraus.
Aber es war kein Ausgang, es war der Eingang zur Garage. „Evan leit
mir sein Auto!" Grinste er. Es war ein schönes Auto aber ich war zu
müde um genauer hin zu sehen was es für eins war. Wir stiegen ein und
er fuhr los. Wir schwiegen uns den ganzen Weg über an. Als wir bei mir
Zuhause ankamen und ich gerade den Türgriff vom Auto in der Hand
hatte, sagte er: „Aileen warte." Ich drehte mich noch mal zu ihm um.
Sein Gesicht war ganz nah an meinem. Er drückte mir einen Kuss auf
die Wange, „Schlaf schön und Träum süß," sagte er. Meine Wangen

glühten. „Ja, du auch!" Sagte ich und stieg aus dem Auto. An der Tür blieb ich noch mal stehen und schaute zurück. Er lächelte mich an und nickte mir zu. Ich machte die Tür auf und ging rückwärts herein. Ich schaute ihm noch zu wie er die Straße lang fuhr. Und machte, als ich die Rücklichter nicht mehr sah, die Türe zu. Sofort kamen mir Lucy und Jeremy entgegen. „Ich will alles wissen!" Sagte Lucy mit einem grinsen im Gesicht. „Lu, da gibt es nichts zu erzählen. Er hat mich nur eingeladen zu sich nach Hause und wir haben Cola getrunken." Lucy und Jeremy lachten. „Ach so nennt man das!" Lachten beide frech. Ich verdrehte die Augen, „oh man! Ich gehe jetzt nach oben." Und schon lief ich die Treppen rauf. Ich holte mein Lieblings Pulli aus dem Schrank und ging Richtung Bad. Normaler weise haste ich zu baden aber ich ließ mir trotzdem das Wasser einlaufen. Ich wählte meinen Lieblings Duft. Lavendel. Als die Wanne halb voll war, zog ich meine Sachen aus und stieg hinein. Ich legte mir ein Handtuch in den Nacken und schloss die Augen. Als mein ganzer Körper mit Wasser bedeckt war, machte ich das Wasser aus. Ich ließ mir den Tag noch mal durch den Kopf gehen. Ich konnte es nicht fassen das ich bei Tyrone Zuhause war. Er ist ja so süß. Ich hatte immer wieder sein Lächeln vor Augen. Seine Stimme.........! Ich machte die Augen auf. Das Wasser war schon kalt. Ich stieg aus der Wanne und zog den Stöpsel. Ich trocknet mich ab und schlüpfte in meinen Pulli. Ich schaute in den Spiegel überm Waschbecken und schaute mich an. Ich werde das Haus nicht verkaufen. Sagte ich zu mir. Und da klopfte es schon an der Tür. „Lee darf ich reinkommen?" Fragte Lucy vorsichtig. Ich machte die Tür auf und schaute sie an. „Komm mit in mein Zimmer!" Sagte ich. Sie nickte und folgte mir. Ich setzte mich auf mein Bett und sie kam zu mir. „Lee, erzähl mal, wie ist er so?" Und so erzählte ich ihr wie er aussieht und was wir gemacht haben. Sie hörte mir aufmerksam zu und ihre Augen glänzten. Als ich mit meiner Geschichte fertig war schaute sie mich an, Tränen standen ihr in den Augen. „Oh Lee, wie schön. Seht ihr euch Morgen wieder?" „Ja, er hat mich gefragt, und ich habe ja gesagt." Lucy klatschte in die Hände. „Wie schön!" „Und wie ist es bei dir und Jeremy?" Fragte ich sie. Und so erzähle sie mir auch von ihren Gefühlen."......... Ich glaube ich liebe ihn Lee." Sagte sie. Ich lächelte und nahm sie in den Arm. „Ich freu mich so für dich." Sagte ich. „So ich gehe jetzt schlafen ich glaube du brauchst deinen Schönheitsschlaf. Ich wünsche dir eine gute Nacht und süße Träume." „Danke das wünsche ich dir auch." Und schon ging sie Richtung Tür. Als sie die Tür hinter sich zu gemacht hatte legte ich mich hin und schlief sofort ein.

Der letzte Morgen vor meiner Abreise begann. Ich wurde vom klingeln des Telefons geweckt. Ich stand auf und öffnete meine Zimmertüre, Lucy war schneller, "hallo?" Hörte ich sie fragen. Ich stand oben am Treppenabsatz und lauschte. "Ja…. Ok… Moment ich schau mal ob sie wach ist." Und sie drehte sich um und sah mich oben an der Treppe stehen. Sie grinste und winkte mich runter. Ich ging die Treppen runter und schaute sie fragend an. Sie kicherte nur und flüsterte, "es ist Tyrone." Mein Herz schlug doppelt so schnell. Ich nahm den Hörer und flüsterte: "Hallo?" "Guten Morgen Aileen, Tyrone hier, ich hoffe ich habe dich jetzt nicht geweckt?" Fragte er gut gelaunt. "Nein, ich war schon wach!" Log ich. "Gut, ich wollte dich fragen ob du nicht Lust hast mich heute Abend zu begleiten?" Ich schluckte. "Und wohin?" Er lachte über mein zittern in der Stimme. "Aileen, heute ist der große Sommernacht Maskenball, hast du das in New York verdrängt?" Fragte er geknickt. "Ach ja," sagte ich schnell weil ich ihn nicht enttäuschen wollte. "Natürlich das ist ja heute!" Und schlug mir mit der Hand auf die Stirn. "Wann fängt das noch mal an?" "Um 7 Uhr!" Hörte ich ihn antworten. "Was für ein Motto ist es dieses Jahr?" "Elfentanz!" Lachte er. "Die Männer sollen aber schon früher da sein, es wird dieses Jahr sehr spannend gemacht, sie sollen ihre Herzdame finden unter der Maske." Erzählte er mir fröhlich. "Aha!" Sagte ich nur. "Und? Begleitest du mich zum Ball?" Fragte er mit süßer Stimme. "Ja, ich werde pünktlich sein." Sagte ich. "Super, ich freu mich auf dich, bis später dann." "Ja bis später!" Und ich legte auf. Lucy hörte das einrasten des Hörers und kam mir sofort entgegen. "Was hat er gesagt?" Fragte sie mit aufgerissenen Augen. "Er hat mich zum Ball eingeladen!" Sagte ich matt. "Super ,"kreischte sie. "Jeremy und ich gehen auch. Hast du schon ein Kleid? Ich habe meins schon!" Plapperte sie. "Nein Lu, ich habe noch kein Kleid." "Oh! Mhmh….. Sorry aber ich kann leider nicht mit dir einkaufen ich habe Jerry versprochen ihm mit seinem Anzug zu helfen." Sagte sie nervös. "Kein Problem, das schaffe ich schon alleine." Gab ich als Antwort. "Und du bist nicht sauer?" Fragte sie unsicher ."Nee, kein Problem, ich werde schon noch was finden!" Ich war stock sauer auf Lucy, aber das zeigte ich ihr nicht. Ich und Kleider kaufen na das wird ja ein Spaß werden. "OK, dann werde ich mich mal fertig machen und zu Jerry gehen. Wir treffen uns dann auf dem Ball." Und schon rannte sie die Treppen rauf. Ich nahm das Telefon und wählte die Nummer von Mac Blairs Büro, ich sagte der Sekretärin das Mr. Mac Blair meine Antwort Morgen bekäme. Lucy rauschte nach zehn Minuten an mir vorbei und ging zur Tür heraus. "Super und was mache ich jetzt?" Fragte ich mich. Ich nahm erneut den Hörer und rief bei Emma an. Ich erzählte ihr das Tyrone mich zum Ball eingeladen hatte und ich kein Kleid hatte. "Schätzchen soll ich mit dir gehen?" Fragte sie nach einer Zeit. "Oh Emma das währe super. Danke!" Sie sagte das sie in fünfzehn Minuten bei mir ist. Ich ging nach oben und machte mich fertig. Als ich soweit war steckte ich mein ganzes Geld ein und hörte es an der Tür schon klopfen. Ich machte auf und Emma stand mit einem breiten lächeln vor mir. "Können wir?" Ich nickte! "Klar gehen wir." Und so machte wir uns auf den Weg zur City. Ich hatte keine Ahnung wie mein Kleid aussehen sollte. Emma hatte schon eher gute Ideen. Wir hatten in Waterville einen kleinen Laden, der Kleider für jeden Anlass verkauft. Wir gingen hinein, eine kleine Glocke läutete. Da hörten wir schon eine Stimme. "Bin gleich bei euch!" Emma ging direkt schon auf ein paar Kleider zu. Die Laden Besitzerin kam schon auf mich zu. Die war eine kleine Frau ende 40. Sie muss wohl sehr viel Stress heute schon gehabt haben, weil es hatten sich schon ein paar Strähnen von ihrem Haarknoten gelöst. "Was kann ich für dich tun?" Fragte sie mich. "Ähmm… ich suche ein Kleid für den Ball heute Abend." "Das dachte ich mir schon. wie alle heute." Sagte sie gestresst. "Ok, hast du was bestimmtes im Kopf liebes?" Fragte sie mich. Ich schüttelte den Kopf, "ich habe keine Ahnung!" Da kam auch schon Emma um die Ecke, sie hatte ein leuchten in den Augen. "Aileen ich habe das perfekte Kleid für dich." Rief sie aufgeregt. Sie hatte ein langes Kleid unterm Arm, es war aus Seide, aber die Farbe konnte ich nicht richtig erkennen. Es schimmerte wie ein Regenbogen. "Aileen, probier es an!" Rief Emma fröhlich. Ich ging in die Kabine und zog meine Sachen aus. Emma gab mir das Kleid und ich schlüpfte hinein. Es saß wie angegossen. Wie für mich geschneidert. Ich betrachtete mich im Spiegel. Es war Schulter frei die Ärmel, was man Ärmel nennen kann ,begangen erst in den Armbeugen, es hatte einen runden Halsausschnitt, es lag bis zu den Hüften eng an und verlief dann bis zum Boden immer breiter. Der Stoff fühlte sich gut an auf der Haut. Und diese Farbe. Es schimmerte in verschiedenen Farben, immer anders wenn ich mich bewegte und das Licht anders drauf fiel. Ich ging aus der Kabine und Emma war außer sich. "Oh, du siehst zauberhaft aus." "Emma das Kleid ist der Hammer, das nehme ich." Sagte ich lachend. Ich kaufte noch dazu dir passenden Schuhe, ein paar Elfenflügel, die wie Seifenblasen schimmerten, und eine Haarspange. Die Spange sah aus wie eine weiße Lilie mit Wassertropfen drauf. Sie funkelte wie ein Stern. Und das wichtigste war natürlich die Maske. Ich entschied mich für eine weiße Maske aus Seide wie mein Kleid. Sie hatte etwas die Form wie ein Schmetterling. Wir gingen zur Kasse und bezahlte. Als wir wieder draußen waren fragte Emma mich ob sie mir helfen soll mit dem anziehen und meinem Haaren. Ich drückte sie ganz fest und gab ihr einen Kuss. "Emma das währe echt super lieb von dir, bevor ich total verzweifle." Als wir bei Emma Zuhause ankamen begrüßte Paul uns und grinste als Emma mich schon Richtung Bad schob. Ich erhaschte einen kurzen Blick auf die Wanduhr in der Küche. Ich riss meine Augen auf, schon so späht. Die Uhr zeigte schon halb sechs an. "Aileen wir müssen uns jetzt beeilen. Geh du schon mal duschen ich lege die Sachen zusammen." Und schon rannte sie hinaus. Ich zog mich ganz schnell aus und duschte mich ab. Als ich fertig war, legte ich mir ein großes Handtuch um und ging Richtung Schlafzimmer wo Emma schon wartete. "So Schätzchen, wir fangen erstmal mit deinen Haaren an." Sagte sie, und fing direkt an zu bürsten und zu kämmen. Sie schaffte es wahrhaftig meine Haare hochzustecken. Sie sprühte aber auch eine menge Haarspray drauf. "So das hätten wir schon mal. Jetzt das Kleid." Sie schaute auf die Uhr und erschrak. Es war schon viertel nach sechs. Wir hatten nur noch eine dreiviertel Stunde Zeit. Ich zog das Kleid an und die Schuhe. Mit den Flügeln musste sie mir helfen. Sie schminkte meine Augen in einem leichten Silber, damit kamen sie echt gut durch die Maske zur Geltung. Sie steckte die Haarspange noch ins Haar und begutachtete mich. "Mhmh…. Da fehlt noch was!" Sagte sie.

Und kramte schon in ihrer Schublade. Ich schaute sie fragend an. "Ah… da sind sie ja." Sie hielt mir ein paar schneeweiße Handschuhe entgegen. "Emma sind das nicht deine Hochzeite Handschuhe?" Sie nickte. "Ja das sind sie. Sie würden jetzt total gut dazu passen. Da das Kleid ja fast keine Ärmel hat, sondern nur so leichte Träger." Ich zog sie an, sie hatte recht es sah echt super aus. Ich machte noch ein wenig Lipgloss auf meine Lippen und ging mit Emma runter zu Paul. Der schaute vom Fernseher hoch und schaute mich mit offenem Mund an. "Wow….. Aileen du siehst…… fantastisch aus!" Stotterte er. Emma, zufrieden über seine Reaktion, rief ein Taxi.

-13-

Ich war echt späht dran ich hoffe Tyrone ist nicht böse auf mich. Das Taxi kam um 7, ich bedankte mich bei Emma und fuhr dann zum Ball. Der Ball fand in einer großen Scheune statt sie war festlich geschmückt. Bunte Lampen hingen draußen. Mein Herz klopfte wie wild. Ich betrat die Scheune und alles schaute zu mir. Als auch schon jemanden von der Bühne rief, „so Männer ich hoffe ihr findet euer Mädchen. Ihr habt 10 Minuten euch alle Damen anzuschauen. Und die Damen bitte ich, kein mucks von euch zu geben, sie sollen euch ja mit den Augen finden und nicht mit den Ohren!" Er lachte. Und so fing die Band an zu spielen. Ich ging so durch die Reihen und suchte Tyrone. Ich hatte das Gefühl das mich alle anstarten. Als ich eine Runde gegangen war, wurde mir etwas flau im Magen. Ich hatte ihn nicht gefunden. Hat er mich vergessen? „Entschuldige bitte?" Ich drehte mich um und er stand vor mir. Er schaute mir in die Augen und lächelte. Er nickte und schaute mich von oben bis unten an und sein lächeln wurde immer breiter. „Möchtest du was trinken?" Ich nickte. Ich durfte ja nichts sagen. Er nahm mich bei der Hand, wusste er das ich es war? Jetzt schaute auch ich ihn genauer an. Er trug einen schwarzen Anzug mit einem weißen Hemd und einer silbernen Weste darunter. Er reichte mir ein Glas und ich trank einen Schluck. Nach 10 Minuten hatten glaub ich alle Paare sich gefunden. Als ich die Stimme von der Bühne wieder hörte. „So….. jetzt rufe ich alle Herren auf die Bühne." Tyrone stellte sein Glas weg und gab mir einen Handkuss. „Bis gleich!" Sagte er und ging Richtung Bühne. „So und die Damen bitte, kommt alle nach vorne bitte." Rief der Bühnen Mann. Ich stellte mein Glas neben Tyrones und ging zur Bühne. „So ich werde jetzt alle Männer befragen nach ihrem Namen und den Namen der Freundin. Hatte er Freundin gesagt? Bin ich Tyrones Freundin? Mir wurde schwindelig bei diesem Gedanken. Ich schaute auf, Tyrone stand als siebter. In meinem Kopf rauschte es. Ich bekam gar nicht mit wie die anderen Männer hießen. Als ich hörte wie Jeremy seinen Namen sagte. „Lucy heißt meine Freundin!" Oh Gott jetzt kommt Tyrone an der Reihe. Dachte ich. Und ich sah schon wie Jeremy ihm das Mikro in die Hand gab. „Tyrone mein Name, meine Freundin heißt Aileen." Jetzt hatte er es doch wirklich gesagt. Ich bin seine Freundin. Ein wildes Getuschel drang an meine Ohren. „Wer ist sie?" „Wo ist sie?" „Hat die ein Glück." „Warum nicht ich!" „Wie sieht sie aus?" Als alle Männer fertig waren, sprach der Bühnen Mann wieder. „OK Jungs, habt ihr eure Traum Frau auch gefunden? Das werden wir ja jetzt sehen. Wir fangen bei Nummer eins hier an. Hohl deine Freundin auf die Bühne." Und er ging runter und kam mit einem Mädchen wieder. „Du bist dir ganz sicher das sie zu dir gehört? Ok junge Dame nimm deine Maske ab." Sie tat es und war über glücklich das er sie gefunden hatte. Der zweite fand seine Freundin auch sofort. Der dritte hatte weniger Glück. Als er breit lächelnd auf der Bühne stand und der Mann sagte das die Frau die Maske abnehmen soll falls sie die richtige Frau sei, schüttelte sie den Kopf. Oh weh dachte ich der arme Kerl. Er hatte noch ein Versuch und fand dann auch jetzt die richtige. Sie war aber weniger glücklich, sie zog eine Schnute. Dann kam Jeremy an der Reihe. Er ging runter von der Bühne und kam auch wenig später hinauf mit, wie ich sofort am Gang erkannte, Lucy an der and. Sie nahm die Maske ab und drückte ihm einen dicken Kuss auf dem Mund. Jetzt hörte ich wieder diese Stimme. „So Tyrone, jetzt bist du dran. Such dir deine Traumfrau." Er nickte und ging von der Bühne. Jetzt würde das Geplapper noch lauter um mich rum. Tyrone kam direkt auf mich zu, er lächelte und gab mir seine Hand. In meinem Kopf rauschte es. Jetzt stand ich da, auf der Bühne, mit Tyrone an der Hand. Die Menge starte mich an. Den anderen Jungs musterten mich genauer. Selbst der Mann von der Bühne sagte erst gar nichts. „Ähmm…….. Ok…… Tyrone bist du dir ganz sicher das sie die richtige ist?" Tyrone nickte und lächelte mich an. Dann hörte ich wieder wie der Mann sagte: „Nun gut, dann nimm die Maske ab wenn du die richtige bist." Ich traute mich nicht, gehöre ich wirklich zu ihm? Das tuscheln wurde immer lauter. Ich schaute Tyrone hilflos an. Doch er lächelte und flüsterte mir zu, „Aileen du bist die richtige für mich!" Mein Herz setzte ein paar Minuten aus. Mit zittrigen Händen nahm ich meine Maske ab. Und schaute ihn an. Die Menge klatschte. Ich hörte Lucy kreischen, „das ist ja wirklich Aileen!" Tyrone nahm meine Hand und merkte das ich zitterte. Wir gingen von der Bühne, er holte zwei Gläser Erdbeerbowle. „Du siehst wunderschön aus!" Sagte er zu mir.

„Wie hast du mich erkannt?" Fragte ich ihn später. Er lächelte. „An deinen Augen!" „Meine Augen?" Fragte ich verdutzt. „Ja, deine Augen haben dich verraten. Du hast die wunderschönsten grünen Augen die ich je gesehen habe! Sie haben mich schon bei unserem ersten Treffen so mitgerissen." Ich wurde rot. „Aileen, darf ich dich was fragen?" Ich nickte nur. Er schaute mir tief in die Augen, „darf ich dich küssen?" Jetzt fuhr mein Herz Achterbahn. Ich reagierte nicht sofort auf seine Frage. Ich merkte nur wie meine Knie weich wurden. Er war mir so nah, er schaute mich fragend an. Als ich mich wieder etwas gefangen hatte hauchte ich nur ein leises „ja" heraus. Seine Augen leuchteten, sein Gesicht kam immer naher. Ich hatte das Gefühl das mein Herz mir gleich aus dem Brustkorb springt. Er war nur noch wenige Zentimeter von meinen Lippen entfernt. Bis sie sich schließlich trafen. Es durchzuckte mich wie ein Blitzschlag. Seine Lippen waren so weich und so sanft. Der Kuss dauerte eine Ewigkeit, zumindest kam es mir so vor. Als wir uns von einander trennten, war mir total schwindelig. Seine Augen glühten und ich wurde rot bei diesem Anblick. „Aileen? Aileen, Mensch ich habe dich schon überall gesucht!" Lucy kam mit Jeremy im Schlepptau angerannt. „Wo hast du dieses Hammer Kleid her?" Rief sie und schob Tyrone etwas zur Seite. Ich sah in seine Richtung und er zuckte nur mit den Schultern und zwinkerte mir zu. Ich erzählte ihr kurz wo ich es mit Emma gekauft hatte und das sie mir geholfen hatte mit dem anziehen. Jeremy pfiff durch die Zähne. „Du siehst echt super aus." Sagte er. Als Lucy die Geschichte zu Ende gehört hatte, ging sie mit Jeremy auf die Tanzfläche. Ich atmete tief durch, ich war froh das sie endlich weg war. „Möchtest du auch gerne tanzen?" Hörte ich Tyrone fragen. „Gerne!" Antwortete ich. Und so gingen wir Hand in Hand zur Tanzfläche. Die live Band spielte einen langsamen Song, so das ich eng mit Tyrone tanzen musste. Ich spürte seinen Körper ganz nah, bei jeder Bewegung merkte ich wie seine Muskeln sich bewegten. Und meine Haut kribbelte. Als das Lied zu Ende war, hörten wir wie den Mann von der Bühne sprechen. „So, meine Damen und Herren, es wird jetzt eine Jury durch die Menge gehen und das Paar des Abends wählen. Es wird bewertet das Kostüm und der Tanz." Ich schluckte. Jetzt muss ich noch einmal mit ihm tanzen. „Ha, jetzt muss ich mich aber ansträngen!" Lachte Tyrone. Ich grinste und sagte: „Ach, das schaffen wir schon irgendwie!" Er lächelte und nickte mir zu. Die Band begann erneut zu spielen. Tyrone umfasste meine Teilie und wir begangen uns im Takt der Musik zu bewegen. Es fühlte sich herrlich an so in seinen Armen zu liegen. Ich bemerkte gar nicht wie die Jury bei uns stehen blieb und uns beobachtete. Sie machten sich Notizen auf ihrem Klemmbrett und gingen dann zum nächsten Paar. Tyrone legte den Kopf auf meine Schulter und flüsterte mir ins Ohr, „du bist so atemberaubend schön, du raubst mir die Sinne. Das hast du schon bei unserem ersten Treffen draußen bei den Klippen gemacht. Ich konnte dich nicht vergessen und musste dich wieder sehen. Und jetzt liegst du in meinem Arm und ich verliere bald den Verstand." Ich schaute zu ihm auf. Sein Gesichtsausdruck, so weich und zart. Er erzählte weiter. „Aileen, ich glaube ich habe mich total in dich verliebt." Ich riss meine Augen auf, „oh Tyrone!" Flüsterte ich. Ich konnte es nicht glauben. „Ich hoffe ich habe dich jetzt nicht überrumpelt, mit meinen Gefühlen!" Sagte er schnell. Ich schüttelte hastig meinen Kopf. „Oh nein, ganz und gar nicht. Du hast genau das ausgesprochen was ich die ganze Zeit gedacht habe." Sagte ich leise. Er schaute mich an, „sagst du das nur so, oder meinst du es wirklich?" „Das ist mein voller ernst!" Sagte ich mit heiserer Stimme. Und schon hatte ich seine weichen Lippen wieder auf meinen. In meinem Kopf drehte sich wieder alles. Ich war verliebt. Wir lösten uns voneinander und er streichelte mir mit den Zeigefinger über meine Wange. Die Musik war zu Ende. Der Bühnen Mann war wieder zu hören. „So, das Urteil ist gefällt. Das Paar des Abends ist......!" Die Jury gab dem Mann einen Umschlag. Er machte ihn auf. „So, der dritte Platz geht an….. Micky und Susan." Alles klatschte, „der zweite Platz geht an….. Jeremy und Lucy!" Wieder tobender Beifall. Die beiden Paare gingen auf die Bühne. Lucy und Jeremy strahlten. „So, und das Gewinner Pärchen ist….. Tyrone und seine Aileen!" Die Menge kreischte. Ich wurde schneeweiß im Gesicht. Tyrone nahm mich an der Hand und zog mich Richtung Bühne. Die Jury gaben uns die Hände. „Ja Tyrone, da hast du wirklich eine Märchen Prinzessin gefunden." Rief der Bühnen Mann noch. Tyrones strahlte und ich wurde mal wieder rot. „So dann, wie ihr wisst ist es

Tradition, das das Gewinner Pärchen in der Mitte der Tanzfläche zusammen tanzt." Sagte der Bühnen Mann und lachte. Ich erschrak, aber Tyrone streichelte mir mit dem Daumen über meinen Handrücken. Wir gingen Richtung Tanzfläche. „Tyrone, ich schaffe das nicht!" Hauchte ich vor Nervosität. „Ich bin bei dir, zusammen schaffen wir das schon." Ich nickte und schon wurde es dunkel. Alles stellte sich im Kreis um uns auf. Die Musik begann, ein liebes Lied, das Licht ging gedämpft wieder an und wir wiegten uns im Takt. Ich wünschte das dieser Abend nie endet. Ich schwebte auf Wolke 7. Als nun auch dieses Lied zu Ende war, klatschten alle Beifall. „Tyrone, ich brauche mal eine Pause!" Sagte ich total erschöpft. Er nickte und legte mir seinen Arm um die Hüfte. „Komm wir gehen uns was zu trinken holen." Wir liefen Richtung Bar und bestellten zwei Cola. Wir nahmen die zwei Gläser und Tyrone führte mich nach draußen. Die Luft tat sehr gut. Er ließ mich nicht los. „Wirst du Morgen wieder nach New York fliegen?" Fragte er mit trauriger Stimme. Mein Magen zog sich zusammen. „Ich muss. Aber ich werde wieder kommen sobald ich ein Studienplatz hier gefunden habe. „Das heißt du verkaufst das Haus nicht?" Fragte er. „Nein, das Haus gehört zu mir, ich lasse es mir nicht weg nehmen." Sagte ich spitz. Er nickte und ich schmiegte mich näher an ihn ran. Ich schloss meine Augen. Es wurde kühler und ich zitterte. „Ist dir kalt?" Fragte er mich besorgt. „Ein wenig!" Schlotterte ich. Er zog sein Jucket aus und legte es mir über die Schultern. Es war mittlerweile schon zwei Uhr Morgens durch. Ich unterdrückte ein gähnen, weil ich den Moment nicht zerstören wollte. „Bist du müde? Soll ich dich nach Hause fahren?" Fragte Tyrone mit leiser Stimme. Ich schüttelte hastig meinen Kopf, „ich möchte bei dir bleiben!" Sagte ich mit leiser zittriger Stimme. „Ich lasse dich nicht alleine, wenn du magst kann ich ja noch mit zu dir kommen, bis du eingeschlafen bist." Ich lächelte. „Ja gerne!" Er zwinkerte mit dem rechten Auge. „Ok, dann lass uns fahren, bevor du mir hier noch einschläfst." Und so gingen wir Richtung Auto. Es war ein blauer Van. „Ist das das Auto von Evan?" Fragte ich. „Ja das ist der gleiche, mit dem ich dich gestern auch nach Hause gebracht habe." Grinste er. „Oh, ich glaube ich war zu müde um ihn mir genauer anzuschauen." Er machte mir die Beifahrer Tür auf und ich stieg ein. Wenige Minuten später stieg er auf der anderen Seite ein. Er drehte den Zündschlüssel um und der Motor sprang an und wir fuhren über die Landstraße zum Haus.

14

Nach gut 15 Minuten waren wir auch schon da. Er stieg aus und machte die Beifahrer Tür auf. Er reichte mir seine rechte Hand und half mir aus dem Van. Ich holte den Schlüssel aus dem versteck und schloss auf. Ich machte Licht und ging in die Küche. „Möchtest du auch einen Tee oder lieber einen Kaffee?" Rief ich. „Tee bitte!" Kam die Antwort direkt hinter mir. Ich schreckte hoch. „Himmel, jetzt hast du mich aber erschreckt!" Und ich faste mir ans Herz. „Endschuldige, das war nicht mit Absicht." Er lächelte. Ich machte den Tee fertig und wir setzten uns am Küchentisch. Ich schwieg. Ich wusste nicht was ich sagen sollte. Bis er das Schweigen brach. „Aileen, wo ist dein Zimmer?" „Oben! Warum?" „Ich bin neugierig, du hast meines ja schon gesehne." Sagte er mit einem frechen grinsen. Ich lachte, „ok, du hast es so gewollt. Aber ich warne dich schon mal vor das dieses Zimmer schon sehr sehr alt ist. „Jetzt bin ich aber sehr neugierig!" Sagte er mit spielender Übertriebenheit. „Ok, aber bevor ich dich in mein Zimmer mit nehme muss ich dir was erklären." Er schaute mich fragend an. „Ähhh, das Zimmer ist jetzt sechs Jahre nicht mehr gestrichen worden." Ich wurde rot. Er lachte und streichelte mir über die Wange. Er drückte mir einen Kuss auf die Stirn und flüsterte mir ins Ohr: „Ich werde nicht lachen, das verspreche ich dir." Ich nickte und stand vom Tisch auf. Er nahm meine Hand und folgte mir die Treppen rauf. An meiner Tür blieb ich stehen. „Und du lachst ehren Wort nicht?" Er hob beide Hände in die Luft, „so wahr ich hier stehe!" Ich verdrehte die Augen. „Na gut!" Und schon drückte ich die Klinke nach unten und die Tür schwang auf. Er ging vor und blieb in der Mitte des Raumes stehen. Er drehte sich im Kreis und ich sah das lächeln in seinem Gesicht. Mir war das so peinlich das ich schon glühte im Gesicht. Ich ging zum Bett und setzte mich drauf. Ich beobachtete ihn wie er jeden Winkel des Raumes musterte. Als er fertig war schaute er mich an und hatte ein zauberhaftes lächeln auf den Lippen. Ich schaute ihn gespannt an. „Es ist Bund!" Gab er von sich. Ich lachte, „ach sag bloß!" Er stimmte in mein lachen ein. „Ich finde es super!" Sagte er nachdem wir uns eingekriegt hatten. „Mein Dad hat es für mich damals so gestrichen." Antwortete ich leise. Er kam zu mir und setze sich zu mir, er legte mir einen Arm um und ich legte meinen Kopf an seine Schulter. Ich wollte den Augenblick genießen so lange er noch bei mir war. Er atmete tief ein. Ich schrak hoch und schaute ihn fragend an. „Wann geht dein Flieger Morgen?" Fragte er mich traurig. Mir stiegen die Tränen in die Augen. „Um 3 Uhr!" Weinte ich. Er nahm mein Gesicht in seine Hände und schaute mir tief in die Augen. „Schhht, nicht weinen.!" Er wiegte mich in seinem Arm. „Ich will Morgen nicht fort, möchte bei dir bleiben." Heulte ich. „Hey, liebes, ich werde nicht gehen. Ich liebe dich!" Seine Augen wurden glasig. Auch er war den Tränen nah. „Aileen?" Fragte er später mit leiser Stimme. „Ja?" „Versprichst du mir etwas?" „Alles!" Sagte ich schnell. Er schaute mich an, „Verspreche mir, nicht ganz so lange fort zu bleiben ja?" Ich nickte, „das verspreche ich dir. Sobald ich in New York bin werde ich mich darum kümmern das man mich nach Irland versetzt." Er lächelte matt. Er senkte den Kopf und atmete tief ein. „Tyrone, ist alles in Ordnung mit dir?" Fragte ich erschrocken. Er nickte nur. Nach ein paar Minuten Schweigen, sagte ich: „Du? Kannst du heute Nacht bei mir bleiben? Ich möchte die Nacht in deinen Arm einschlafen und Morgen früh darin erwachen." Ich senkte meinen Blick, er antwortete nicht sofort und ich hatte Angst das er nein sagt. „Aileen, ich würde sehr gerne bei dir bleiben, aber ich habe nichts anzuziehen hier!" Meine Augen leuchteten. Ich sprang auf und kramte in meinen Kleiderschrank. Nach ein paar Minuten zog ich ein riesigen Pullover raus und hielt ihm den Pullover unter die Nase. „Der muss dir passen!" Rief ich mit aufgeregter Stimme. Er lachte, „ha du bist echt unglaublich. Sag nicht das du den auch anziehst?" Ich wurde rot und nickte. „Das ist mein Lieblingspulli." Flüsterte ich. „Er schaute mir tief in die Augen, nickte und nahm den Pulli in die Hand. „Ok, du hast mich überredet, ich bleibe." Ich sprang vor Freude in die Luft und drückte ihn ein Kuss auf den Mund. „Dann gehe ich mich schnell umziehen!" Grinste ich frech und griff nach meinen Schlafshirt und ging ganz schnell ins Bad. Ich stand vorm Spiegel und in meinem Bauch flogen die Schmetterlinge hin und her. Ich putzte mir die Zähne und zog mich rasch um. Als ich fertig war ging ich mit schnellen Schritten zurück. Als ich an meiner Zimmertür stand lauschte ich einen Moment und dann trat ich rein. Mein Herz setzte aus. Da stand er nur in Shorts und meinen Lieblingspulli, der ihm natürlich passte, er schaute mich an und hob seine Hände. „Und? Wie sehe ich aus?" Ich musste lachen. „Besser als ich!" Wir lachten beide. Er kam auf mich zu und nahm mich fest in seine Arme. „Aileen du weist gar nicht wie sehr ich dich liebe!" Flüsterte er mir ins Ohr. Ich schaute ihm tief in die Augen. „Und du nicht wie sehr ich dich." Seufzte ich. Er nahm mich bei der Hand und führet mich zum Bett. Er legte sich hinein und schlug mit seiner rechten Hand auf die freie Stelle neben sich. Ich zögerte etwas und er schaute mich an. „Möchtest du im stehen schlafen?" Ich schüttelte lachend meinen Kopf. „Nein! Ich warte nur bis du die Decke angewärmt hast!" Er lachte und zog sich die Decke übern Kopf. Ich ging zum Bett und schlüpfte nach ein paar Minuten unter die Decke. Er kam hoch gerutscht und legte seinen Arm unter meinen Kopf. Ich kuschelte mich ganz nah an ihn ran. Er streichelte mit seiner freien Hand über die Wange. Jede Berührung kribbelte auf der Haut ich schloss meine Augen, ich wollte nicht schlafen ich wollte jeden Augenblick mit Tyrone genießen. Als ich seine warmen weichen Lippen auf meiner Schläfe spürte. „Aileen ich liebe dich!" Hauchte er mir ins Ohr. Ich bekam eine Gänsehaut. Ich drehte mein Gesicht so das ich ihn in die Augen sehen konnte. „Tyrone, wenn du wüstest wie sehr ich dich liebe, ich liebe dich so sehr das es schon schmerzt wenn ich an Morgen denke." Ich weinte. „Schhht liebes, nicht weinen. Denk nicht an Morgen, denk an hier und jetzt." Er wiegte mich in seinen muskulösen Armen. Als ich mich wieder einigermaßen gefangen hatte, lockerte er seinen Griff etwas und er schaute mich an. Er lächelte. „Jetzt versuch etwas zu schlafen, du hast Morgen einen langen Tag vor dir." Ich schüttelte heftig meinen Kopf. „Tyrone? Darf ich dir eine Frage stellen?" „Klar, du darfst mich alles fragen!" Antwortete er mir. Ich nickte kurz und biss mir auf die Lippe. Ich wusste nicht wie ich die Frage stellen sollte. „Ähmm, du wohnst ja mit deinen Geschwistern alleine in dem Schloss da oben oder?" Er zog eine Augenbraue hoch. „Ja!" Ich schluckte. „Nun ja… meine Frage…. Ähmm… wo wohnen deine Eltern?" Ich merkte plötzlich wie sich jeder Muskel in seinen Körper anspannte. Hatte ich was falsches gesagt? Fragte ich mich. Er senkte seinen Blick und antwortete mit leiser Stimme: „Sie sind Tod

Aileen!" Ich schreckte auf! „Oh Tyrone bitte entschuldige, das wusste ich nicht, ich wollte dich nicht verletzen." Mir liefen Tränen an der Wange runter. Er sah dies und wischte sie mir mit seinen Daumen fort. „Ist schon gut, du konntest es ja nicht wissen. Ich weinte an seiner Brust. Er wiegte mich in seinem Arm wie ein Baby und streichelte mir übers Haar. Als ich mich einigermaßen beruhigt hatte, schlief ich vor Erschöpfung ein.

Als ich am anderen Morgen aufwachte, dachte ich erst dass ich alles nur geträumt hatte. Doch dann bewegte sich etwas rechst neben mir und ich drehte mich um. Tyrone hatte seinen Kopf auf seine Hand gestützt und schaute mich an. „Guten Morgen!" Er gab mir einen Kuss auf die Stirn und grinste. Er sah verdammt süß aus mit seinen verwuschelten Haaren. Ich streckte mich und kuschelte mich aber sofort wieder an ihn ran. „Wie spät habe wir?" Nuschelte ich. „10 Uhr durch!" Sagte er und lachte. „WAS?" Fragte ich ihn und schaute ihn gespielt böse an. „Du siehst echt süß aus mit deinen verstrubbelten Haaren!" Aus Reflex versuchte ich meine Haare zu glätten, was mir natürlich nicht gelang. Er lachte wieder. Ich zog einen Schmollmund und verschränkte meine Arme. „Das ist gemein!" Er schüttelte lachend seinen Kopf. „Was ist den gemein daran wenn ich dich süß finde?" Ich lief rot an. Er gab mir ein Kuss auf die Stirn, als die Tür auf ging. Ich drehte meinen Kopf in Richtung Tür uns sah Lucy wie sie angewurzelt im Türrahmen stehen blieb. „Oh…. Ähmm…. Ich wusste nicht… ich meine…. Ich gehe dann mal wieder!" Stammelte sie. Und wollte gerade wieder hinausgehen als Tyrone sie zurückhielt. „Lucy, du brauchst nicht gehen. Was hast du auf den Herzen?" Sie drehte sich um und ich sah dass sie das erste Mal nicht wusste was sie sagen sollte. „Nun ja…..!" Begann sie zögernd. „Ich wollte nur nachsehen ob alles in Ordnung ist, weil Aileen nicht runter zum Frühstück gekommen ist." Ich verkniff mir ein lachen. „Lu, es ist alles in Ordnung uns geht es gut. Wann seid ihr nach Hause gekommen?" Sie schaute mich verlegen an. „Gerade eben!" Ich zog die Augenbraun hoch. „Wie jetzt gerade?" Jetzt sah ich auch das sie ihr Kleid noch anhatte. Sie nickte, „ja, ich wollte den letzten Tag mit Jeremy hier noch Genießen." Sie senkte den Blick „und deswegen lasse ich euch jetzt auch mal alleine." Sie ging hinaus und schloss die Tür hinter sich. Mein Herz wurde schwer, Tyrone und ich hatten nur noch wenige Stunden bis zu meiner Heimreise. Er merkte meinen Stimmungswandel und drückte mich zärtlich an seine Brust. „Aileen? Ist alles in Ordnung mit dir?" In seiner Stimme war Besorgnis zu hören. Ich nickte zankhaft und schaute ihn an. „So", sagte er. „Jetzt lass uns aufstehen und den Rest des Tages noch genießen. Ich gehorchte und stand auf. Ich nahm mir frische Sachen aus dem Schrank und machte mich auf den Weg zum Bad, als Tyrone auf einmal neben mir stand. „Hast du nicht was vergessen?" Ich überlegte kurz und schüttelte den Kopf. „Nein nicht das ich wüste!" Er verzog den Mund und schaute mich gespielt traurig an. „Du weist es wirklich nicht?" „Nein!" Ich wusste ehrlich nicht was er meinte. „Na gut, dann hole ich es mir eben!" Er kam ein paar Schritte auf mich zu, ich riss meine Augen auf, als er auch schon mein Gesicht in seine Hände nahm und mir tief in die Augen schaute. In meinem Kopf drehte sich mal wieder alles. Sein Gesicht kam immer näher bis ich seine warmen Lippen auf meinen spürte. Mein Herz hämmerte wieder in meiner Brust, dieser Kuss war anders, er war sinnlicher. Ich merkte wie er seine Lippen öffnete und mit seiner Zunge über meine Lippen fuhr. Meine Nackenhaare stellten sich auf mir wurde heiß und kalt zugleich. Er war so zärtlich beinah schüchtern. Ich seufzte, er merkte dies und ließ weiter seine Zunge meine Lippen erforschen, bis sich unsere Zungen trafen. Es durchzuckte mich wie ein Blitzschlag. Nach ein paar Minuten löste er sich von meinen Lippen und schaute mich an. Ich keuchte. Und versuchte wieder klar zu denken. Er lächelte mich an, ich blieb an meinem Platz wie angewurzelt stehen. Ich war nicht im Stande mich zu bewegen. Was war das fragte ich mich. Meine Lippen kribbelten immer noch. Er schaute mich fragend an! „Hab ich jetzt was falsch gemacht?" „N… nein… es war wunderbar!" Stotterte ich. Er schaute mich an und sagte: „Na da hab ich ja noch mal Glück gehabt." „Ich werde dann mal ins Bad gehen," sagte ich nach einer weile. Ich nahm meine Sachen und ging aus dem Zimmer. Mir war immer noch heiß. Ich duschte mich schnell ab und zog mich an. Ich wollte ganz schnell wieder bei Tyrone sein. Als ich in mein Zimmer kam stand er schon fix und fertig angezogen da. „So, du bist jetzt fertig, jetzt fahren wir zu mir damit ich mich auch frisch machen kann." Ich grinste, „ok fahren wir!" Wir gingen hinunter und in der Küche saßen immer noch Jeremy und Lucy. „Guten Morgen!" Riefen Tyrone und ich wie aus einen Mund. Die beiden schreckten auf und schauten uns an. Tyrone griff nach meiner Hand „Lu ich bin bei Tyrone, werde in drei Stunden wieder hier sein!" Sie nickte. Und wir gingen hinaus. Wir stiegen in den blauen Van und

Tyrone fuhr los. Es war ein schöner Tag die Sonne stand hoch am Himmel und es war keine Wolke zu sehen. Ich schaute auf die wunderschöne Landschaft, dabei bemerkte ich wie der Knoten in meiner Brust sich immer mehr zusammen zog. Als wir vor dem Schloss stehen blieben, stieg Tyrone aus und kam zu mir rum. Er öffnete die Autotür und hielt mir seine Hand entgegen. Stumm nahm ich sie und er zog mich aus dem Wagen. Wie in Trance lief ich hinter ihm her. Er öffnete das Tor, was immer noch quietschte, und wir gingen in die große Halle. Evan und Chloe standen in der Küche und Tyrone zog mich hinter sich her. Als wir in der Küche an kamen, kam Evan sofort auf mich zu. „Aileen, schön dich mal kennen zu lernen, mein Bruder hat schon so viel von dir erzählt." Er grinste übers ganze Gesicht. Ich nahm seine Hand und er schüttelte sie. Chloe stand an der Arbeitsplatte gelehnt da und schaute mich finster an. Evan zischte was durch die Zähne was ich nicht verstand. Sie verdrehte die Augen und kam gelangweilt zu uns rüber. „Hi," sagte sie mit Zucker süßer Stimme. „Ich bin Chloe, schön das du da bist." Auch ihr reichte ich meine Hand, doch sie schaute sie nur an und drehte sich um und ging aus der Küche. Ich schaute ihr verdattert nach. „Ähmm ja, ok, so ist sie halt!" Sagte Evan entschuldigend. Tyrone knurrte etwas, aber ich verstand auch das nicht. „Nun gut ihr beide, geniest den heutigen Tag!" Tyrone nickte und zog mich jetzt Richtung Treppe. Als wir vor seiner Zimmertür standen schaute ich ihn fragend an. Er seufzte und machte die Tür auf. Das Zimmer sah noch genauso aus wie in meiner Erinnerung. Ich setzte mich auf das Sofa und schaute mich um. Tyrone machte die Tür hinter sich zu und kam zu mir. „Ist alles in Ordnung mit dir? Du bist so still!" Fragte er. „Ja, alles ok!" Sagte ich mit leiser Stimme. Er schaute mich prüfend an. „Schatz, du siehst so traurig aus, was ist los?" Und da konnte ich es nicht mehr halten. Ich legte mein Gesicht in meine Hände und weinte. Tyrone erschrak, zog mich ganz nah zu sich ran. „Schhht, süße alles wird gut. Nicht weinen." Er wiegte mich in seinen Arm, aber meine Gefühle waren so aufgemischt das ich mich nicht beruhigen konnte. Nach einer weile schlurzte ich, „ich will dich nicht verlassen. Ich möchte bei dir bleiben!" Er schaute mich traurig an. „Wir werden uns ganz schnell wieder sehen, das verspreche ich dir. Aber du musst erst deine Sachen in New York erledigen. Und ich werde auf dich warten, versprochen. Also hab keine Angst." Ich beruhigte mich etwas und schaute ihn an. „Ich werde dir auch jeden Tag schreiben!" Er lächelte, und streichelte mir über die Wange. „Jeden Tag?" Fragte ich. Er nickte. „Ja jeden Tag." Jetzt konnte ich wieder lachen. „Ja so gefällst du mir schon besser." Sagte er mit einem breiten Grinsen im Gesicht. „So dann werde ich mich mal eben duschen gehen und mir was Frisches anziehen. Du kannst ja in der zwischen Zeit diesen Mac Blair anrufen!" Ich riss meine Augen auf. Den hatte ich ja ganz vergessen. „Ja das mache ich auch jetzt sofort." Er gab mir noch einen schnellen Kuss und verschwand Richtung Bad. Ich nahm mein Handy aus der Hosentasche und wählte die Nummer. „Mac Blair und Co, Caity mein Name was kann ich für sie tun?" „Hallo, Aileen Connelly hier, ich möchte Mr Mac Blair sprechen!" Sagte ich mit fester Stimme. „Ja einen Augenblick, ich verbinde sie!" Ich wartete... „Mac Blair am Apparat?" „Guten Tag, Aileen Connelly hier....." „Aha, Miss Connelly, ich hoffe sie haben gute Nachrichten für mich?" Unterbrach er mich mit strenger Stimme. „Tut mir leid das ich sie da enttäuschen muss, aber ich werde das Haus nicht verkaufen. Ich werde wieder zurück nach Irland ziehen!" Antwortete ich. Es entstand eine lange Pause. „Ok Miss, wie sie wünschen, aber ich sage ihnen noch das eine, ich hätte das Doppelte vom Wert bezahlt." Ich schluckte. „Nein danke, meine Entscheidung steht fest!" Sagte ich jetzt mit etwas schwächere Stimme. "Nun gut, aber wie gesagt wenn sie es sich anders überlegen, sie haben ja meine Nummer!" Grummelte er. „Danke ja das habe ich, einen schönen Tag noch. Auf Wiederhören." „Ja Wiederhören!" Ich legte auf und schimpfte noch etwas vor mir her als die Türe auf ging und Tyrone ins Zimmer trat. Mir stockte der Atem. Er stand da, nur mit einem Handtuch um die Hüften geschlungen. Ich schluckte, ich schaute verlegen auf den Boden, aber meine Augen waren hungrig. Ich schaute wieder hinauf. Seine Haare waren noch nass, sie vielen ihm strähnig über die Stirn. Ein paar Wassertropfen suchten sich einen Weg über seine muskulösen Brust. Mir wurde ganz heiß. „Aileen, ist alles ok mit dir?" Fragte er mich besorgt. Mir war total schwindelig, klar, ich vergaß ja auch zu atmen. Er kam zu mir rüber und kniete vor mir hin, er schaute mir in die Augen. „Ist dir schlecht?" Hörte ich ihn fragen. Ich schüttelte den Kopf und holte tief Luft. „Mir… mir geht ….. Es gut!" Stotterte ich. Er zog eine Augenbraue hoch und sah mich fragend an. Als mein Verstand wieder einsetzte, schaute ich ihn gespielt böse an. „Du sag mal, willst du das ich den Verstand verliere?" Jetzt war er ganz irritiert. Ich grinste, „wie kannst du halb nackt in dein Zimmer kommen? Puh !" Ich tat so als ob ich mir den Schweiß von der Stirn wischte. „Oh Sorry! Ich wollte dich nicht erschrecken." Er lachte und ging zum Kleiderschrank und holte sich saubere Sachen raus. Ich drehte mich zur Wand so das er sich in Ruhe umziehen konnte. Als er fertig war, kam er zu mir rüber und zog mich auf die Beine. „Ja, so ist es besser." Sagte ich mit gespielter Erleichterung. Jetzt trug er wieder Jeans und ein Pullover, aber die Konturen seines Körpers zeichneten sich immer noch ab. „Ok, lass uns fahren, ich bin fertig!" Sagte Tyrone. Und so gingen wir wieder runter, ich verabschiedete mich von Evan und Chloe. Tyrone bekam Evans Auto noch mal und so fuhren wir wieder zu mir.

-16-

Tyrone saß auf meinem Bett, meinen Koffer neben sich. Ich holte meine Sachen aus dem Schrank und packte sie ein. Desto mehr ich in den Koffer packte, desto leerer wurde mein Kopf. Ich wollte nicht gehen. Als ich das letzte Teil eingepackt hatte, klopfte es an der Tür. Lucy kam rein, sie sah genauso traurig aus wie ich. „Lee, bist du soweit?" Fragte sie matt. Ich nickte stumm, und hievte den Koffer vom Bett. Tyrone nahm ihn mir sofort aus der Hand und half mir tragen. Wir gingen runter in die Küche wo Jeremy auch schon wartete. „Du Jeremy, lass uns mit ein Auto fahren. Der Flughafen ist um diese Zeit immer so voll!" Sagte Tyrone tonlos. Jeremy nickte und so gingen wir hinaus. Die Jungs packten unsere Koffer in den Kofferraum, ich drehte mich noch mal um und schaue mir die Gegend noch mal genau an. Ich wollte alles noch mal genau in mein Gedächnis rufen damit ich nicht vergesse wie schön es hier ist. Lucy und Jeremy stiegen hinten im Wagen ein. „Lee, kommst du?" Hörte ich Lucy rufen. Ich drehte mich um und stieg vorne ein. Tyrons fuhr los. Den ganzen Weg schwiegen wir. Lucy und Jeremy versprachen sich immer anzurufen und zu schreiben. Ich fühlte mich schrecklich. Ich wollte Irland nicht verlassen, und Tyrone schon gar nicht. Als wir wenige Minuten später am Flughafen ankamen hatte ich einen großen Kloß im Hals sitzen. Tyrone nahm meinen Koffer, Jeremy nahm den von Lucy. Wir gingen zum Schalter um die Koffer schon mal abzugeben. Die Dame sagte uns das die Maschine 15 Minuten Verspätung hat. Ich schaute abwechselt Tyrone Lucy und Jeremy an. „Ok, sollen wir uns in 15 Minuten wieder hier treffen?" Lucy nickte stumm und nahm Jeremy an die Hand. „Aileen, was hast du jetzt vor?" Fragte mich Tyrone mit hochgezogenen Augenbrauen. „Ich wollte noch ein letztes Mal mit dir alleine sein." Sagte ich mit leiser Stimme. Er nahm mich ganz fest im Arm und ging mit mir ein Stück. „Aileen, ich werde auf dich warten," er reichte mir einen Zettel, „hier ist mein Nummer, bitte ruf mich an wenn du in New York bist egal wie spät es ist, ok?" „Ja mache ich!" Mit Tränen in den Augen schaute ich ihn an. Er nahm mein Kinn in seiner Hand und schob mein Gesicht etwas nach oben, so das er mir in die Augen schauen konnte. „Nicht weinen, Aileen." Sein Gesicht kam immer näher, so nah bis sich unsere Lippen trafen. Es durchzuckte mich wieder wie ein Blitzschlag. Wie jedes mal wenn seine Lippen meine berührten. Als wir uns wieder trennten sah er mich nur an, und flüsterte: „Aileen, ich liebe dich!" Mir blieb das Herz stehen. „Oh Tyrone!" Flüsterte ich mit zittriger Stimme. Er sah auf sie Uhr. Er seufzte, „wir müssen los, sonst verpasst du deinen Flieger!" Und so gingen wir Hand in Hand zum Schalter, wo Lucy und Jeremy schon warteten. Als wir gerade ankamen, hörten wir auch schon die Durchsage für unseren Flug. Ich griff schnell in meine Jackentasche und holte einen Stift raus, ich schrieb meine Handy Nummer unter Tyrones Nummer und Ries das Stück, mit meiner Nummer ab, und drückte es ihm in die Hand. Und da hörten wir auch schon den letzten Aufruf durch die Lautsprecher. Lucy ging durch die Absperrung, „Aileen, komm schon," sagte sie mit weinerlicher Stimme. Tyrone schob mich auch hindurch, er gab mir noch einen Kuss und machte dann zwei Schritte zurück. Jetzt stiegen die Tränen in mir auf. Ich weinte, die Tränen flossen mir über die Wange. Lucy zog mich weiter Richtung Flugzeug. Tyrone winkte mir zu. Ich Ries mich von Lucy los und rannte noch mal zur Absperrung. „Tyrone, ich kann dich nicht verlassen!" Heulte ich. „Aileen, du verlässt mich doch nicht, wir sehen uns doch ganz schnell wieder." Lucy war wieder da und zog mich wieder Richtung Flugzeug. „Komm schon Lee, dadurch wird der Abschied nicht leichter." Wir waren schon fast da, da blieb ich noch mal stehen und drehte mich um. „Tyrone, ich liebe dich!" Schrie ich. Ich sah das er grinste und da ging auch schon die Türe vom Flugzeug zu. Die Stewardess begleitete uns zu unseren Plätzen. Wir setzten uns und ich schaute aus dem Fenster. Mir war elendig zur mute. Lucy und ich sprachen kein Wort miteinander. Ich glaube ihr ging es genauso schlecht wie mir. Ich lehnte meinen Kopf ans Fenster und weinte stumme Tränen, bis ich vor Erschöpfung einschlief.

„Aileen, wach auf, wir sind da!" Hörte ich Lucy sagen. Ich schlug die Augen auf und merkte das das Flugzeug schon stand. Ich nahm mein Handgepäck und wir gingen hinaus. Wir gingen stumm nebeneinander her zur Gepäckstation um unsere Koffer abzuholen. Als wir die Koffer hatten schaute mich Lucy an. „Aileen, wie geht es dir?" Fragte sie leise. Ich schaute sie an. „Nicht so gut, er fehlt mir jetzt schon so sehr!" Antwortete ich mit zittriger Stimme. „Ja, Jerry fehlt mir auch. Er will sich nach New York versetzten lassen!" Sagte sie. Ich spitzte die Ohren. „Jerry will in New York weiter studieren?" Fragte ich ein paar Töne zu hoch. Lucy nickte und schaute mich fragend an. Als wir draußen ankamen war es schon dunkel. Klar durch die Zeitverschiebung. Ich verabschiedete mich von Lucy und stieg in ein Taxi. Als ich vor meiner Wohnung stand, bezahlte ich und stieg aus dem Wagen. Der Taxifahrer half mir meinen Koffer aus dem Kofferraum zu holen. Jetzt stand ich hier und schaute hoch zu meiner Wohnung, danach schloss ich die Haustüre auf, ging mit meinem Koffer zum Fahrstuhl und der brachte mich in den sechsten Stock, wo meine Wohnung war. Als ich die Wohnungstür aufschloss, war mir alles sehr fremd. Ich hatte eine gähnende leere im Bauch. Ich stellte den Koffer in eine Ecke und griff zum Telefon. Ich holte den Zettel aus meiner Jackentasche und wählte Tyrones Nummer. „Ja, hallo?" Hörte ich ihn sagen. „Tyrone, ich bin's Aileen, ich bin gut angekommen!" Meine Stimme bebte beim klang seiner Stimme. „Das ist sehr schön, geht es dir gut?" Fragte er besorgt, weil er bestimmt das Zittern meiner Stimme bemerkt hatte. „Nein, ich vermisse dich so sehr!" Jetzt stiegen mir wieder die Tränen in die Augen. „Süße, ich vermisse dich auch!" Antwortete er mit tonloser Stimme. „Aileen?" „Ja?" „Am Flughafen eben…… nun ja, meintest du das ganz ehrlich?" „Was meinst du?" Fragte ich irritiert. „Na das was du mir zugerufen hast!" Ich antwortete nicht sofort, doch dann sagte ich: „Ja, ich liebe dich Tyrone, das meinte ich ehrlich." „Oh," sagte er nur aber ich hörte wie er in sich hinein jubelte. „So mein Schatz, ich rufe dich Morgen an! Geh jetzt schlafen, erhole dich etwas, ok?" „Ok, ich werde zwar nicht schlafen können aber ich werde es versuchen." Sagte ich leise. „Gut, Schlaf schön und Träum was schönes. Werde an dich denken." Sagte er. „Danke du auch!" „Ja, bis Morgen dann!" „Bis Morgen!" Dann war die Verbindung getrennt. Ich schaute noch lange auf das Telefon, an schlafen war nicht zu denken. Ich ging zum PC und schaltete ihn ein. Als er hochgefahren war, setzte ich mich davor und suchte sämtliche Telefonnummern von Universitäten in Irland raus. Ich schrieb mir die Nummern auf einen Zettel und wählte auch schon die erste Nummer. „Schönen guten Tag, sie sind verbunden mit dem automatischen Anrufbeantworter......" Den Rest ersparte ich mir und legte auf. Bei der zweiten und dritten Nummer hatte ich auch kein Glück. Ich gab es schließlich auf. Ich hielt das Telefon noch in den Händen und überlegte was ich jetzt machen sollte. Da wählte ich schon Lucys Nummer. „Ja, hallo?" Antwortete sie verschlafen. „Lucy, ich bin es Aileen," „Mhmh," Murmelte sie. „Kannst du mir bitte mal genau erklären was Jerry vor hat!" „Aileen, kann das nicht bis Morgen warten? Ich bin Hundemüde!" Enttäuscht sagte ich, „ok Lu, Morgen dann. Gute Nacht!" „Nacht!" Gähnte sie und legte auf. Ich legte das Telefon weg und war wütend auf mich selber. Ok, dachte ich mir Morgen werde ich alles erledigen und dann setze ich mich in den nächsten Flieger nach Irland. Ich zog meine Sachen aus und ging Richtung Schlafzimmer. Ich legte mich ins Bett und grübelte noch etwas vor mir hin bis ich schließlich so müde war, dass ich einschlief.

18

Am nächsten Morgen wachte ich früh auf, ich ging in die Küche und machte mir einen Kaffee. Ich nahm meinen Koffer, legte ihn auf mein Sofa und machte mich ans auspacken. Ich machte lauter kleine Wäsche Haufen für die Waschmaschine als mir mein Lieblingspulli in die Hände viel. Ich lachte bei der Erinnerung an das Bild wie Tyrone mit dem Pulli vor mir stand. Ich hob ihn hoch und er hatte noch Tyrones Geruch an sich. Ich zog den Pulli sofort an, ich wollte Tyrone ganz nah sein. Als es an der Tür klopfte, drehte ich mich zur Tür. Komisch, wer das wohl ist? Ich ging zur Tür und öffnete sie. Ich lachte. Es stand ein Bothe vor der Tür, der mich fragend anschaute. „Sind sie Aileen Connelly?" „Ja, die bin ich, wo muss ich unterschreiben?" Grinste ich. „Hier unten bitte," er reichte mir ein Blatt und einen Stift. Ich unterschrieb und da holte er einen Brief aus seiner Tasche. Ich nahm den Brief und wollte gerade die Tür zumachen, als der Bothe noch was sagte. „Einen Moment noch, ich habe noch was für sie." Ich stutzte und schaute ihn fragen an. Der Bothe ging ein paar Schritte von der Tür weg und kam mit einen riesigen Strauß roter Rosen im Arm wieder. Ich nahm die Rosen, bedankte mich und ging zurück ins Wohnzimmer. Ich stellte sie ins Wasser und bewunderte ihre Schönheit und den Duft. Ich nahm den Brief wieder zur Hand und machte ihn auf. Ich entnahm den Zettel heraus, dabei viel mir etwas zu Boden. Ich bückte mich und nahm es auf. Es war ein Foto. Mir stockte der Atem als ich erkannte wer darauf zu sehen war. „Tyrone!" Flüsterte ich. Er hatte mir ein Bild von sich geschickt. Ich schaute das Bild noch lange an, bis ich mich dann den Brief zuwandte. Ich las folgendes:

Mein liebster Schatz,
Ich hoffe dir gefallen die Rosen. Ich wollte dich überraschen. Du bist gerade erst ein paar Stunden weg und ich vermisse dich wahnsinnig.
Du bist das beste was mir passieren konnte,
Ich liebe dich!
Tyrone
P.s. Habe einen extra Zettel beigelegt dort steht meine E-Mail Adresse.
Ich warte auf deine Antwort!

Ich las den Brief immer und immer wieder, seine schöne Handschrift fesselte mich. Er musste ihn geschrieben haben, wo ich noch in Irland war. Sonst wäre er bestimmt noch nicht hier angekommen. Ich nahm das Bild und den Zettel mit der E-Mail Adresse mit zum Schreibtisch und schaltete meinen PC an. Ich meldete mich bei meinem Profil an und speicherte seine Adresse sofort. Die anderen E-Mails die ich bekommen hatte, überflog ich nur. Ich machte mich sofort an die Arbeit, und schrieb:

Guten Morgen hübscher Mann,

Deine Überraschung ist geglückt. Die Rosen sind wunderschön. Danke.

Wann hast du den Brief eigentlich geschrieben und abgeschickt?

Und dein Foto bekommt einen Ehrenplatz, du sollst das letzte sein was ich Abends sehe und das erste sein wenn ich Morgens aufstehe. Ich muss mal schauen ob ich auch eins von mir habe! ....

(Ich suchte auf meinem Rechner nach einem Bild von mir und wurde fündig.)

So da hab ich eins gefunden, das Bild ist gemacht worden letztes Jahr auf Lucy Geburtstagsfeier. Ich hoffe es gefällt dir. So, ich werde jetzt mal zu meiner Uni fahren und das mal klären ob man mich nicht versetzten kann. Melde mich später wieder bei dir.

Liebe dich

Aileen

Ich überflog noch mal das was ich geschrieben hatte und fügte das Bild als Anhang in die E-Mail ein und drückte auf senden. Ich schaute auf die Uhr, es war acht Uhr, Tyrone schlief bestimmt noch. In Irland war es nämlich erst drei Uhr. Ich schaltete den Rechner aus und ging ins Bad um mich fertig zu machen. Als ich mit duschen fertig wahr zog ich mich an, schnappte mir meine Tasche und mein Handy und ging hinaus. Auf der Straße war die Hölle los. Ich lief zur Bushaltestelle und wartete auf den Bus. Ich beobachtete die Leute wie sie hektisch durch die Straßen zogen. Das war mir früher gar nicht aufgefallen, staunte ich. In Irland ging alles viel ruhiger zu. Der Bus hielt an und ich stieg ein. Es waren ungefähr sechs Haltestellen bis zur Uni. Ich suchte mir einen Platz ganz hinten. Die ganze Fahrt über schaute ich aus dem Fenster. Ich konnte es nicht verstehen warum ich damals hier hin gezogen bin. Als meine Haltestelle kam stieg ich aus und lief den Weg Richtung Uni. Ich überlegte schon die ganze Zeit was ich dem Recktor alles erzähle, als mein Handy klingelte. Ich ging ran. „Ja, hallo?" „Hi Lee, ich bin es Lucy. Sorry das ich dich gestern so abgewürgt habe, aber ich war Hundemüde." „Ist schon ok, hast du schon was von Jerry gehört?" Eine kurze Pause trat ein, doch dann sagte sie: „Ja, er hat gerade angerufen. Er will sich jetzt darum kümmern versetzt zu werden. Und bei dir? Was machst du gerade?" Ich lachte. „Ich mache das gleiche wie Jerry!" Jetzt lachte auch Lucy. „Du Lu, glaubst du wenn Jerry und ich einfach die Plätze tauschen, ich meine er meinen Platz hier an der Uni und ich in Irland bei seiner Uni, das müsste doch klappen oder?" „Puh Lee, da habe ich keine Ahnung frag einfach mal den Recktor." „Ja das mache ich jetzt auch. Melde mich später bei dir und sag dir Bescheid!" „Ok mach das, bis später." „Bis später." Ich steckte das Handy wieder ein und ging jetzt auf die Uni zu. Ich wusste das der Recktor im Gebäude nebenan wohnt also lief ich direkt dort hin. Ich klopfte an der Tür. Nach wenigen Minuten ging die Türe auf und ein kleiner Mann mit Brille stand vor mir. „Ja bitte? Was kann ich für sie tun?" „Entschuldigen sie die Störung," sagte ich, „aber ich muss mit ihnen sprechen." Er schaute mich fragend an. „Kommen sie doch rein." Er machte eine Handbewegung zum inneren und machte den Weg frei. Ich nickte und ging hinein. Er führte mich ins Wohnzimmer und schaute mich neugierig an. „So, worüber möchten sie mit mir sprechen?" Ich setzte mich in einen Sessel und begann dann zu erzählen. Natürlich nicht alles, nur das was wichtig war. Er hörte mir geduldig zu. Ich erzählte auch von Jeremy und dem Tausch. Als ich mit meiner Geschichte fertig war schaute ich ihn gespannt an. Er schaute von seinen Händen auf und räusperte sich. „Nun ja," begann er. „Das ist gar nicht so einfach, aber ich werde sehen was ich für sie tun kann! Ihr Name war?" „Aileen, Aileen Connelly." „Gut Miss Connelly ich werde sie anrufen sobald ich was erfahren habe." Ich bedankte mich und er führte mich wieder zur Tür. Ich war nicht ganz zur Tür raus, als ich schon Lucy Nummer wählte. Als sie sich meldete, erzählte ich ihr von dem Gespräch und sie hörte mir stumm zu. Nach einer weile sagte sie dann: „Du, weist du was, ich komme jetzt gleich mal zu dir rüber. Dann kann ich dir genau erklären was Jerry gesagt hat!" „Ja ok, bis gleich dann!" Ich legte auf und setzte mich in den nächsten Bus und fuhr nach Hause. Als ich Zuhause ankam, schaute ich zur Uhr. Es war 13 Uhr. Ob Tyrone schon wach war? Fragte ich mich. Ich ging zum PC, schaltete ihn ein, meldete mein Profil an und war total aufgeregt. Aber Tyrone hatte noch nicht geantwortet. Enttäuscht wandte ich mich ab und schaute auf sein Foto. Ich war total in Gedanken versunken als es an der Tür klopfte. Ich ging zur Tür und Lucy stand da und grinste mich an. „Ich habe gute Nachrichten, habe eben mit Jerry telefoniert!" Ich schaute sie mit großen Augen an und zog sie in die Wohnung. „Erzähl, ich will alles wissen!" Wir setzten uns aufs Sofa und ich schaute sie gespannt an. „Also," begann sie, „Jerry hat mit seinen Recktor gesprochen," „ja, und was sagte er?" „Ja warte, lass mich doch zu Ende erzählen. Also der Recktor hat gesagt das er dich kennt und es schön finden würde dich wieder auf der Uni zuhaben!" „Lu, was heißt das?" Lucy grinste, „er hat gesagt… das er einverstanden ist!" Ich sprang auf und kreischte. „Oh man das ist ja super, jetzt muss nur noch mein Recktor einwilligen!" „Ach wenn du ihm sagst das die Uni in Irland dich sofort wieder aufnehmen will, dann machen die das doch bestimmt!" Ich zuckte mit den Schultern, „ich hoffe es." Wir schauten uns an, als plötzlich ein leiser Gong ertönte. Lucy kicherte. "Du hast eine E-Mail bekommen!" Ich rannte sofort zum PC und schaute nach und wahrhaftig, eine Antwort von Tyrone. Ich öffnete sie und las:

Guten Morgen meine Hübsche,

Das Bild ist wunderschön, danke. Freut mich das die Rosen dir gefallen, du hast recht, den Brief habe ich geschrieben vor dem Ball. Ich hoffe du bist mir deswegen nicht böse! Und hast du mit deinem Recktor gesprochen? Ich hoffe das er einwilligt. Weist du eigentlich schon was Jeremy erreicht hat? Schreib mir sobald du was weist.

Liebe dich

Tyrone

„Wow," antwortete Lucy hinter mir. Sie hatte mitgelesen. „Du hast Rosen bekommen? Wie süß!" Ich wurde rot und zeigte zum Wohnzimmertisch wo die Rosen standen. Sie ging drauf zu und schnupperte. „Oh man, die sind wunderschön," schwärmte sie. „Du Lee, hast du eigentlich schon was gegessen?" Ich schaute sie an und schüttelte mit dem Kopf. „Nein, aber jetzt wo du es erwähnst habe ich echt großen Hunger." Sie nickte. „Sollen wir eine Pizza bestellen?" „Das ist eine gute Idee!" „Ok, wie immer?" Fragte mich Lucy. „Wie immer!" Ich lachte. Lucy ging in die Küche und holte den Pizza Zettel aus der Schublade und wählte die Nummer um die Bestellung durchzugeben. Ich drehte mich wieder zum PC und machte mich an die Arbeit um Tyrone zu antworten. Ich schrieb folgendes:

Hallo mein Hübscher,

Ich bin dir nicht böse, ich fand die Idee richtig süß. Ja ich war gerade bei meinem Recktor, er will sehen was er für mich tun kann. Lucy ist gerade bei mir und hat mir erzählt das Jeremy mehr Glück hatte. Sein Recktor hat nämlich gesagt das er mich noch von früher kennt, und sich sehr freuen würde wenn ich wieder komme. Jetzt hoffe ich nur das der Recktor hier dann sofort einwilligt damit ich ganz schnell wieder bei dir bin. Ich vermisse dich schrecklich.

(Jetzt stand Lucy hinter mir. „Oh, bestell mal schöne grüße von mir!")
Ich soll dich schön grüßen von Lucy, sie hat gerade Pizza bestellt. War noch nicht einkaufen. Freue mich schon auf deine Antwort.

Liebe dich

Aileen

Ich drückte auf senden. Ich stand vom Rechner auf und ging in die

Küche um Besteck zu holen. Wir deckten den Tisch und kochten Kaffee. Als es an der Tür klingelte. Lucy sprang auf und ging zur Tür. Die Pizza war schon da. Ich hörte wie Lucy sagte, „stimmt so," und die Tür wieder zu machte. „Aileen, die Pizza ist da." Ich ging zurück ins Wohnzimmer, wo Lucy schon mit auspacken beschäftigt war. Ich setzte mich aufs Sofa und begann zu essen. Ich hatte tierischen Hunger, als mein PC sich erneut bemerkbar machte. Lucy grinste frech. „Sie haben Post!" Lachte sie. Ich nahm ein Stück Pizza und stand auf. Ich öffnete die E-Mail und las:

Hallo süße.

Da bin ich aber froh das du nicht böse auf mich bist. Ich hoffe das dein Recktor den Tausch zustimmt, ich vermisse dich nämlich auch sehr. Bestell Lucy schöne grüße zurück von mir, und sag ihr das sie ja auf meine Prinzessin aufpassen soll, solange ich nicht bei dir sein kann.

(Ich lachte, Lucy schaute fragend auf. Ich las ihr vor was Tyrone geschrieben hat und sie antwortete: „Klar mache ich!" Und ich las weiter.)

Man hast du es gut, heute ist normalerweise Chloe dran mit kochen, aber Madam hat ja wieder mal was Besseres zu tun. Naja, ich falle schon nicht vom Fleisch. Ich wünsche euch einen guten Appetit und ich werde jetzt mal schauen ob ich auch was zu Essen bekomme.

Bis später

Tyrone

Ich lachte in mich hinein. Als wir fertig waren mit essen, sagte Lucy: „So Lee ich gehe jetzt wieder nach Hause Jerry ruft gleich an." Ich nickte, „ok, danke das du gekommen bist!" „Klar, dafür sind Freundinnen doch da," sie nahm mich im Arm und ich weinte. „He, was ist los? Lee, du wirst ganz schnell wieder bei ihm sein, das verspreche ich dir." Ich schaute sie an und sie lächelte. „Ok, ich benehme mich albern!" Sie lachte wieder, „Du bist verliebt!" Sagte sie nur als Entschuldigung. Ich nickte nur, sie hatte ja so recht. Ich brachte sie noch zur Tür, als sie im Fahrstuhl verschwand, ging ich zurück ins Wohnzimmer. Ich überlegte was ich jetzt wohl machen sollte. Ich entschied mich die dreckige Wäsche zu waschen. Ich nahm den ersten Wäschehaufen und steckte ihn in die Waschmaschine. Ich schaltete die Maschine ein, nachdem ich Waschpulver hineingetan hatte. Als ich zurück ins Wohnzimmer ging fiel mein Blick auf den Kalender an der Wand. Oh man, wir haben ja den neunten Juli, noch drei Tage bis zu meinem Geburtstag. Mir war überhaupt nicht zum feiern zu mute. Ich entschied mich dieses mal meinen Geburtstag einfach ausfallen zu lassen. Ich grinste bei dem Gedanken an Lucy Gesicht wenn ich ihr erzähle das es keine Party gab. Danach überlegte ich mir, ob es noch was für mich zu tun gab. Ich stellte aber fest das alles fertig war. Und so setzte ich mich wieder vor meinem PC um Tyrone eine Antwort zu schreiben.

Hallo Märchenprinz,
Ich hoffe du hast was zu Essen gefunden? Das ist aber nicht nett von Chloe, ich hätte meine Pizza gerne mit dir geteilt! Lucy ist jetzt auch schon nach Hause gegangen Jerry ruft gleich an. Mein Recktor hat sich immer noch nicht gemeldet. Lucy sagte auch noch, das du dir keine Sorgen machen brauchst. Sie wird schon auf mich aufpassen...........

Ich hörte auf zu schreiben, mein Telefon klingelte. Ich stand auf und nahm ab. „Ja, hallo?" „Guten Tag, spreche ich mit Miss Connelly?" „Ja, das bin ich, was kann ich für sie tun?" Fragte ich überrascht. „Ja Miss, mein Name ist Sutherland, sie waren heute Morgen bei mir und haben mit mir über ihre Versetzung gesprochen." Jetzt machte es klick in meinem Kopf. „Ach ja, jetzt weiß ich, und haben sie was erreicht?" „Ja Miss, die Uni aus Irland hat sich bei uns gemeldet! Sie würden sie gerne wieder bei sich haben, sie wären eine gute Schülerin gewesen." Ich wurde rot, aber hörte schweigend weiter zu. „Ich habe mit allen Lehrern gesprochen, sie währen zwar sehr traurig darüber, aber sie sind mit dem Tausch einverstanden." „Juppi!" Schrie ich in den Hörer und sprang in die Luft. „Wir müssten nur noch auf die Papiere von ihnen und die von dem Jungen aus Irland warten, dann dürfte ihrer Versetzung nichts mehr im Wege stehen." Ich zitterte am ganzen Körper, „ich danke ihnen vom ganzen Herzen!" Bekam ich gerade noch heraus. „Ach keine Ursache, wir möchten ihrem Glück ja nicht ihm Wege stehen." Kam die Antwort. „Wir melden uns sobald ihre Unterlagen da sind." „Wie lange kann das dauern?" Fragte ich noch schnell, „vielleicht fünf bis sieben Werktage." Solange noch? Dachte ich mir, aber sagte schließlich: „Ja ok, danke noch mal!" „Immer gerne Miss, auf Wiederhören!" „Ja Wiederhören!" Ich legte auf und setzte mich sofort wieder vor meinem PC. Das musste Tyrone sofort erfahren. Und so schrieb ich weiter.

....du glaubst gar nicht wer gerade angerufen hat! Der Recktor von meiner Uni. Er sagt das meiner Versetzung nichts mehr im Wege steht. Sie warten nur auf meine Papiere und die von Jeremy. Und dann bin ich ruck zuck wieder bei dir!
Liebe dich
Aileen

Ich drückte auf senden und freute mich schon auf seine Antwort. Die sieben Tage werde ich auch noch überstehen. Ich dachte nur an Tyrone, und wie schön es wäre, bald wieder in seinen Armen zu liegen. In der Zeit wie ich auf die Antwort wartete ging ich in die Küche, um meine Wäsche aus der Waschmaschine zu holen und aufzuhängen. Ich war gerade dabei meine Jeans auf zu hängen als mein PC sich meldete. Rasch hängte ich die Jeans weg und lief zum Schreibtisch. Ich öffnete die E-Mail und war gespannt was er wohl geschrieben hatte.

Hallo süße,
Das ist ja super! Als ich das gerade gelesen habe, habe ich einen Luftsprung gemacht. Ich hoffe das die Papiere schnell ankommen, so das du ganz schnell wieder bei mir bist. So mein Schatz, ich melde mich Morgen früh wieder bei dir.

Muss jetzt zur Arbeit.

Liebe dich

Tyrone

Zur Arbeit? Darüber hatten wir nie gesprochen, ich hatte gedacht das er Studiert genau so wie ich. Ich überlegte hin und her ob er mir doch gesagt hatte was er Arbeitet. Mir viel einfach nichts ein. Und deswegen machte ich mich weiter an die Arbeit. Die Wäsche machte sich ja nicht von alleine sauber. Ich stopfte die nächste Maschine voll, schaltete und sie ein. Ich spülte die Teller und das Besteck ab, danach machte ich mich auf den Weg zum Schlafzimmer. Ich räumte die restlichen Sachen in meinem Schrank ein, machte mein Bett und wirbelte noch die ganze Zeit durch die Wohnung. Bis ich schließlich erschöpft auf mein Sofa sank. Puh, das hätte ich schon mal geschafft. Dachte ich mir. Mir war aber immer noch nicht eingefallen ob Tyrone mir gesagt hatte was er Arbeitet. Ich grübelte noch eine weile vor mir her. Ging aber schließlich doch zum PC und schrieb:

Hallo du,

Ich bin schon die ganze Zeit am überlegen ob du mir gesagt hast was du Beruflich machst. Aber ich glaube wir hatten da nicht drüber gesprochen, oder? Naja, ich freu mich schon auf deine Antwort. Ich gehe jetzt erstmal duschen und dann ins Bett. Ich wünsche dir eine gute Nacht und süße Träume.

Liebe dich

Aileen

Ich schickte die E-Mail ab und schaltete danach den PC aus. Im Schlafzimmer kramte ich mein Pyjama raus und ging dann Richtung Bad. Die Dusche tat richtig gut. Als ich mich nachher abgetrocknet hatte, schlüpfte ich in mein Pyjama und ging rasch ins Bett. Ich schaute mir noch Tyrones Bild auf meinem Nachtisch an, nahm es in die Hand und drückte ein Kuss auf das Glas. „Gute Nacht mein Schatz!" Flüsterte ich zum Bild gewannt, stellte es aber dann wieder hin. Als ich mich richtig in mein Oberbett eingekuschelt hatte schlief ich auch rasch ein.

Am anderen Morgen wachte ich vom klingeln meines Handys auf. Ich sprang aus dem Bett und rannte hin. „Ja hallo?" Rief ich total außer Atem. „Hi Lee, ich bin es!" „Morgen Lu, was gibt es?" Sagte ich glaub ich etwas zu enttäuscht. „Lee ist etwas?" „Nein alles ok. Lu was gibt es?" Fragte ich noch mal. „Ach ja, ich wollte dich fragen ob du was bestimmtes auf deinen Geburtstag machst?" Ich verdrehte die Augen. „Nein, ich werde bestimmt nicht feiern!" Lucy liebte es Partys zu organisieren. Aber mir war nicht zum feiern zu mute. „Echt nicht? Wie schade! Nicht mal ein klein wenig mit der besten Freundin?" „Ach Lucy bitte!" Mir war echt nicht nach feiern zu mute. „Ach komm schon, sei keine Spiel Verderberin." Ich seufzte. „Ok, aber nur wir beide! Ok?" Sie kicherte, „juhu, versprochen! Nur wir beide!" Oh weh, Lucy führt nichts gutes im Schilde. Dafür kannte ich meine Freundin zu gut. „Gut, dann werde ich jetzt mal überlegen was wir beide auf deinen Geburtstag so machen!" Ich wurde misstrauisch, sie hatte das Wort beide so betont! „Lucy, mach ja kein Mist ok?" „Ich doch nicht, du kennst mich doch!" „Ha, deswegen ja!" Antwortete ich. Sie lachte. „Bis Morgen mal!" „Ja, bis Morgen!" Und sie legte auf. Na da kann ich mich ja noch auf was gefasst machen! Ich ging in die Küche und machte mir einen Kaffee und ein Brot. Auf den Weg Richtung Wohnzimmer biss ich hinein und schaltete meinen PC an. Ich wollte mal nachschauen ob Tyrone mir schon geantwortet hatte. Als ich mein Profil angemeldet hatte, sah ich es. Ein lächeln huschte über mein Gesicht. Er hatte geantwortet.

Guten Morgen mein Schatz.

Ich bin gerade eben zur Tür rein. Und siehe da eine E-Mail von dir! Ok, jetzt werde ich dir erstmal eine Antwort geben. Ich studiere ja noch, aber nebenbei bin ich bei der freiwilligen Feuerwehr. Gestern Abend hatten wir echt viel zu tun. Und was machst du so? Sind deine Papiere schon da? Freu mich schon auf deine Antwort, gehe jetzt in die Falle. War eine harte Nacht. Gute Nacht!

Liebe dich

Tyrone

Feuerwehrmann? Oh je, das hatte er mir wirklich nicht erzählt. Jetzt war ich etwas besorgt um ihn. Ich starte den Monitor Gedankenverloren an. Ich las die E-Mail noch mal durch und drückte dann auf antworten.

Hallo du!

Da hast du mir ja einen schönen Schrecken eingejagt. Feuerwehrmann!! Sag mal wie kamst du auf diese Idee? Jetzt kann ich bestimmt nicht mehr ruhig schlafen. Leider sind meine Papiere noch nicht da, Lucy hat heute angerufen. Sie will mir eine Geburtstagsparty organisieren. Ich habe aber keine Lust was großes zu machen. Ich hoffe sie beherrscht sich. Naja was soll ich dazu noch sagen. So ist Lucy halt. Musst du heute Abend wieder arbeiten? Kann deine Antwort kaum abwarten!

Vermisse dich

Aileen

Ich drückte auf senden und merkte das der Knoten in meiner Brust größer wurde. Ich starte noch lange Zeit aus dem Fenster gegenüber vom Schreibtisch. Was mache ich jetzt nur? Ich entschloss mich erstmal duschen zu gehen. Ich stand auf und ging zum Schlafzimmer um mein Bademantel zu holen. Danach ging ich wie in Trance Richtung Bad. Ich zog meine Sachen aus, ich musste wieder an Tyrone denken. Ich zog den Duschvorhang zu und stellte das Wasser ein. Das warme Wasser tat gut auf der Haut. Ich stand regungslos unter dem Wasserstrahl und ich machte die Augen zu. Ich genoss die Wärme die das Wasser auf meiner Haut ausbreitete. Nach ein paar Minuten machte ich meine Augen wieder auf, schaltete das Wasser ab, stieg aus der Dusche und trocknete mich ab. Ich schlüpfte in meinem Bademantel und schlurfte zurück in mein Schlafzimmer. Ich zog mir meine Jeans und einen Pulli an. Als ich wieder im Wohnzimmer stand überlegte ich kurz was ich jetzt machen sollte. Und da kam mir eine super Idee. Ich schnappte mir meine Handtasche und ging aus meiner Wohnung. Der Fahrstuhl brachte mich runter. Ich wusste genau wo ich hin wollte. Ich wollte in den Plattenladen bei mir um die Ecke. Es war ein schöner Tag. Die Sonne stand hoch am Himmel, es wehte ein leichter Wind. Soweit der hier wehen konnte mit den ganzen Hochhäusern. Die Straßen waren überfüllt. Leute liefen hektisch auf und ab, Autos hupten, also eine typische New Yorker Kulisse. Es war kein langer Fußweg. Nach ein Paar Minuten war ich auch schon da. Ich betrat den Laden und ein Gong ertönte. Der Laden war nicht groß aber sehr gemütlich. An den Wänden standen große Regale wo Cd´s und Schallplatten drin sortiert waren. Jetzt kam ein junger Mann hinter der Theke zum Vorschein. Er schaute nicht auf, aber sagte: „Guten Tag, was kann ich für sie tun?" Ich grinste, „Mhmh mal überlegen!" Sagte ich. Erst jetzt schaute er hoch. „Aileen, schön dich zu sehen, wie war dein Urlaub?" „Danke Ben, er war super. Nur leider etwas zu kurz!" Er lachte, „ja das ist ja immer so!" Ich nickte. „Ben, kann ich dir irgendwie helfen? Mir ist echt super langweilig!" Er grinste, „ok ich brauche wirklich Hilfe. Ich habe Wahre bekommen und die muss eingeräumt werden!" „Ok dann lass mich mal anfangen." Und schon ging ich Richtung Lager. Als ich die Tür vom Lager aufmachte traf mich der Schlag. „Ben? Bist du dir sicher das das nur Wahre von heute ist und nicht vom ganzem Monat?" Fragte ich lachend. Ich hörte wie er schnaubte und lachend zurück rief: „Ok du hast gewonnen. Es ist nicht nur von heute!" Ich verdrehte die Augen und begann den ersten Karton auf zu machen. Ich stellte den ersten Stapel zusammen. Ich sortierte alles nach dem Alphabet. Ich war so in meine Arbeit versunken das ich gar nicht mitbekam das Ben herein kam und mich beobachtete. „Stellst du gerade einen neuen Weltrekord auf?" Fragte er mich. Ich drehte mich zu ihm um und schaute ihn fragend an. „Warum?" "Na, du arbeitest jetzt schon vier Stunden hier hinten ohne Pause, da dachte ich mir ich schaue einfach mal nach ob alles in Ordnung ist!" Ich schaute ihn erschrocken an. „Was? So lange bin ich schon hier hinten?" Ben nickte. „Lust was essen zu gehen? Ich lade dich ein?" Ich musste lachen, weil ich jetzt erst merkte das mein Magen knurrte. „Ja gerne ich habe einen Bärenhunger!" Und so schnappte ich mir meine Tasche und wir gingen hinaus. Ben schloss den Laden ab und wir beide gingen in die Pizzeria zwei Straßen weiter. Wir bekamen unseren Stammtisch vorne am Fenster direkt am Eingang. Als die Kellnerin kam bestellten wir zwei Cola und zwei Salami Pizzen. Ich merkte wie Ben mich beobachtete. „Aileen? Ist alles in Ordnung mit dir? Du bist auf einmal so schweigsam!" Ich schaute ihn an und lächelte! „Ach Ben, es ist alles in Ordnung. Es ist nur……. naja…… ich habe im Urlaub jemanden kennengelernt." Ben schnappte aufgeregt nach Luft. „Oh, erzähl mir alles!" Ich kicherte. Mit Ben konnte man echt über alles reden, wenn er mal Stress hatte mit seinem Freund hatte er mir auch immer alles anvertraut und sich an meiner Schulter ausgeweint. Ja, Ben steht auf Männer. „Na gut, du hast es so gewollt!" Und so erzählte ich ihm von Tyrone, wie wir uns kennen lernten wie er aussieht und so weiter. Er hörte mir aufmerksam zu. Auch als die Kellnerin uns die Pizzen brachte, ich erzählte weiter. Als ich fertig war mit meiner Geschichte, schaute er mich total verträumt an und seufzte. „Ach Aileen, wie schön. Ich hoffe das du ihn sehr schnell wieder siehst." Er tätschelte meine Hand. Und ich lächelte als ich sah das er Tränen in den Augen hatte. „Ja, Ben das hoffe ich auch!" Als wir mit dem Essen fertig waren, Ben bestand darauf zu zahlen, gingen wir zurück in den Plattenladen. Ich ging direkt wieder nach hinten zum Lager um meine Arbeit fort zu setzten. Die Zeit vergaß ich dabei total. Erst als Ben nach hinten kam um mir zu sagen das er Feierabend machte, schaute ich auf. Ich nickte und streckte mich. Ich nahm meine Tasche und wir gingen hinaus. „Du Ben? Darf ich Morgen wieder kommen?" „Na klar, ich freu mich immer wenn mir jemand bei der Arbeit hilft." „Klasse, dann bis Morgen Ben!" Er nickte und winkte mir zu. Ich schaute auf meine Uhr. 19 Uhr. Mein erster Gedanke war Tyrone. Ob er mir schon geschrieben hatte? Ich rannte fast schon nach Hause. Als ich schließlich an meiner Wohnungstür stand wurde ich ganz nervös. Ich schloss auf und stürmte hinein. Ich schmiss meine Tasche Richtung Sofa und schaltete als erstes meinen PC an. Ich konnte es kaum abwarten bis er hochgefahren war. Nach etlichen langen drei Minuten war es soweit. Ich öffnete mein Profil. Und ich strahle, ich hatte eine neue Nachricht. Ich drückte auf öffnen, und las:

Hallo süße!

Es tut mir leid das ich dir so einen Schrecken eingejagt habe. Wie ich auf die Idee kam? Nun ja das ist eine lange Geschichte, die ich dir dann mal erzähle wenn wir uns wiedersehen. Schade das deine Papiere noch nicht da sind, ich vermisse dich wahnsinnig. Ach komm süße eine Geburtstagsparty muss ja wohl sein, dass kannst du deiner Freundin nicht abschlagen. Und ja ich muss heute wieder arbeiten. Aber keine Angst ich passe schon auf mich auf. Aber erzähl mal wie war dein Tag? So muss jetzt los.

Liebe dich

Tyrone

Ich starte auf den Bildschirm. Eine lange Geschichte hat er gesagt! Jetzt wurde ich neugierig. Sorgen machte ich mir trotzdem. Hoffentlich passiert ihm nichts, dachte ich mir. Nun gut, ich drückte auf Antwort und begann meinen Tag zu beschreiben.

Hallo Grisu!

Mein Tag war soweit ganz gut. Ich habe Ben besucht, Ben ist der Besitzer von dem Plattenladen wo ich arbeite. Ich habe ihm mit der Wahre geholfen. War echt eine Menge sag ich dir. Danach hat er mich zum Pizza essen eingeladen. Er wollte alles von dir wissen. Er freut sich echt so für mich. Mit ihm kann man echt gut reden. Aber keine Angst, er steht auf Männer! Morgen werde ich ihm noch mal helfen. Naja, und dann kommt die Überraschung. Ich hoffe wirklich Lucy beherrscht sich. Ohne dich wird es mir sowieso nicht gefallen. Ich vermisse dich ganz doll. So werde jetzt duschen gehen und dann ab ins Bett. Pass gut auf dich auf.

Liebe dich

Aileen

Ich las mir den Brief noch mal durch und drückte dann auf senden. Danach schaltete ich den PC aus und ging ins Bad. Nach der warmen Dusche zog ich mein Lieblingspulli an und hüpfte danach schnell ins

Bett und kuschelte mich ein. Es dauerte nicht lang, da schlief ich auch schon ein.

20

Am nächsten Morgen, ich schlief sehr lange, wachte ich von einem klopfen an meiner Tür auf. Erst dachte ich, ich hätte geträumt als es erneut klopfte. Ich stand auf und ging zur Tür. „Ja bitte, wer ist da?" Fragte ich. „Lee ich bin es Lucy!" Ich öffnete die Tür und sie rauschte auch schon hinein. „Also ehrlich Lee, du hast mir echt einen Riesen Schrecken eingejagt." Ich schaute sie fragend an. „Ich habe schon ein paar mal auf dein Handy angerufen, aber du hast nicht abgenommen. Deswegen habe ich mich auch sofort auf den Weg gemacht um zu schauen ob alles in Ordnung ist!" Ich schaute sie immer noch an. „Lu, beruhig dich, mir geht es wie du siehst." Sie schnaubte! „Ja, ich sehe es." Ich grinste, „Lu möchtest du was trinken?" Sie nickte nur, und so ging ich in die Küche. „Was möchtest du den trinken?" „Kaffee bitte!" „Ok, ich koche eben einen." Und so ging ich zur Kaffeemaschine und fühlte Wasser in den Behälter, danach füllte ich das Pulver in den Filter. Zum Schluss schaltete ich die Maschine an und ging zurück. Lucy saß schon im Sessel und beobachtete mich. "Was ist los? Was heckst du schon wieder aus?" Sie schaute mich unschuldig an. „Morgen ist dein Geburtstag!" Flötete sie. Ich verdrehte die Augen, „musstest du mich daran noch erinnern? Ich bin schon deprimiert genug!" „Ach komm schon sei keine Spielverderberin. Ich habe mir was ganz tolles ausgedacht." Jetzt schaute ich sie böse an, „ich habe dir gesagt du sollst dich zurück halten!" „Das tu ich doch auch!" Sie grinste frech. Ich schnaubte nur verächtlich. „Ja klar!" Sie kicherte. „Ach komm schon, wir machen uns einen schönen Tag! Das verspreche ich dir!" Ich schaute sie misstrauisch an. Aber nickte nur. „Ok Lee, ich fahre dann wieder nach Hause. Ich hole dich Morgen so gegen 15 Uhr ab. Also sei ja fertig!" Ich nickte wieder. Sie nahm mich in den Arm und ging danach zur Tür. „15 Uhr, denk daran!" „Ja Lu ich werde pünktlich fertig sein!" Sie nickte, „bis Morgen dann!" Ich winkte und machte die Türe hinter ihr zu. Jetzt fiel mir ein das ich noch gar nichts von Tyrone gehört habe. Also ging ich schnell zum PC und schaltete in an. Als ich mein Profil öffnete sah ich, dass Tyrone mir geschrieben hatte und las folgendes:

Guten Morgen mein süßer Schatz.

Es freut mich das dein Tag ganz gut war, meiner war eher langweilig. Wir hatten nichts zu tun. Ich hoffe das es heute besser wird. Ich vermisse dich auch schrecklich. Hast du mal was von deinen Papieren gehört? Wie lange dauert das noch? Kann es kaum erwarten dich wieder in meinen Armen zu schließen. So muss jetzt wieder los.

Liebe dich

Tyrone

Ich schaute auf den Monitor und war sprachlos. Warum hat er nur so kurz und schmerzlos geantwortet? Das kam mir sehr komisch vor. Ich schaute auf die Uhr und bemerkte das wir schon zwölf Uhr durch hatten. Ich hatte Ben ja schließlich versprochen zu helfen. Ich drückte auf antworten und schrieb:

Guten Morgen.

Ich drücke dir für heute die Daumen das dir nicht langweilig wird. Lucy war gerade da und hat mit mir über Morgen geredet. Bin mal gespannt was sie im Schilde führt. So muss jetzt los, Ben wartet. Bis heute Abend (hoffentlich).

Liebe dich

Aileen

Ich drückte auf senden. Und ging ins Bad. Als ich fertig geduscht hatte, zog ich mich rasch an. Ich nahm meine Tasche und ging zur Tür hinaus. Als ich am Plattenladen ankam, stand Ben schon an der Theke. „Ah Aileen, da bist du ja. Wollte dich gerade anrufen!" Ich seufzte, „bin ja jetzt da!" Er lächelte. „Nun gut Ben, wenn du mich suchst ich bin hinten im Lager!" Er nickte und ich ging nach hinten. Als ich die Tür zum Lager aufmachte, fand ich es noch genau so vor wie ich es gestern verlassen hatte. Ich holte tief Luft und machte mich wieder an die Arbeit. Diesmal schaffte ich alle Kartons auszupacken. Ich nahm die Stapel die mit A anfingen, ging hinaus um sie in die Regale einzuräumen. Als ich bei H angekommen war, sagte Ben: „Du sag mal, hast du kein Hunger?" Ich schaute ihn an und nickte. „Jetzt wo du es sagst! Ich glaube ich vergesse das Essen immer wenn ich hier bin!" Ben lachte, „also ich möchte nicht Schuld sein wenn du vom Fleisch fällst!" Ich lachte. „Ach Ben, du bist so gut zu mir!" „Ja ja, wenn du mich nicht hättest. Andy hat uns gerade ein paar Snacks vorbei gebracht!" „Mhmh, ok dann las mal was Essen!" Wir gingen zur Theke, wo Andy auf uns wartete. „Aileen, wie schön dich mal wiederzusehen!" „Hi Andy, es ist auch schön dich zu sehen. Was hast du uns den schönes mitgebracht?" "Ja, meine Spezialität, Hühnchensalat mit Nudeln!" Sagte Andy strahlend. „Oh super, das hört sich toll an." Und so setzten wir uns zusammen und fingen an zu Essen." Andy und Ben flirteten wie wild miteinander. Ich schaute den beiden eine weile zu, merkte aber schnell das ich mit meinen Gedanken langsam dahin schwebte. Was Tyrone wohl gerade macht? Als ich so vor mir hin träumte merkte ich gar nicht wie Ben mich ansprach. „Aileen? Hallo noch da?" Ich schüttelte meinen Kopf. „Äh, Sorry was hast du gesagt?" Ben schüttelte den Kopf, „also ehrlich Kind, wo hast du nur deine Gedanken wieder?" Ich seufzte. „Ach Ben ich war wieder bei Tyrone. Ich vermisse ihn so sehr!" Jetzt liefen mir die Tränen über die Wange. Ben nahm mich in den Arm. „Ach süße, nicht weinen. Du siehst in ja bald wieder." „Ja aber wann, er hat mir heute Morgen nur ganz kurz geschrieben!" Und so erzählte ich ihm von der kurzen E-Mail die er mir geschrieben hatte. Ben hörte mir aufmerksam zu. „Ach Aileen warte ab, er hatte bestimmt fiel zu wenig Schlaf! Dann sind Männer so!" Jetzt musste ich lachen. „Ok Ben, ich mache jetzt noch ein wenig weiter!" Er nickte nur. Und ich machte mich wieder im Lager an die Arbeit. Ich hörte erst auf als Ben wieder rein kam und mir sagte das er zu macht. „Wie haben wir schon 19 Uhr?" Er nickte. „Na gut, dann mache ich mich mal auf den Heimweg. Schaffst du den Rest alleine?" „Na klar! Mach dir ja einen schönen Tag Morgen!" Ich verdrehte die Augen. „Ich werde es versuchen!" „Ach das wird schon!" Sagte Ben . Ich winkte noch zum Abschied und ging nach Hause. Als ich Zuhause ankam, wusste ich nicht was ich machen sollte. Tyrone war bestimmt noch nicht da. Also beschloss ich erstmal duschen zu gehen. Ich lies mir Zeit. Als ich fertig war und mir mein Lieblingspulli angezogen hatte, ging ich zum PC um nach zu sehen ob Tyrone mir vielleicht schon geschrieben hatte. Als ich mein Profil öffnete, war ich enttäuscht das noch keine E-Mail da war. Ich schaute nochmals auf meine Uhr es war neun Uhr. Tyrone hat bestimmt noch zu tun. Ich lies den PC an, ging ins Wohnzimmer und schaltete den Fernseher an. Ich legte mich auf das Sofa und schaute irgendeine Tierserie. Glaube ich zumindest, viel bekam ich nicht mit, weil ich eingeschlafen war.

21

Ich wurde durch ein Rauschen geweckt. Ich machte die Augen auf, und merkte das ich immer noch auf meinem Sofa lag. Im Fernseher war nur noch Schnee zu sehen. Ich gähnte und streckte mich. Die Wanduhr zeigte drei Uhr in der früh an. Ich schaltete den Fernseher aus und als ich Richtung Schlafzimmer lief, sah ich das mein PC noch an war. „Tyrone!" Flüsterte ich und setzte mich vor dem Monitor und schaute nach ob ich eine neue E-Mail bekommen hatte. Mein Lächeln erstarb. Er hatte nicht geschrieben. Ich schaltete den PC aus und schlurfte Richtung Schlafzimmer. Ich legte mich in mein Bett und merkte das mir die Tränen über die Wangen liefen. Ich weinte still vor mir her. Bis ich vor Erschöpfung einschlief. Ich schlief nicht lange. Ich wurde vom klingeln meines Telefon geweckt. Ich stand auf und nahm ab. „Ja hallo?" „Aileen, alles liebe zum Geburtstag!" „Emma, dank dir. Wie geht es euch?" „Ach uns geht es super. Und wie geht es dir?" Ich seufzte. „Ja ganz gut glaub ich!" „Schätzchen, was ist los? Was bedrückt dich?" Fragte sie voll Sorge. „Ach soweit ist alles in Ordnung! Ich muss nur heute mit Lucy Geburtstag feiern, und ich weiß nicht was sie vor hat!" Sie lachte. „Ach Aileen, das wird schon gut werden. Genieße es einfach!" „Ich werde es versuchen Emma!" „Gut gut," flötete sie. „Melde dich Morgen mal, will wissen was sie mit dir gemacht hat!" „Ist gut, mach ich. Bis Morgen mal!" „Ja tschüß Schätzchen!" „Tschüß!" Ich legte auf. Ein kurzer Blick auf meine Uhr, verriet mir das wir erst neun Uhr hatten. So ging ich in die Küche um zu frühstücken. Ich setzte einen Kaffee auf und machte mir ein Brot. Als mein Handy klingelte. Ich nahm ab. „Hallo?" „Alles liebe und gute zum Geburtstag!" Hörte ich Ben singen. „Danke Ben lieb von dir!" Sagte ich tonlos. „He, was ist den mit dir los? Du klingst echt nicht gut!" „Ach Ben merkt man das so sehr?" „Und wie! Erzähl, was bedrückt dich?" Und so erzählte ich ihm das Tyrone mir noch nicht geschrieben hat, und das er gestern Morgen nur ganz kurz geschrieben hatte. Ben hörte mir aufmerksam zu. Bis er schließlich sagte: „Aileen, mach die keine Sorgen. Er hat bestimmt viel zu tun. Er meldet sich schon. Da bin ich ganz sicher!" „Glaubst du?" Fragte ich mit Hoffnung in meiner Stimme. „Na klar. Und jetzt mach die ja einen schönen Tag mit deiner Freundin. Und wenn du heute

Abend wieder kommst hast du bestimmt eine schöne Nachricht auf deinen PC! Du wirst schon sehen." Ich lächelte. Ben konnte mich immer sehr gut aufmuntern. „Ok Ben, ich danke dir." „Ach dafür bin ich doch da! Bis dann." „Ja bis dann!" Ich legte auf, aber mir einen lächeln im Gesicht. Ich nahm meinen Kaffee mit ins Wohnzimmer und schaute noch etwas fern. Ich stand nur hin und wieder auf um mir einen neuen Kaffee zu holen. Ab und zu musste ich an mein Telefon gehen, um Gratulationen entgegen zu nehmen. Alle riefen sie an, Micky Jeremy, Susen, Terry, John, Kelly und Sandy. Nur Tyrone nicht. Ich merkte richtig wie mein Herz schmerzte, bei dem Gedanken das er meinen Geburtstag vielleicht vergessen hatte. Ich war echt froh als meine Uhr mir zwölf anzeigte. Ich ging ins Schlafzimmer und suchte schon mal meine Sachen zusammen, die ich nachher anziehen wollte. Ich entschied mich für was einfaches. Eine Jeans und einen Pulli. Ich wollte gerade Richtung Bad gehen, als es an meiner Tür klopfte. Mein Herz setzte aus. Ich ging zur Tür und öffnete sie. „Lucy? Was machst du denn hier? Wir haben doch noch keine 15 Uhr!" „Alles gute zum Geburtstag meine liebe. Hier ist dein Geschenk!" Lucy drückte mir ein flaches längliches Packet in die Hand. „Das brauchst du heute!" Sagte sie grinsend. „Was soll das? Wir haben doch gesagt wir schenken uns nichts!" „Ja ja ich weiß, aber das musste sein. Los mach es auf!" Ich verdrehte die Augen. Super dachte ich mir nur. Ich legte das Packet auf den Küchentisch und begann es auf zu machen. Als ich erkannte was im inneren des Päckchen war hielt ich die Luft an. Im inneren lag ein schwarzes Kleid. Ich holte es aus der Schachtel und mir blieb die Luft weg. „Oh Wahnsinn, was… wie.. Es ist wunderschön! Aber wofür brauche ich ein Kleid?" Lucy strahlte! „Ja, das ist deine Überraschung für heute. Also, du musst heute super schön aussehen. Wir gehen nämlich auf einen Ball!" Ich riss die Augen auf! „Wohin gehen wir?" Lucy kicherte. „Ja du hast richtig gehört. Wir gehen auf einen Schulball! Sozusagen dein letzter auf dieser Schule. Ok dann fahre ich mal wieder und hole dich um 15 Uhr ab!" Ich nickte nur, und Lucy huschte zur Tür heraus. Ich schaute ihr nach. Wir hatten schon ein Uhr Mittags. Ich legte das Kleid auf mein Bett und machte mich auf den Weg zum Bad um zu duschen. Als ich fertig war, trocknete ich mich ab und ging zurück zum Schlafzimmer. Lucy hatte an alles gedacht. Sie hatte mir sogar die passende Unterwäsche zum Kleid gekauft. Ich schlüpfte in die Wäsche und betrachtete mich im Spiegel. Sie saß wie angegossen und fühlte sich gut auf der Haut an. Ich zog meinen Bademantel drüber und ging zurück ins Wohnzimmer. Mein Herz klopfte als ich mich vor meinem PC setzte. Ob er jetzt vielleicht schon geschrieben hatte? Nein, mein Posteingang war leer. Ich seufzte. Er hatte mich vergessen. Die Uhr zeigte 14 Uhr. In einer Stunde würde Lucy wieder kommen um mich abzuholen. Ich schaltete den PC aus und ging zurück ins Bad. Dort schminkte ich mich, natürlich jetzt etwas mehr wie sonst. Ich betonte meine Augen, so das sie gut zur Geltung kamen. Meine Haare steckte ich nur an eine Seite etwas hoch und fixierte es mit einer großen silbernen Spange, die meiner Mutter gehört hatte. Jetzt ging ich ins Schlafzimmer und zog das Kleid an. Es war ein Traum. Es hatte Spagettiträger und unter der Brust verlief ein breites Band, was hinten zur Schleife wurde. Der Rock wurde von der Hüfte abwerte etwas breiter. Die Schultern wurden von einer Stola bedeckt. Lucy hatte mir sogar passende Handschuhe und Schuhe beigelegt. Diese hatten nur einen kleinen Absatz mit einem Riemchen der am Knöchel zu gemacht wurde. Als ich fertig war, schaute ich zufrieden in den Spiegel. „Aileen, du siehst echt gut aus!" Sagte ich lachend zu meinem Spiegelbild. Pünktlich um 15 Uhr kam Lucy. Sie trug ein himmelblaues Kleid. Passend zu ihren Augen. „Wow Aileen, du siehst umwerfend aus!" Sie strahlte mich an. „Danke du siehst auch super aus!" Sagte ich. „Danke. Bist du fertig? Können wir gehen?" Ich nickte stumm. Und so schnappte ich mir meine kleine Handtasche, verstaute den Wohnungsschlüssel, und los ging es. Vor der Tür wartete Lucy Dad. „Hallo, Mr Standwood!" Sagte ich beim einsteigen. „Hallo Aileen, du siehst super aus. Ach, alles liebe zum Geburtstag." Sagte er im fröhlichen Ton. „Danke!" Sagte ich kurz, da fuhr er auch schon los. Eine halbe Stunde später kamen wir auch schon an der Schule an. Die große Turnhalle war festlich geschmückt. Lucy und ich gingen ein Stück, als uns auch schon Brian und Ethan entgegen kamen. „Wow Mädels, ihr seht super aus! Habt ihr nicht Lust uns zu begleiten?" Brian schaute uns mit großen Augen an. Ethan hingegen, hing schon an

meinem Rockzipfel. „Ähm… tja… Sorry aber wir haben kein bedarf!"
Stotterte ich. Lucy nickte zustimmend. Ethan ließ von mir ab und Brian
schaute mich an, als ob er in eine Zitrone gebissen hatte. Ethan ging
direkt zwei Schritte von mir weg. Lucy hackte sich bei mir ein, und so
ließen wir die beiden Jungs stehen. Wir liefen weiter Richtung
Turnhalle. Die Musik spielte schon, viele tanzten auch schon. Lucy und
ich gingen zur Theke und nahmen uns von der Bowle. Ich bekam viele
Komplimente was mich sehr aufbaute. Lucy und ich hatten sehr viel
Spaß wir tanzten und lachten, und für einen Moment vergaß ich
Tyrone. Was nur komisch war, desto später der Abend wurde, desto
nervöser wurde Lucy. Ich bemerkte es, weil sie ständig auf ihre Uhr
schaute. „Lucy, ist irgendetwas? Du wirkst so nervös?" Fragte ich sie.
Sie schaute mich an und stotterte: „Nun ja….. ähmm ….. nein es ist gar
nichts! Alles in Ordnung." Ich schaute sie misstrauisch an, aber sie
grinste nur. „Ähmm komm, lass uns tanzen gehen!" Und schon zog sie
mich wieder Richtung Tanzfläche. Ich blieb misstrauisch und
beobachtete sie ganz genau. Die Zeit verging. Nach ein paar Stunden,
ich glaube die Uhr zeigte acht, kam Lucy zu mir. „Du Lee, ich bin total
müde. Lass uns nach Hause fahren." Ich war so überrascht, das ich nur
nickte. Wir stiegen draußen in ein wartendes Taxi. Wir fuhren erst Lucy
nach Hause. Die mir beim aussteigen noch einen schönen Abend
wünschte. Aber sie grinste schelmisch dabei. Als der Taxifahrer weiter
fuhr, sah ich wie Lucy mit ihrem Handy telefonierte. Wenn sie wohl
anrief dachte ich! Als ich an meiner Haustür ankam, bezahlte ich den
Fahrer und stieg aus. Ich weiß nicht warum, aber ich schaute hoch zu
meinem Fenster, komisch ich war mir sicher das ich das Licht aus
gemacht hatte. Ich schloss die Haustür auf, ging zum Fahrstuhl, und
fuhr nach oben. Als ich an der Wohnungstür ankam, bemerkte ich ,
dass aus dem inneren leise Musik zu hören war. Jetzt wurde ich nervös.
Ich wusste das ich keine Musik angelassen hatte, geschweige den das
Licht. Es war jemand in meiner Wohnung. Meine Hand zitterte, als ich
den Schlüssel in das Schloss steckte und umdrehte. Ich öffnete langsam
die Tür und machte sie einen Spalt auf. Ich schaute hinein und mich
traf der Schlag. Jetzt machte ich die Tür ganz auf und stand mit
offenem Mund in der Tür. In meiner ganzen Wohnung waren Kerzen

verteilt. Das Licht der Kerzen flackerte an den Wänden. Ich schloss die Türe hinter mir, und stellte meine Tasche an der Garderobe ab. Was zum Teufel ist den hier los? Dachte ich mir. „Hallo?" Fragte ich leise. „Ist hier jemand?" Mein Herz schlug mir bis zum Hals. Ich ging langsam in die Küche, dort war mein Tisch festliche gedeckt, auch hier standen Kerzen drauf. Jetzt hörte ich, das die Musik aus dem Wohnzimmer kam. Ich drehte mich um, und lief der Musik entgegen. Was ich dann sah, versetzte mir ein Schlag. Ich vergaß zu atmen. „Alles gute zum Geburtstag Aileen!" Mein Körper zitterte. „Tyrone!" Flüsterte ich. Er lächelte und ich stolperte in seinen Arme Er drückte mich ganz zärtlich an sich und drückte mir einen Kuss auf die Stirn. „Ich habe dich so sehr vermisst!" Flüsterte er mir ins Ohr. „Oh Tyrone!" Ich war so gerührt das ich anfing zu weinen. „Schhht... ist doch gut, ich bin ja bei dir! Nicht weinen!" Er wiegte mich in seinen Armen. Es dauerte eine Zeit bis ich mich wieder beruhigt hatte. Als ich meine letzten Tränen trocknete, schaute ich ihn an. Er lächelte und sagte: „Ja, so ist es besser. Ich kann dich nicht weinen sehen!" Jetzt musste ich lachen. „Du sag mal, wie bist du eigentlich in meine Wohnung gekommen so ohne Schlüssel?" Er grinste! „Tja, sagen wir mal so. Lucy ist eine wunderbare Schauspielerin, ohne ihre Hilfe hätte ich das nie hinbekommen." Ich schaute ihn mit großen Augen an. „Lucy hat dir geholfen?" Er nickte! „Ja, sie hat Ben angerufen und er hat mich in Empfang genommen als du mit ihr unterwegs war's heute. Er hat mir die Türe aufgemacht, mit dem Ersatzschlüssel, den du ihm gegeben hast. Und ich habe hier alles vorbereitet für dich." Jetzt grinste er breit. Ich schüttelte den Kopf. „Das gibt es doch nicht, du meinst alle wussten bescheid?" Er nickte „Jep!" Ich verschränkte die Arme vor der Brust und schaute ihn böse an. „Na toll! Und ich Trottel habe es natürlich nicht bemerkt!" Er lächelte. „Na Gott sei dank! Sonst währe es ja keine Überraschung gewesen. Und im übrigen, das Kleid steht dir echt super! Ich wusste doch das schwarz gut zu dir passt. Da kommen deine Augen echt gut zur Geltung!" Ich lief rot an. „Danke! Wieso? Jetzt verstehe ich nur noch Bahnhof!" Er lachte, sehr wahrscheinlich über meinen Gesichtsausdruck. „Ich habe Lucy gebeten das Kleid zu kaufen. Ich habe mit ihr telefoniert und genau beschrieben wie es aussehen soll.

Dann ist sie losgezogen und hat alle Läden abgegrast, bis sie das Kleid gefunden hatte." Er zeigte auf mich. „Sie rief mich aus dem Laden an und hat es Haar genau beschrieben, ich war total begeistert und bat sie es für mich zu kaufen. Sie fragte mich noch ob sie noch ein paar Accessoires dazu kaufen soll.." Ich lachte. „Ja Lucy war bestimmt ganz in ihrem Element." Er lächelte, „…. ich sagte zu ihr das sie alles kaufen soll was sie meint was zu dir passt! Als sie dann fertig war mit einkaufen, erzählte sie mir was sie alles gekauft hatte und ich konnte es kaum erwarten es an dir zu sehen." Jetzt grinste er noch breiter. Ich merkte wie mir das Blut in die Wangen stieg. „Sie hat dir alles gesagt?" „Alles bis zum kleinsten Detail." Sagte er mit einen leuchten in den Augen. Ich keuchte, oh mein Gott, dachte ich mir nur, dann weis er auch was ich unter dem Kleid trug. Bei diesem Gedanken kochte das Blut in meinen Adern. „Das Geld für die Sachen gab ich Jeremy, was Lucy für mich vorgestreckt hatte." Ich zog die Augenbrauen hoch, „Jerry ist auch hier?" Jetzt wusste ich auch warum Lucy es so eilig hatte nach Hause zu kommen. „So mein Schatz, ich hoffe du hast Hunger? Ich habe nämlich was für uns vorbereitet." „Und wie!" Gab ich grinsend zu. „Gut!" Er reichte mir seinen Arm. „Madam, darf ich sie zum Tisch begleiten?" Ich kicherte und hackte mich mit einen Knicks bei ihm ein. „Sehr gern!" Erst jetzt bemerkte ich das er einen schwarzen Anzug trug. „Du siehst gut aus!" Flüsterte ich. Er schaute mich an und sagte mit einer Verbeugung, „danke sehr!" Tyrone war durch und durch ein Gentleman. Er zog mir den Stuhl zurecht damit ich mich setzen konnte. „Aileen?" „Ja?" „Du sag mal hast du was dagegen wenn ich mein Sakko ausziehe? Es ist ganz schön warm hier drin." Ich schüttelte nur mit dem Kopf. Er knöpfte das Sakko auf und schälte sich aus den Ärmeln. Ich hing schmachtend an jeder seiner Bewegungen. Er hang das Sakko an seiner Stuhllehne. Mir blieb die Luft weg bei dem Anblick. Er trug ein weißes Hemd. Die oberen drei Knöpfe waren offen, so das ich den Ansatz seiner muskulösen Brust sehen konnte. „Aileen? Alles in Ordnung ?" Erst jetzt merkte ich das ich aufgehört hatte zu atmen. Ich stieß keuchend die Luft aus, „ja alles in Ordnung!" Log ich, ich wollte ihm ja schließlich nicht auf die Nase binden das er mich um den Verstand brachte. Er schaute mich noch eine weile misstrauisch an.

„Ok, dann werde ich jetzt mal das Essen servieren!" Er ging zum Herd, ich konnte nur nicht sehen was er dort machte. Nach einer weile drehte er sich wieder zu mir um und stellte mir einen Teller hin. „Ich hoffe es schmeckt dir, das Rezept habe ich von meiner Mutter!" Es duftete herrlich und sah super lecker aus. „Mhmh, das sieht ja lecker aus, was ist das?" Ich schaute ihn gespannt an. Er lächelte. „Man nennt es Irish Stew, und dazu gibt es Brown Soda Bread. Wenn meine Mutter das früher gemacht hat, bin ich ihr nicht mehr von der Seite gewichen." Ich nahm meine Gabel in die Hand, „na dann guten Appetit!" Das Essen schmeckte super lecker. Tyrone servierte einen Rotwein dazu. Er hatte wirklich an alles gedacht. Als wir fertig waren mit Essen, räumten wir zusammen den Tisch ab und Tyrone führte mich ins Wohnzimmer. Ich hatte in der Zwischenzeit meine Schuhe schon ausgezogen. Tyrone schaltete das Licht aus so das der Raum nur vom Kerzenschein beleuchtet wurde. Er stellte den Cd Player an und langsame Musik begann zu spielen. Ich klammerte mich an mein Rotweinglas, was ich aus der Küche mitgenommen hatte, als Tyrone auf mich zu kam. Mein Herz schlug heftig in meiner Brust. Ich schluckte. „Möchtest du tanzen?" Fragte er und hielt mir seine Hand entgegen. „Hier?" Flüsterte ich. Er kicherte. „Klar wo sonst?" Er nahm mir mein Glas aus der Hand und stellte es auf dem Tisch ab. Er nahm meine Hand und zog mich zu sich, meine andere Hand legte er auf seine Schultern. Als ich merkte das seine rechte Hand jetzt auf meiner Hüfte lag begann mein Körper zu kribbeln. Wir begannen uns langsam im Takt zu bewegen. In meinem Kopf drehte sich alles, ich wusste nur nicht ob das vom Wein oder vor Erregung war. Ich schloss meine Augen und legte meinen Kopf auf seiner Brust. Er drückte mir einen Kuss auf den Haaransatz. Ich machte meine Augen auf und schaute ihm ins Gesicht. Er schaute mich sanft aus seinen Caramel Augen an. „Du weist gar nicht wie glücklich ich jetzt bin!" Seufzte er mir ins Ohr. „Ich liebe dich, ich kann mir ein Leben ohne dich gar nicht mehr vorstellen!" Meine Augen füllten sich mit Tränen, so gerührt war ich. „Oh Tyrone, du glaubst gar nicht wie glücklich ich bin. Jeder Tag ohne dich war eine Qual! Wie lange bleibst du in New York?" „Zwei Tage, länger habe ich nicht frei bekommen." Ich bemerkte den Stich in meinem Herzen. „Nur zwei

Tage?" „Ja heute und Morgen. Übermorgen muss ich wieder Zuhause sein. Aber lass jetzt nicht von Abschied reden, sonst verderben wir uns noch den schönen Abend!" Er hatte ja recht. Und so ließ ich meinen Kopf wieder auf seine Brust sinken und ich lauschte seinem Herzschlag. Als die Musik zu Ende war, bemerkte ich das sein Herz schneller schlug. Ich schaute auf, seine Augen leuchteten. Er nahm mein Gesicht in seinen Händen und kam mit seinem immer näher. Mein Herz hämmerte in meiner Brust wie ein Vorschlaghammer, meine Atmung setzte aus, bis seine Lippen meine trafen. Ich seufzte und schlang meine Arme um seinen Hals. Sein Kuss wurde gieriger, dort wo seine Zunge meine Lippen berührte prickelte es. Seine Lippen wanderten langsam über meine Wange, hinunter zum Hals, und ruhten auf meinem Schlüsselbein. Ich keuchte. Meine Haut kochte. Jetzt löste er seine Lippen und schaute mir in die Augen. Seine Atmung ging schneller, „du bringst mich um den Verstand!" Sagte er mit rauer Stimme. Ich versuchte eine Unschuldsmiene aufzusetzen. Er grinste. Die Cd begann von vorne. Ich schaute ihm tief in die Augen, hob meine rechte Hand und streichelte sanft über seine Wange. Er schloss seine Augen. Ich zeichnete die Konturen seiner Nase und seiner Lippen nach. Ich ließ mein Zeigefinger über seinen Hals gleiten. Ich schaute nun zu der Öffnung des Hemdes. Ohne nachzudenken ließ ich meinen Zeigefinger weiter wandern, ich merkte wie Tyrone schluckte, ich zeichnete an seinem Hemdkragen meine Linien weiter. Seine Muskeln spannten sich unter meiner Berührung. In meinem Kopf schrie es nach mehr, aber ich schaute nun wieder hoch in sein Gesicht. Er hatte seine Augen wieder geöffnet. Sein Blick war hungrig. Ein Schauer lief mir über den Rücken. „Jetzt bin ich dran!" Flüsterte er. Und schon hob er eine Hand und legte mir seinen Zeigefinger auf die Lippen. Nun schloss auch ich meine Augen, ich wollte mich seiner Berührung ganz hingeben. Er strich weiter über meine Wange, bis ich seine Lippen wieder auf meine spürte. Seine Hand strich über meine Wirbelsäule. Ich zitterte unter seinen Berührungen. Sein Kuss wurde gieriger. Genauso wie ich. Ich nahm meinen ganzen Mut zusammen und hob meine Hände. Mit zittrigen Fingern, machte ich die restlichen Hemdknöpfe auf. Ich schob den Stoff etwas zur Seite und ließ meine Hände über seine Brust gleiten. Ein leises seufzen kam aus seiner Kehle. Sein Mund wanderte weiter und kam wieder an meinem Schlüsselbein zum halten. Nun ging auch meine Atmung schneller. Die Luft im Raum wurde immer heißer. Jetzt merkte ich das Tyrone eine Hand am Reißverschluss meines Kleides hatte. Ich zitterte, „darf ich?" Hauchte er mir ins Ohr. Ich nickte, er lies sich Zeit, ganz langsam ließ er seine Hand nach unten gleiten, bis der Reißverschluss ganz offen war. Das Kleid fiel zu Boden und Tyrone hielt die Luft an. „Du bist so wunderschön!" Hauchte er mit rauer Stimme. Er schaute mich nur an, und zeichnete mit seinen Fingern die Konturen meiner Brüste nach. Ich seufzte. Jetzt schaute ich ihn an, „darf ich?" Er grinste und nickte. Ich legte beide Hände auf seine Brust, die sich sofort anspannte, und lies sie langsam Richtung Schulter wandern. Ich schob meine Hände unter das Hemd und ließ es über die Arme gleiten, bis auch dies zu Boden fiel. Der Anblick war Atemberaubend. Ich schluckte, ich schaute ihn mit offenem Mund an. Jetzt nahm Tyrone mich auf den Arm, er trug mich wie ein Baby ins Schlafzimmer und legte mich sanft aufs Bett. Er legte sich genau neben mir, auf eine Hand gestützt schaute er mich an. „Ich muss schon sagen, Lucy hat genau die richtige Wahl getroffen!" Als er das sagte, zeichnete er mit den Fingern die Konturen der Wäsche nach. Ich seufzte. Er schaute mir ins Gesicht, als er mit den Fingern meinen Bauchnabel umkreiste. Ich biss mir auf die Lippen. Jetzt kam sein Gesicht wieder näher. Ich schloss meine Augen, und seine Lippen lagen wieder auf meinen. Bis er sich löste und seine Zunge über meinen Hals gleiten lies. Weiter Richtung Brust, dann weiter Richtung Bauchnabel. Ich stöhnte auf. In mir drehte sich alles. Seine Hände wanderten an meinen Schenkeln entlang. Ich bog mich seinen Küssen entgegen. Ich setzte mich langsam auf, so das wir beide voreinander knieten. Unsere Küsse wurden immer fordernder. Seine Hände weilten nun am Verschluss meines BHs, er öffnete ihn und streifte ihn von meinen Armen. Das Blut rauschte in meinen Adern, meine innere Stimme schrie nach mehr. Meine Hände erforschten auch seinen Körper. Bis sie dann endlich den Reisverschluss seiner Hose fanden. Ich machte den Knopf auf und zog an den Verschluss. Er streifte sich die Hose ab und legte gierig seinen Mund auf meinem. Und so geschah es das wir das erste mal miteinander schliefen.

22

Als ich am anderen Morgen aufwachte, schaute ich verschlafen zur Decke. Ich grinste in mich hinein, als mir wieder einfiel was gestern gewesen war. Ich drehte mich um, aber das Bett neben mir war leer. Ich erschrak, hatte ich das alles nur geträumt? Ich setzte mich auf und schaute mich im Schlafzimmer um. Es sah aus wie immer! Ich schloss meine Augen und grübelte. Es konnte unmöglich ein Traum gewesen sein. Ich zögerte, stieg aber dann doch aus dem Bett. Ich zog meinen Bademantel an und öffnete die Schlafzimmertür. Komisch, ich mache sie doch sonst nie zu. Als ich aber dann im Wohnzimmer stand, schnupperte ich. Der Duft kam aus der Küche. Es roch nach frischem Kaffee und selbstgemachten Brötchen. Was geht hier vor? Ich verstand die Welt nicht mehr. Bis ich in der Küche stand. „Ah, guten Morgen mein Schatz! Gut geschlafen?" Mein lächeln wurde immer breiter. Tyrone war doch hier, es war kein Traum. Er kam auf mich zu und gab mir einen Kuss. In meinem Bauch flogen die Schmetterlinge um die Wette. „Setz dich, ich habe Frühstück für dich gemacht.!" Er zog mir den Stuhl zurecht. Ich bestaunte meinen Tisch. „Mmh, das sieht ja lecker aus!" Er nickte. Als er sich zu mir gesetzt hatte nahm ich mir ein Brötchen, es war noch warm. Beim Essen sprachen wir nicht, ich genoss es einfach in anzuschauen. Ich konnte es immer noch nicht fassen das er wirklich hier war. Nach dem Essen räumten wir noch gemeinsam den Tisch ab. „So mein Schatz, wozu hast du heute Lust?" Tyrone schaute mich erwartungsvoll an. „Öhm…… keine Ahnung?" Sagte ich und schaute ihn mit großen Augen an. „Was hälst du davon wenn wir im Park spazieren gehen? Das Wetter ist herrlich!" Er legte den Kopf etwas schief und grinste. Ich merkte wie meine Wangen anfingen zu glühen. Aber ich nickte, „ok!" Flüsterte ich. „Prima," rief er. „Dann mach dich schnell fertig!" Ich nickte wieder und schlurfte Richtung Bad. Dort ging ich erstmal duschen putzte mir die Zähne und kämpfte mit meinen Haaren. Als ich einigermaßen zufrieden war mit meiner Frisur, ging ich zum Schlafzimmer um mich anzuziehen. Ich schlüpfte schnell in meiner Jeans und in meiner hellblauen Bluse. Ich betrachtete mich noch eine weile im Spiegel, als ich Tyrone schon rufen hörte. „Aileen, bist du fertig?" „Ja, ich komme!" Ich schnappte mir meine Jacke und ging zurück ins Wohnzimmer. Dort wartete Tyrone schon auf mich. Seine Augen leuchteten als er mich sah.. „Du siehst super aus!" Verlegen senkte ich den Kopf. „Danke." Er nahm mich bei der Hand und zog mich richtend Tür. Ich griff noch schnell zum Schlüssel der auf der Anrichte lag, da schloss er auch schon die Tür. Es war kein langer Weg zum Park. Er lag direkt hinter dem Haus. Es war ein schöner sonniger Tag. Die Kinder spielten auf der großen Wiese und die Eltern schauten zu. Ich erinnerte mich, wie meine Mutter immer mit mir spazieren gegangen war. Ich seufzte. „Alles in Ordnung?" Tyrone schaute mich besorgt an. Ich nickte, „ja alles in Ordnung." Er schaute mich noch eine weile an, sagte aber nichts. Nach einer guten Stunde, setzten wir uns auf einer Bank. Ich legte den Kopf an seiner Schulter und er legte mir seinen Arm um. Nach ein paar Minuten fragte ich dann: „Du Tyrone, warum bist du zur Feuerwehr gegangen?" Ich merkte wie sich seine Muskeln anspannten. Schnell sagte ich, „du musst nicht antworten wenn du nicht magst!" Nach einer kurzen Pause holte er tief Luft. „Das ist eine lange Geschichte!" Seufzte er. „Ich habe Zeit," antwortete ich und grinste. Da schaute er mich mit seinen Caramel Augen an, und ich sah den gequälten Ausdruck. Ich biss mir sofort auf die Unterlippe, warum muss ich auch nur so neugierig sein dachte ich. Nach langem Schweigen, holte er noch mal tief Luft. „Also gut!" Er räusperte sich. „Dann erzähle ich dir die Geschichte. Der Gedanke Feuerwehrmann zu werden kam mir vor 6 Jahren…" Ich zuckte zusammen. „…..Ja, auch ich verlor meine Eltern vor 6 Jahren….." „Oh…… Tyrone…..das….." Er legte mir seinen Zeigefinger auf den Mund. „Möchtest du die Geschichte jetzt hören?" Ich nickte und schaute zu Boden. „Ok, es war ein herrlicher Sommertag, so wie heute, damals hatte ich ein Fernstudium angefangen und hatte Semesterferien. Meine Eltern wollten mich überraschen und so holten sie mich vom Flughafen ab. Meine Mutter flog mir nur so in die Arme als ich herauskam. Sie war eine sehr hübsche Frau, zierlich mit schwarzen glatten Haaren und Sommersprossen auf der Nase. Aber am meisten liebte ich ihre Augen, sie waren so grün wie deine…." Er schaute zu mir rüber und lächelte schwach. „….Mein Dad war eher ein ruhiger Typ, von der Figur eher stämmig so wie Evan. Naja, meine

Mutter wollte alles wissen was ich so gemacht hatte in dem Jahr. Und zum Weg zum Auto erzählte ich ihr alles. Mein Dad verstaute meine Koffer im Kofferraum, und meine Mutter krabbelte hinten rein. Sie sagte immer das ihr großer nach vorne gehört. Und so stieg ich neben Dad ein. Meine Mutter setzte sich hinter ihm so das sie mich ansehen konnte beim sprechen. Ich drehte mich immer halb zu ihr um, sie strahlte und ihre Augen leuchteten. Erst nach einer Zeit sah ich das mein Dad sehr blass war, ich erkundigte mich ob bei ihm alles in Ordnung sei, aber er winkte ab und nickte nur. Und ich ging leider nicht weiter drauf ein. Wir hatte schon den halben Weg zurückgelegt, als es passierte…..." Mir stockte der Atem, Tyrone schwieg einen Moment. Ich sah das er mit sich kämpfte. „….. Mein Dad sackte am Steuer in sich zusammen, dadurch brach der Wagen aus. Meine Mutter schrie, ich versuchte den Wagen noch unter Kontrolle zu bekommen. Doch da war plötzlich ein anderer Wagen, ich wusste nicht aus welcher Richtung er kam. Von da an kann ich mich nur noch Bruchweise an Details erinnern. Der andere Wagen prallte mit uns zusammen. Wir überschlugen uns und rutschten weiter Richtung Waldweg. Wir krachten mit der Fahrerseite gegen einen Baum. Meine Mutter hatte aufgehört zu schreien, aber ich hatte den klang immer noch im Kopf. Als ich einigermaßen wieder klar war, schaute ich zur Seite. Mein Dad lag blutüberströmt mit dem Kopf auf dem Lenkrad. Ich rief seinen Namen, aber er reagierte nicht. Danach drehte ich meinen Kopf nach hinten, meine Mutter schaute mich mit großen Augen an. Sie war eingequetscht, ihr Körper war in einer komischen Haltung. Sie keuchte ich sah die Angst in ihren Augen. Sie fragte mich sogar noch ob mit mir alles in Ordnung sei. Ich hatte nur eine Platzwunde am Kopf und mehrere Rippen gebrochen, was ich später gesagt bekam. Aber ich nickte meiner Mutter zu. Sie lächelte schwach, ich schnallte mich ab und versuchte meine Mutter zu erreichen. Ich versuchte es immer und immer wieder aber sie steckte fest. Ich war total verzweifelt. Sie schaute mich an und legte eine Hand auf meiner. Rette dich, flüsterte sie mir zu. Ich schaute in ihre grünen Augen und sagte ihr das ich sie nicht alleine lies. Als ich wieder nach vorne schaute sah ich das Handy von meinem Dad. Ich rief die Polizei und erzählte was passiert war. Als ich aufgelegt hatte schaute ich wieder zurück aber meine Mutter hatte die Augen jetzt geschlossen......!" Er schwieg erneut, mir traten die Tränen in die Augen. „...... ich hatte viel Blut verloren. Ich bemerkte nicht wann oder wie ich aus dem Auto gezogen wurde. Ich hörte nur ganz schwach wie Sanitäter mit mir sprachen, ich spürte einen leichten Stich im Arm. Von da an weiß ich nichts mehr. Ich wachte erst wieder im Krankenhaus auf. Die Bilder vom Unfall tauchten in meinem Kopf wieder auf. Ich schrie, doch Evan drückte mich wieder in mein Kissen. Er sah ernst aus. Chloe war auch da. Ich merkte das was nicht stimmt. Ich fragte Evan was mit unseren Eltern sei, aber er schüttelte nur mit dem Kopf und meinte ich solle mich ausruhen. Ich merkte das was nicht stimmte, aber ich war zu erschöpft um weiter zu fragen. Ich schlief auch nach ein paar Minuten wieder ein. Als ich am anderen Morgen wieder wach wurde, war ich alleine. Ich schellte nach der Schwester, die auch sofort kam. Sie fragte mich ab ich Schmerzen hatte, ich verneinte. Ich erkundigte mich aber sofort nach meinen Eltern. Sie senkte den Kopf und sagte das das der Doktor mit mir besprechen möchte. Ich sagte das ich ihn sofort sprechen wollte. Sie nickte und ging hinaus. Es dauerte eine halbe Stunde bis der Doktor kam. Evan und Chloe waren auch dabei. Ich schaute abwechselnd in Evans und Chloes Gesicht und wusste das was passiert war. Ich schrie nur sie sollten mir endlich sagen was los sei....." Er hielt inne und schaute mich an. Ich zwinkerte meine Tränen weg. Er hatte das gleiche mitgemacht wie ich. Ich wusste wie es im ging. Er holte noch mal tief Luft und sprach weiter. „...... Sie sagten das Dad sofort tot war, er hatte einen Schlaganfall, deswegen sackte er am Steuer zusammen. Meine Mutter, sie lebte noch, sie kämpften im Rettungswagen um ihr Leben. Sie hatte aber starke innere Blutungen, sie schaffte es nicht. Die Sanitäter sagten aber das sie die ganze Zeit nach mir gefragt hatte. Erst als sie wusste das ich lebte und das ich durchkämme, hörte ihr Herz auf zu schlagen...." Ich senkte den Blick, „oh Tyrone, das tut mir leid." Schlurzte ich. „Nein Aileen, mir tut es leid, hätte ich damals schon bei der Feuerwehr gearbeitet, hätte ich meine Mutter und die anderen vielleicht retten können." Jetzt schaute er mich gequält an. Ich schaute ihn fragend an. „Wieso? Du warst selber verletzt du konntest nichts tun." Ich war total irritiert. „Aileen, bitte. Es fällt mir schon sehr schwer dir alles zu erzählen, aber das kann ich nicht aussprechen." Ich schüttelte den Kopf. „Tyrone was denn, sag es mir!" Bettelte ich. Ich merkte das er mit sich kämpfte. „An dem Tag starben nicht nur meine Mutter und mein Vater, es starben auch eine Frau und ein Mann. Und wie ich später herausfand, hinterließen sie eine Tochter……" Er schwieg. Ich schaute immer noch verwirrt. Doch dann verstand ich, ich fuhr erschrocken hoch. Tyrone bewegte sich nicht. „Du…. Du warst dabei!" Stammelte ich und Tränen liefen mir über die Wange. Er nickte schwach. Ich sprang auf und schrie in an. „Dein Vater hat meine Eltern umgebracht." Jetzt schaute er erschrocken auf. „N….. nein! Es war ein Unfall, mein Dad konnte nichts dafür!" Jetzt rannte er hinter mir her. Aber ich wurde immer hysterischer und kreischte: „Du bist also nur aus Mitleid mit mir zusammen!" „Nein Aileen, bitte, ich liebe dich! Das hat damit überhaupt nichts zu tun." Rasend schnell drehte ich mich um und schaute ihn wütend an. „Lügner!!" Kreischte ich. Er blieb wie angewurzelt stehen und ich rannte weiter. Nach einer weile war er wieder hinter mir. „Aileen, bitte glaub mir!" Ich schloss die Wohnung auf und rannte Richtung Schlafzimmer wo ich mich auch sofort einschloss. Ich schmiss mich aufs Bett und weinte. Tyrone klopfte an der Tür, „Aileen mach bitte die Tür auf! Du verstehst das falsch, ich liebe dich vom ganzen Herzen." „Geh weg, verschwinde!" Schlurzte ich. Ungefähr 20 Minuten später, hörte ich, wie die Wohnungstür ins schloss fiel. Ich war zu aufgewühlt um nachzuschauen ob er gegangen war. Meine Gedanken kreisten nur um eins, er war dabei, er wusste wer ich war, er hatte Mitleid, er liebt mich nicht. Wieder schüttelte mich ein Wall der Traurigkeit. Ich brach auf meinem Bett zusammen und weinte mich in den Schlaf.

23

Am nächsten Morgen, wachte ich mit starken Kopfschmerzen auf. Ich zog mir die Bettdecke über den Kopf, aber erinnerte mich sofort wieder an den gestrigen Tag. Ich sprang aus den Bett, setzte mich aber sofort wieder, da ein heftiger Schmerz durch mein Kopf pochte. Ich keuchte und massierte mir die Schläfe. Nun stand ich langsamer auf und schloss die Tür leise auf. Als ich im Wohnzimmer stand schaute ich mich um, es war so still? Ich schlurfte ins Bad und als ich am Spiegel vorbei ging erschrak ich. „Oh Gott, wie sehe ich den aus?" Meine Augen waren rot und angeschwollen vom vielen weinen. Ich nahm mir eine Tablette und ging zurück. Es war verdammt still. „Tyrone?" Flüsterte ich, aber bekam keine Antwort.. Ich setzte mich auf mein Sofa und starte aus dem Fenster. Er war weg, er ist wirklich gegangen. Ich merkte wie die Tränen wieder in mir aufstiegen. Ich wollte aufstehen um mein Handy zu suchen, da sah ich einen Zettel auf dem Tisch liegen. Mit zittrigen Fingern nahm ich ihn und erkannte Tyrones Handschrift. Ich faltete ihn auseinander und laß:

Meine liebste Aileen!
Es tut mir so leid, ich wollte dir nicht weh tun ich liebe dich wirklich vom ganzem Herzen. Ich hätte dir eher die Geschichte erzählen sollen. Verzeih mir. An dem Abend, wo wir uns das erste mal sahen, war ich hin und weg. Ich musste dich einfach ansprechen. Aber als du mir deinen Namen verraten hattest, wusste ich nicht wie ich mich weiter verhalten sollte, deswegen bin ich auch sofort wieder gegangen. Ich wollte die alten Wunden nicht wieder aufreißen. Aber du gingst mir nicht aus dem Kopf. Ich wollte dich einfach wieder sehen. Ich sprach mit Chloe darüber, sie sagte ich soll mich von dir fern halten. Du hättest schließlich genau so viel mitgemacht wie wir. Aber ich konnte nicht. So beschloss ich zu dir zu fahren. Ich klopfte an die Haustüre aber du warst nicht da. Ich ging um das Haus und sah dich auf der Klippe sitzen. Das Mondlicht schimmerte in deinen Haaren, Mein Herzt klopfte so laut das ich Angst hatte das du es hörst.. Ich wusste nicht ob du wusstest wer ich bin, deswegen kam ich sehr zögert auf dich zu. Ich hatte Angst das du mich wieder weg schickst. Aber als du mich dann auch noch

anlächeltest, und ich deine Augen sag, war es um mich geschehen.
Aileen glaub mir, ich liebe dich mehr wie mein eigenes Leben. Ich habe dir
nie was vorgespielt. Ich hoffe du kannst mir irgendwann verzeihen.
In liebe Tyrone

Ich laß den Brief noch drei mal durch. „Oh Tyrone, es tut mir so leid!
Was habe ich nur getan!" Ich legte den Kopf auf meine Hände und
weinte wieder. Mein Herz krampfte sich zusammen. „Komm zurück!"
Schlurzte ich. Ich konnte keinen klaren Gedanken mehr fassen,
stumme Tränen liefen mir noch über die Wange. Ich wollte erst
einmal unter die Dusche. Vielleicht ging es mir ja danach etwas besser.
Aber auch das warme Wasser konnte mich nicht trösten. Ich gab es
schließlich auf. Ich stieg aus der Dusche und zog mein Bademantel an.
Ich hörte das Telefon klingeln. Ich rannte hin. „Ja hallo!" Sagte ich mit
zittriger Stimme. „Lee, um Himmels willen. Was ist passiert? Du hörst
dich ja schrecklich an!" Lucy klang besorgt. Da schossen mir auch
schon wieder die Tränen in die Augen. „Ach Lu es ist so furchtbar!"
„Oh weh Lee, ich bin sofort bei dir!" Und schon hatte sie aufgelegt.
Eine viertel Stunde später war sie auch schon da. Als ich die Tür
öffnete viel ich ihr sofort in die Arme. „Lee, was ist los? Was ist
passiert? Warum warst du nicht am Flughafen?" Und da erzählte ich
ihr was Tyrone mir gestern erzählt hatte. Und was vorgefallen war.
Lucy schaute mich fragend an. „Du hast ihn rausgeschmissen?" Ich
nickte. „Sag mal bist du nicht ganz gescheit?" Jetzt schaute ich sie
fragend an. „Mensch er liebt dich! Du hättest ihn mal am Flughafen
sehen müssen. Als Jerry ihn nach dir gefragt hatte war es ganz vorbei.
Er hat sich auf eine Bank gesetzt und hat geweint, ich habe noch nie
einen Mann so weinen sehen. Er stammelte immer wieder das es im
leid tut und wie sehr er dich liebt!" Ich blinzelte meine Tränen weg
und schaute meine Freundin an. „Lee, bitte glaub mir nur dieses eine
mal. Er konnte nichts dafür, und glaubst du nicht das es für ihn noch
ein Stück schwerer war?" „Wie meinst du das?" Zischte ich durch die
Zähne. „Nun ja, er war dabei, er sah seinen Eltern beim sterben zu
und konnte nicht helfen!" Ich schaute sie erschrocken an, sie hatte
recht. Was hatte ich getan. „Jerry hatte mir alles erzählt!" Sagte sie

leise und verstummte. Nach einer weile sagte sie: „Ok Lee, jetzt denk noch mal ganz in Ruhe über alles nach! Aber glaube mir so einen bekommst du nie wieder!" Sie gab mir einen Kuss auf die Stirn und ging! Ich schaute hoch und nickte nur. Als die Tür ins schloss viel, schüttelte mich wieder ein Weinkrampf. Die Kopfschmerzen von heute Morgen waren wieder da. Ich nahm noch eine Tablette und legte mich auf mein Sofa und starte zur Decke. Ich entschied mich Tyrone anzurufen. Ich wählte seine Handynummer, aber das Handy war aus. Danach versuchte ich es mit der privaten Nummer. Es klingelte lange durch. Doch da hörte ich jemanden abnehmen. „Tyrone, Tyrone ich bin es.......!" „Ich muss dich enttäuschen, Tyrone ist nicht da!" Knurrte mir jemand ins Ohr. „Oh! Hallo Chloe, weist du wo er ist?" „Nein das weiß ich nicht, auch wenn ich es wüste würde ich dir das nicht sagen!" Sagte sie spitz. „Nun ja, ich wollte mich endschuldigen......!" „Ach das fällt dir aber früh ein! Aber wie gesagt keine Ahnung ob und wann er nach Hause kommt. Er hat sich ein paar Sachen eingepackt und ist mit seinen Motorrad weg! Versuch es doch mal über Handy!" Und schon legte sie auf. Ich starte auf das Telefon und verstand die Welt nicht mehr. Was war mit Chloe los? Ich überlegte was ich machen sollte, versuchte ständig Tyrone ans Handy zu bekommen aber immer wieder sagte mir die Stimme das er nicht zu erreichen war. Da kam mir eine Idee. Ich griff mein Handy und wählte. „Hallo?" „Ben? Ben ich bin es ich brauche deine Hilfe!" „Aileen, um Himmels willen, was passiert?" Ben klang jetzt besorgt. „Nicht so wirklich!" Ich erzählte ihm kurz was geschehen ist. „Oh! Und wie kann ich dir helfen?" „Ben kannst du mir Geld leihen? Ich muss sofort nach Irland reisen und ihn suchen!" „Na klar, komm vorbei ich bin im Laden und warte auf dich!" „Ach Ben ich danke dir! Bis gleich!" Ich schnappte mir meinen Koffer und schmiss Sachen rein die ich brauchte. Als ich mein Kulturbeutel holte wählte ich Lucy Nummer. „Ja?" „Lu ich weiß was ich jetzt zu tun habe!" „Und was?" Fragte sie. Sie hatte gehört das meine Stimme wieder fester war. „Ich fliege noch heute nach Irland!" Schweigen am anderen Ende. „Ähm, Lee überstürzt du das jetzt nicht ein wenig?" „Nein, ich habe Ben schon angerufen er leit mir Geld für den Flug. Ich melde mich wenn ich angekommen bin." „Aber Lee!" „Tschüß Lu!" Und schon legte ich auf. Ich ging noch mal schnell alles durch und schloss meinen Koffer. Jetzt zog ich mich noch schnell an und ging dann hinaus. Ben wartete schon auf mich. Er gab mir das Geld, umarmte mich und sagte das ich gut auf mich aufpassen sollte. Ich versprach es ihm und nahm dann ein Taxi zum Flughafen. Ich rannte zum Schalter und erkundigte mich ob noch ein Flugzeug nach Irland ginge. Die Dame am Schalter verneinte. Erst Morgen ganz früh wieder. Ich wurde ganz blass. Nahm dann aber den Flug um fünf, gab meinen Koffer ab und setzte mich auf eine Bank. Ich schaute auf die Uhr, der Flug ging erst in acht Stunden, das war mir aber egal. Ich vertrieb mir die Zeit in dem ich immer wieder versuchte Tyrone über Handy zu erreichen, doch vergebens. Ich hatte sein Foto von meiner Anrichte mit genommen, ich holte es aus meiner Hosentasche und schaute es an. „Ich hoffe du kannst mir verzeihen!" Flüsterte ich. Die Stunden krochen nur so vor sich hin. Bis es endlich soweit war. Ich checkte ein und war froh als ich endlich im Flugzeug saß. Ich kuschelte mich in meinen Sitz und schlief mit einem Lächeln ein. Ich freute mich wieder nach Hause zu fliegen.

24

Nach ein paar Stunden, hörte ich den Kapitän. „Wir befinden uns im Anflug auf Kerry. Wir bitten das Rauchen einzustellen und sich anzuschnallen! Wir danken für ihr vertrauen!" Ich nahm mein Gurt und surrte ihn fest. Ich konnte es kaum erwarten endlich auszusteigen. Als das Flugzeug zum stehen kam, sprang ich aus meinem Sitz und rannte zur Tür. Ich holte meine Koffer an der Gepäckstation und ging zum Ausgang um in ein Taxi zu steigen. Ich holte tief Luft, endlich wieder Zuhause. „Aileen?" Ich drehte mich um. Jerry stand vor mir. „Jerry, was machst du den hier?" Ich zog eine Augenbraue hoch. „Lucy hatte mich sofort, nach dem sie mit dir Telefoniert hatte, angerufen. Sie bat mich dich abzuholen und sicher nach Hause zu bringen." Er grinste jetzt. Ich viel ihm in die Arme. „Vielen dank Jerry!" Er tätschelte meine Schulter, „ach keine Ursache. Dafür sind Freunde doch da!" Er nahm mir den Koffer ab und stellte ihn auf die Ladefläche seines Pick Ups. Wir fuhren die lange Landstraße entlang, ich schaute aus dem Fenster. Wir schwiegen. Als Jerry um die Ecke bog, und das Haus zu sehen war, brach Jerry das Schweigen. „Aileen, was hast du jetzt vor?" Ich drehte meinen Kopf in seiner Richtung, „wie meinst du das?" Er räusperte sich. „Nun ja, wegen Tyrone!" Ich schluckte, „Ich weiß es nicht!" Flüsterte ich. Als der Wagen am Haus zum stillstand kam, sprang ich raus und rannte zur Tür. Ich schloss auf und fühlte mich gut. Es war alles noch genau so wie ich es verlassen hatte. Jerry folgte mir mit meinem Koffer. Er brachte ihn auch sofort nach oben. Aber als Jerry die Treppe wieder runter kam, war etwas anders. Sein Gesichtsausdruck hatte sich verändert.. „Jerry, was ist los?" Er schaute mich traurig an. „Meinst du wir finden ihn?" Ich merkte wie mir das Blut aus dem Gesicht wich. Tränen schossen mir wieder in die Augen. Ich schlurzte leise, „ich hoffe!" Jerry nickte und nahm mich im Arm. „Ok ich lasse dich jetzt mal alleine. Wenn du was brauchst ruf mich an." Ich nickte nur. „Ok, bis dann!" Und da schloss er auch schon die Tür hinter sich. Ich stand noch eine weile da wie angewurzelt. Entschloss mich aber dann doch erst meinen Koffer auszupacken. Während ich meine Sachen in dem Schrank verstaute überlegte ich, was ich jetzt als nächstes tun sollte. „Erstmal duschen," sagte ich zu mir selber. Als ich aus der Dusche kam, hörte ich unten das Telefon. Ich rannte die Treppen runter und suchte mein Handy. Als ich es gefunden hatte, schaute ich nicht auf die Nummer, sondern ging sofort ran. „Ja hallo?" Sagte ich außer Atem. „Ja hallo! Du bist wieder da!" Ich grinste. „Ja Emma, ich bin wieder da." „Schätzchen wie geht es dir? Schön das du wieder da bis!" Emma jubelte richtig. „Gut" log ich. „Ich musste einfach wieder zurück, habe alles so sehr vermisst!" Sie kicherte. „Ja und vor alledem den jungen Mann!" Ich schluckte. „Ja genau!" Sagte ich schwach. Emma merkte es, bohrte aber nicht weiter nach. Sie schwieg einen Moment sagte aber dann: „Ok Schätzchen, wenn du was brauchst sag mir bescheid ja?" „Ja Emma mach ich, danke. Grüß Paul von mir!" „Ja mach ich. Tschüss!" „Ja Tschüss." Ich legte auf. Ich schaute auf mein Handy und wählte automatisch Tyrones Nummer. Aber ich hatte nur wieder seine Mailbox dran. Was soll ich nur tun? Ich entschied mich Evan nach Tyrone zu fragen. Ich zog mich an, schnappte mein Handy und den Schlüssel und ging hinaus. Aus dem Schuppen holte ich mein Rad und fuhr los. Es war ein schönes Gefühl wieder hier zu sein. Ich hatte alles so sehr vermisst. Als ich am Ziel war, stellte ich mein Rad an der Mauer ab und ging zur Tür. Ich klopfte. Innerlich hoffte ich das Evan mir die Tür aufmachte. Als ich Schritte hörte. Mein Herz setzte einen Moment aus als da schon die Tür aufging. Chloe stand vor mir und schaute mich böse an. „Was willst du denn hier?" Ich versuchte ihren Blick stand zu halten. „Ist Evan da?" Sagte ich im festen Ton. „Chloe wer ist denn da?" Hörte ich Evans Stimme fragen. „Es ist Aileen!" Sagte sie mit angewiderten Ton. Da kam Evan auch schon um die Ecke. Sein Gesichtsausdruck war hart wie Stein. „Was willst du hier!" Fragte er ruhig. „Kann ich mal allein mit dir reden?" Sagte ich leise. Er zog eine Augenbraue hoch und schaute mich lange an. Bis er schließlich sagte: „Chloe ich bin mal eben kurz draußen!" Und schon machte er die Türe zu. Wir liefen ein Stück vom Haus weg, bis Evan an der Mauer stehen blieb. Er drehte sich um und lehnte sich dagegen. Seine Arme verschreckte er vor seiner Brust.. „Und, worüber willst du mit mir reden?" Fragte er ernst. Ich schluckte den Kloß den ich im Hals hatte herunter. Meine Augen füllten sich erneut mit Tränen. „Ich wollte mich endschuldigen. Ich bin ja so eine dumme Kuh! Ich wollte euch nicht verletzen, und schon gar nicht Tyrone." Schlurzte ich. Evans Miene wurde etwas weicher. „Evan, wo ist er? Wo kann ich ihn finden? Hat er dir irgendetwas gesagt?" Traurig schüttelte Evan den Kopf. „Nein. Als er nach Hause kam, sah ich das es ihm nicht gut ging. Er sah schrecklich aus. Ich ging zu ihm um ihn zu fragen was passiert sei, aber er wollte nicht mit mir sprechen. Chloe schrie direkt, das du mit ihm bestimmt Schluss gemacht hast. Das dachte ich auch erst, aber ich wollte es nicht glauben. Er kam später die Treppen runter nur mit einem Rucksack und seinen Motorradsachen. Ich fragte ihn wo er hin fahren wollte, aber er sagte nur weit weg von hier. Und da war er schon zur Tür raus!" Er schaute mich bedrückt an. „Aileen was ist da vorgefallen?" Ich senkte meinen Kopf. „Tyrone hat mir von dem Unfall erzählt, da bin ich ausgerastet. Ach es ist alles meine Schuld, warum war ich auch nur so gemein zu ihm." Ich erzählte Evan alles was im Park gewesen war. „Ich war ja so egoistisch! Dabei hat er es viel schlimmer gehabt wie ich." Schlurzte ich unter Tränen. Evan nickte stumm. „Evan was soll ich nur tun? Wo kann er sein?" Evan überlegte kurz, „Mhmh! Frag doch mal bei den Jungs auf der Feuerwehrwache nach! Vielleicht wissen die was!" Ich hob meinen Kopf, „glaubst du wirklich?" Evan nickte, „ja vielleicht hat er da irgendetwas erzählt!" Er erklärte mir den Weg zur Wache und gab mir seine Handynummer. „Hier ruf mich auf dieser Nummer an wenn du was weißt. Chloe ist nämlich nicht gerade gut auf dich zu sprechen." Ich nickte und verabschiedete mich von ihm. Ich schnappte mir mein Rad und fuhr zur Wache. Es war kein langer Weg. Als ich ankam, stellte ich mein Rad ab und ging hoch zum Büro. Dort saß ein Mann mittlerem alters. Ich klopfte an dem Türrahmen, da die Tür offen stand. Er schaute auf und musterte mich. „Ja bitte? Wo brennt es denn?" Er grinste. Ich lächelte zurück. „Endschuldigen sie die Störung, aber ich bin auf der Suche nach jemanden der hier arbeitet!" Jetzt nickte er mir zu. „Dann musst du Aileen sein!" Ich schaute ihn mit großen Augen an. „Ähm ja, die bin ich! Aber woher wissen sie das?" Er schaute mich wieder belustigt an. Tyrone hat uns allen ganz stolz dein Bild gezeigt. Glaub mir er ist bis über beide Ohren verknallt!" Ich merkte wie mir die röte zu Gesicht stieg. Ich räusperte mich und fragte: „Wissen sie wo er hin ist?" Er legte einen Finger am Kinn und überlegte. „Mmh, er hat sich Sonderurlaub genommen, er sagte das er als erstes zum Friedhof fahren wollte. Aber was er danach machen wollte, hat er nicht gesagt!" Ich nickte. „Ok vielen dank für ihre Hilfe. Wenn Tyrone sich bei ihnen melden sollte, könnten sie ihm ausrichten das ich hier bin und ihn suche?" Er lächelte, „aber selbst verständlich junge Dame." „Danke ich muss jetzt los!" Und so drehte ich mich um und rannte zurück um mein Rad zu holen. Ich wusste genau wo ich jetzt hin musste. Zum Friedhof. Vielleicht hat ihn da jemand gesehen. Als ich dort ankam, ging ich durch das kleine Eisentor und schaute mich um. Aber es war niemand zu sehen. Ich ging mit schnellen Schritten zum Grab meiner Eltern. Was ich da sah, brachte mich zum nachdenken. Es lag eine große rote Rose am Grabstein. Sie war noch frisch. Unter der Rose war ein Zettel. Komisch, wer das wohl war! Ich bückte mich um den Zettel aufzuheben, aber was ich da sah ging mir durch Mark und Bein. Auf den Zettel war mit Tyrones Handschrift geschrieben:

Es tut mir sehr leid! Bitte verzeiht mir!

Mein Herz klopfte heftig gegen meinen Brustkorb. Ich starte auf die Rose. Als ich mich einiger maßen gefangen hatte, schaute ich auf das linke Grab neben meinen Eltern. Dort lag die gleiche Rose. Mein Blick wanderte hoch zum Grabstein. Dort traf mich der Schlag. Auf dem Grabstein stand:

Hier ruhen Molly und Sean Callaghan
Möge ihr Geist für immer ruhen!

Ich merkte wie die Tränen in mir aufstiegen. Die ganze Zeit hatten seine Eltern neben meinen gelegen, und ich hatte es nicht bemerkt. „Oh Tyrone wo bist du nur?" Flüsterte ich. Ich sackte auf die Knie. Was hatte ich getan! Ich legte meinen Kopf in meine Hände und begann fürchterlich an zu weinen. Nach einer ganzen weile, schaute ich hoch. Mir war elendig zu mute. Ich lief zurück, schnappte mein Rad und fuhr los. Wohin, wusste ich noch nicht. Meine Füße trampelten einfach drauf los. An der alten Scheune blieb ich stehen. Ich legte mein Rad ins Gras und lief ein Stück Richtung Klippe. Hier hatte ich Tyrone das erste mal getroffen. Ich schloss meine Augen und der Wind wehte durch mein Haar. Ich sah sein Gesicht vor meinem. Wie er lächelt, wie seine Augen funkelten wenn er mich sah….. Als ich die Augen wieder öffnete, ging die Sonne gerade unter. Ich hörte seine Stimme wie er damals sagte: „Es ist immer sehr faszinierend wenn sie untergeht!" Ich lächelte, „ja das ist wohl war!" Sagte ich laut. Ich stand noch eine weile ganz still, bis es kühler wurde. Danach schnappte ich mir wieder mein Rad und fuhr nach Hause. Als ich dort ankam stellte ich das Rad wieder im Schuppen und ging hinein. Ich machte mir eine Tasse Tee, ich war nämlich total durchgefroren. Ich machte den Kamin an und setzte mich mit meiner Tasse davor. Ich starte ins Feuer und überlegte was ich Morgen als nächstes machen sollte. Da kam mir eine Idee. Ich griff zum Telefon und wählte Evans Nummer. „Hallo?" „Ja Evan ich bin es Aileen!" Sagte ich schnell. „Aileen, hast du was herausbekommen?" „Nein leider nicht, aber ich habe da eine Idee. Sag mal wo ist die Uni wo Tyrone studiert?" „Nun ja, er studiert in Cork! Aber warum möchtest du das wissen?" Evan klang überrascht. „Nun ja, vielleicht weiß einer seiner Kollegen dort wo er ist!" Sagte ich zögernd. „Das ist eine gute Idee, sag mir bescheid wenn du Hilfe brauchst!" „Klar mach ich danke." Und so legte ich auf. Danach wählte ich Jerrys Nummer. „Hallo Lee!" Ich grinste. „Ja hallo Jerry." Du Jerry hast du Morgen was vor?" Nach einer kurzen Pause sagte er dann: „Nein, warum was möchtest du Morgen machen?" „Jerry ich muss nach Cork fahren, habe aber kein Auto. Ich dachte vielleicht kannst du ja mit mir dahin fahren!" „Was willst du in Cork?" Ich verdrehte die Augen. „Ich muss zur Uni ich wollte da mal wegen Tyrone nachfragen." Wieder Pause. „Wann soll ich da sein?" Ich lächelte. „Danke Jerry, so gegen 10 hatte ich gedacht?!" „Ich werde pünktlich sein! Bis Morgen!" „Ja bis Morgen!" Und da legte er auf. Ich ging früh schlafen und hoffte innerlich das ich Morgen in Cork mehr Glück hatte!

25

Am nächsten Morgen wachte ich früh auf. Ich sprang unter die Dusche und überlegte was ich machte wenn Tyrone nicht dort ist. Ich schlug mir den Gedanke ganz schnell wieder aus dem Kopf. Er musste einfach da sein. Ich vermisste ihn sehr. Ich zog mir was leichtes an und ging hinunter in die Küche um zu frühstücken. Da bemerkte ich das ich gar nichts da hatte. Na super dachte ich, jetzt musste ich erst noch einkaufen. Pünktlich um 10 klopfte es an meiner Tür. Jeremy stand vor mir und grinste übers ganze Gesicht. Ich schaute in fragend an. „Guten Morgen, na hast du Hunger?" Er hielt mir eine Tüte entgegen. „Oh Jerry, du rettest gerade mein Leben!" Kicherte ich. Jerry ging ins Haus und stellte die Einkaufstüte ab. Schnell packten wir die Sachen in die Schränke, und für die lange Fahrt machte ich ein paar Brote. Ich packte alles was ich so brauchte in meine Tasche und dann ging es los. Als Jeremy auf die Landstraße fuhr, holte ich mein Handy aus der Tasche. „Wen willst du anrufen?" Fragte Jerry mich. „Ich probiere es noch mal Tyrone an die Strippe zu bekommen!" Er nickte, da wählte ich auch schon seine Nummer. Mein Herz schlug schneller. Es war ein Freizeichen. Ich hielt die Luft an. Es läutete einmal , zweimal, dreimal….. Ich kaute nervös auf meiner Unterlippe als dann am anderen Ende abgenommen wurde. „Ja hallo?" Hörte ich eine Frauenstimme fragen. Das Blut wich mir aus dem Gesicht, das Handy landete auf dem Fußboden. Jerry starrte mich an. Da fing ich auch schon wieder an zu weinen. Jerry fuhr rechts ran. „Hey Lee, was ist los?" Er schaute mich besorgt an. „Er…… er…… hat eine andere!" Schlurzte ich. Jeremy runzelte die Stirn. „Bitte was?" Fragte er ungläubig. „Moment mal, jetzt versteh ich dich nicht. Wie kommst du denn darauf?" Jerry schüttelte den Kopf. „Ich habe Tyrone angerufen und eine andre Frau hat abgenommen!" Sagte ich leise. Jerry klappte den Mund auf sagte aber nichts. Nach einer weile schaute er mich an und fragte: „Möchtest du wieder nach Hause?" Ich schüttelte den Kopf. „Nein, bitte fahr weiter ich möchte ihn wieder sehen!" Jerry nickte und fuhr weiter. Ich grübelte die ganze Zeit nach, was das zu bedeuten hatte. Erst schwärmt er mir die große Liebe vor, und dann sucht er Trost bei einer anderen. Ich merkte wie die Wut in mir aufkochte. Als wir an der Universität in Cork ankamen, schaute Jerry mich noch mal ganz lange an. „Lee, bist du sicher das du da jetzt rein willst?" Ich nickte. „Gut, ich warte hier auf dich." „Danke Jerry, bis gleich!" Ich lief den langen weg Richtung Eingang. Im inneren war es Riesen groß. Ich suchte nach der Information. „Kann ich dir helfen?" Ich drehte mich um und ein junger Mann, meines alters, stand vor mir. Er lächelte mich an. „Ähm, nun ja. Ich suche die Information!" Sagte ich schüchtern. „Ah, willst du dich einschreiben?" Ich schüttelte den Kopf. „Nein noch nicht!" „Schade, komm ich zeig dir wo es langgeht! Ach im übrigen, ich bin Arone!" Er hielt mir seine Hand entgegen. Ich nahm sie und sagte: „Hallo, ich bin Aileen!" Er strahlte. „Freut mich dich kennen zu lernen. Was machst du dann hier wenn du dich nicht einschreiben willst?" Ich schaute ihn an. „Nun ja," begann ich. „Ich suche jemanden der hier studiert." Er zog die Brauen hoch. „Echt? Da hast du ja Glück, du hast ja jetzt jemanden gefunden!" Ich musste lachen, „ja das stimmt, aber ich suche jemand anderen. Tut mir leid!" Er verzog sein Gesicht. „Nun ja, vielleicht kenn ich ja den jenigen den du suchst!" Ich kniff die Augen zusammen. „Mmh, ok vielleicht. Sein Name ist Tyrone, Tyrone Callaghan!" Seine Miene wurde härter. „So, du suchst also Tyrone! War ja wieder klar!" Ich schaute zu ihm auf. „Du kennst ihn?" Er nickte. „Tz, wer kennt ihn nicht!" Jetzt verstand ich nur noch Bahnhof. „Wie meinst du das?" Er räusperte sich. „Tja, jedes Mädchen ist doch hinter ihm her, das wundert mich ja dann auch nicht das so hübsches Mädchen wie du auch hinter ihm her ist!" Jetzt sah ich ihn böse an. „Er ist mein Freund!" Zischte ich durch die Zähne. „Ach echt? Glaubst du! Na ja, hier ist die Info, ich muss jetzt zum Unterricht. Viel Glück beim suchen!" Ich schaute ihm verdutzt nach, was war das denn? Ich schüttelte den Kopf und drehte mich zu der Frau an der Info um. „Guten Tag!" Sagte ich freundlich. Die Frau lächelte zurück. „Guten Tag, was kann ich für dich tun?" „Nun ja, ich bin auf der Suche nach jemanden der hier studiert!" Sie nickte. „Wie ist den der Name von der Person?" „Tyrone Callaghan." „Tyrone, so so. ja er studiert hier." Ich strahlte. „Ist er hier?" Sie schüttelte den Kopf. „Nein, er hat sich beurlauben lassen, sagte aus privaten gründen." Mein Lächeln erstarb. „Hat er gesagt wo er hin ist?" Wieder schüttelte sie den

Kopf. „Tut mir leid. Aber vielleicht weiß ja sein Zimmergenosse wo er ist. Dritter Stock, zweite Tür links." Sie zwinkerte mir zu. Ich lächelte. „Vielen dank!" Und so rannte ich die Treppe rauf. Als ich völlig außer Atem vor der Tür stand, klopfte ich. „Herein!" Ich machte die Tür auf und spähte hinein. An einem Tisch saß ein Junge. Ok, er müsste in Tyrones alter sein. Er war groß sehr schlank und hatte blaue Augen. „Hallo!" Sagte ich schüchtern. „Darf ich reinkommen?" Der Junge schaute mich an und grinste. „Klar darfst du reinkommen, Aileen!" Bei meinem Namen klappte mir mein Mund auf. „Du… du kennst mich?" Er lachte wieder und zeigte auf das Foto an der Wand. Dort hang mein Foto was ich Tyrone per E-Mail geschickt hatte. Ich lief rot an. „Ich bin Sam! Tyrone hat mir echt viel von dir erzählt." Ich schaute ihn traurig an. „Du weißt auch nicht wo er ist stimmts?" Er schüttelte den Kopf. „Nein leider nicht. Er war gestern Abend ziemlich aufgewühlt, hat immer wieder gesagt, Sam es ist alles meine Schuld. Ich wusste nicht was er damit meinte, ich sprach ihn drauf an und er erzählte mir was vorgefallen war!" Ich merkte wie der Kloß in meinem Hals wieder größer wurde. „Ich habe ihm gesagt er solle erst mal abwarte, aber er meinte das das nicht bringen würde, das du ihm nie verzeihen könntest." Er schwieg. „Sam?" Er schaute mich an, „ja?" Ich zögerte. „Nun ja, du kennst Tyrone doch ziemlich gut oder?" Er nickte „Klar, wir sind gute Freunde! Aber warum fragst du das?" „Nun ja, er hatte die ganze Zeit das Handy aus, und ich habe unten in der großen Halle einen Jungen getroffen der gesagt hat das Tyrone sehr beliebt sei bei den Mädchen hier……" Er unterbrach mich. „Ha, du hast Arone getroffen oder?" Ich nickte. Er prustete los. „Ha ha ha, ja das ist typisch für ihn. Kaum kommt ein hübsches Mädchen die Tür rein muss er es anbaggern. Und wenn er hört das das Mädchen sich nicht für ihn interessiert, ist er beleidigt. Aber noch schlimmer ist es für ihn, das Tyrone sein Konkurrent ist." „Sam, das musst du mir erklären." Er seufzte. „Aileen schau, Tyrone ist ein echt gut aussehender Junge. Arone hat recht die Mädchen fliegen auf ihn. Aber das hat Tyrone nie interessiert. Ok, die Mädchen reden immer noch viel über ihn. Aber naja ist ja egal. Arone hat den ganzen Tag nichts besseres zu tun als Tyrone schlecht zu machen. Also mach dir nichts da raus was er sagt."

Ich überlegte kurz. „Ok, aber ich habe gerade versucht Tyrone über Handy zu erreichen, ich hatte eine Frau dran. Wie erklärst du mir das?" Sam wurde blass. „Was sagst du da?" Ich nickte. „Du hast richtig gehört." Er schüttelte ungläubig den Kopf. „Nein das geht nicht, das glaub ich nicht. Tyrone liebt dich er würde so etwas nicht machen." Ich zuckte mit den Schultern. „Ich weiß nicht mehr was ich glauben soll, ich weiß nur das ich einen großen Fehler gemacht habe." Sam schaute mich mitleidig an. „Ach komm, er taucht schon wieder auf. Ich werde dir sofort bescheid sagen wenn er hier auftaucht." Ich nickte und so tauschten wir unsere Nummern. Ich speicherte sie im Handy und verabschiedete mich von Sam. Als ich wieder Richtung Jeremy unterwegs war, dachte ich über so vieles nach. „Und wie ist es gelaufen?" Fragte Jerry mich sofort als ich einstieg. Ich erzählte ihm kurz was Sam gesagt hatte. Jeremy zog eine Augenbraue hoch. „Na toll, jetzt fangen wir ja wieder bei null an!" Ich nickte, „"a leider!" „Wo kann er nur stecken?" Grübelte Jerry laut vor sich hin. Ich schaute nachdenklich aus dem Fenster als ich plötzlich was sah. „Jerry, folge dem Feuerwehrauto ich habe da eine Idee!" Kreischte ich. Jeremy der nicht wusste was ich vor hatte zuckte nur mit den Schultern. „Ok, wenn du meinst!" Und schon fuhr er los. Ich betete das der Wagen jetzt zur Wache fuhr. Wir bogen um eine Ecke und da sah ich es schon vom weiten. „Jerry, schau eine Wache!" Jubelte ich. Jetzt verstand Jeremy was ich meinte. „Meinst du wir findest ihn hier?" „Ich will es hoffen!" Antwortete ich. Vor der Wache, lies Jeremy mich raus um einen Parkplatz zu suchen. Ich schaute mir das Gebäude genau an. Es sah sehr neu aus. Ich ging durch die Tür wo in großen Buchstaben Eingang zu lesen war. Es war sehr Modern eingerichtet. Ich schlenderte so durch die Gänge, als ich vor einem Schild stehenblieb. Auf diesem Schild stand zum Büro rechts. Ich folgte dem Pfeil und stand nachher vor einer Tür. Ich klopfte, als mir schon die Tür aufgemacht wurde. „Ah, schönen guten Tag Miss. Was kann ich für sie tun?" Sagte ein junger Mann am Schreibtisch. Ein anderer Mann ging gerade heraus. Der Mann am Schreibtisch war nicht sehr groß hatte rotblonde Haare eine menge Sommersprossen und was mir am meisten auffiel war, er hatte eine Zahnlücke zwischen den vorderen Schneidezähnen. Ich musste mir ein Lachen verkneifen, er sah aus wie ein Hase. „Ähm, guten Tag. Mein Name ist Aileen Connelly." Der junge Mann schaute mich lange an. „Nun, was kann ich für sie tun?" Ich räusperte mich. „Nun ja, ich hab da mal eine Frage!" Der Mann zog die Stirn kraus. „Nun?" Ich spielte nervös mit meinem Reisverschluss. Irgendwie machte mich der Mann mit der Riesen Zahnlücke nervös. „Ähm ok, ich bin auf der Suche nach jemanden, ich vermute das er vielleicht hier ist. Sein Name ist Tyrone Callaghan. Kennen sie ihn?" Ich schaute ihn mit großen Augen an. Er kratzte sich am Kinn und überlegte. „Mmh Tyrone, Tyrone, der Name kommt mir sehr bekannt vor." Ich merkte wie meine Nervosität stieg. „Moment mal, klar! Das ist doch der nette Junge aus Waterville! Natürlich kenne ich den! Aber warum suchen sie ihn?" „Nun ja, das ist eine private Angelegenheit. Ist er vielleicht zu sprechen?" Der Mann schaute mich fragend an, sagte aber nichts. Das Schweigen zog sich in die länge. Bis er schließlich sagte: „Ok junge Dame, ich möchte aber erst herausfinden ab Tyrone dich auch kennt!" Er nahm sein Funkgerät und schaltete es an. „Sarah, Sarah bitte kommen!" Es rauschte. Doch dann, „hier Sarah was gibt es Dan?" Diese Stimme, sie kam mir bekannt vor. Dann drückte er wieder den Knopf und sprach: „Du sag mal ist der neue Junge bei dir?" Wieder rauschen. Mein Herz klopfte so gegen meine Brust das ich schon Angst hatte in Ohnmacht zu fallen. „Ja, er sitzt neben mir warum?" Hörte ich die Frauenstimme fragen. Klar jetzt viel es mir wieder ein. Das ist die selbe Stimme die bei Tyrone ans Handy gegangen war. Wieder drückte der Mann den Knopf. „Ich habe hier eine junge Dame im Büro die meint ihn zu kennen!" Wieder rauschen. „Ha ha, Tyrone fragt wer sie ist! Er schaut sehr verwirrt aus!" Der Mann schaute mich an, „Miss wie war noch mal ihr Name?" Meine Stimme zitterte. „Ai….. Aileen…. Connelly!" Als der Mann erneut den Knopf drückte zitterten meine Knie. Ich hatte Angst das er sagt das er mich nicht kennt und mit mir nichts zu tun haben will. „Sie sagt das sie Aileen Connelly heißt!" Wieder rauschen. Diesmal länger wie sonst. „Du Dan, ich soll von Tyrone fragen ob sie schwarze Locken und wunderschöne grüne Augen hat?" Der Mann schaute mich prüfend an. Als er erneut den Knopf drückte. „Ja das hat sie, sie ist echt ein hübsches Mädchen!" Wieder endloses Schweigen. „Du Dan, ich soll dich noch mal fragen ob er mal kurz mit ihr sprechen darf?" Mein Gesicht hellte sich ein wenig auf. Er lächelte mich an und kam zu mir rüber. Er erklärte mir wie das Funkgerät funktionierte. Als ich nickte nahm er es und sprach: „Ok ich reiche das Gerät rüber. Aber bitte nicht zu lange du weist was der Boss sonst macht!" Meine Hände zitterten als ich das Funkgerät in die Hand nahm. Dann erstarb das rauschen. „Aileen? Bist du es wirklich?" Meine Augen füllten sich mit Tränen. Ich war so froh seine Stimme zu hören. Ich drückte den Knopf, „oh Tyrone! Endlich habe ich dich gefunden." Ich lies den Knopf los und Tränen liefen mir über die Wange. Der Mann mit dem Namen Dan, reichte mir ein Taschentuch. Als erneut das Rauschen stoppte. „Ich bin in ungefähr 20 Minuten an der Wache, wartest du auf mich?" Ich strahlte. Ich drückte den Knopf, „ja ich warte, ich sage nur Jeremy bescheit. Er wartet nämlich unten auf mich!" Wieder Pause. Doch dann! „Ja ok mach das, wenn du magst kann ich dich auch nach Hause fahren!" „Ja gerne!" Antwortete ich. „Bis gleich!" Dann war die Verbindung getrennt. Ich gab Dan das Funkgerät wieder. „Tja Miss, wenn sie möchten kann ich ihn ein wenig die Wache zeigen, in der Zeit wie sie warten!" Ich nickte. „Ja gerne, aber ich sage mal eben schnell meinem Freund draußen bescheid." Er nickte, „ich warte hier." Und da rannte ich auch schon los. Ich rannte so schnell ich konnte. Jeremy stand lässig an seinem Pick Up gelehnt. Als er mein Gesicht sah, lächelte er. „Las mich raten, du bist fündig geworden?" Sagte er als ich bei ihm ankam. „Ja, er kommt jetzt hier hin!" Sagte ich atemlos. „Jerry, Tyrone sagte das er mich auch nach Hause fahren kann. Macht es dir was aus….." Doch er unterbrach mich. „Nein natürlich macht es mir nichts aus. Ich freu mich nur riesig für dich das du ihn gefunden hast." Ich viel ihm in die Arme. „Ach Jerry du bist der beste Freund den man sich vorstellen kann!" Er tätschelte meine Schulter. „Ist doch Ehrensache. So dann geh mal rein und ich fahr dann mal! Wenn was ist ruf mich an! Ansonsten ruf ich Morgen mal bei dir durch." Ich nickte und rannte dann wieder zum Eingang. An der Tür winkte ich ihm noch zu. Als er nicht mehr zu sehen war, ging ich wieder hoch zum Büro. Dan wartete schon auf mich. „Ok, dann folge mir mal unauffällig!" Grinste er. Ich nickte und da ging es auch schon los. Er erklärte mir die ganzen Sachen, worauf man achten muss und wie man die Schutzkleidung richtig anlegt. Er erzählte auch was alles passieren kann wenn man nicht richtig aufpasst, wenn man bei einem Großfeuer die Schutzmaske nicht anlegt und so weiter. Ich fand das alles richtig interessant. Aber merkte das ich immer mehr Angst um Tyrone bekam. Nach einer weile blieb wir stehen, da bemerkte ich eine Stange die durch ein Loch im Boden ging. „Was ist den das?" Fragte ich ihn. „Nun ja, das ist unsere Stange an der wir runterrutschen um schnellst möglich zu den Autos zu gelangen. Hinter dir sind unsere Schränke wo wir uns ankleiden und dann nichts wie runter in die Garage zu den Autos." Ich nickte. „Ach so! Wird die nur in Notfällen benutzt?" Dan nickte. Als ich das Garagentor hörte. „Das müssen sie sein!" Sagte er. Mein Herz blieb für einen Moment stehen. Das witzige an der Sache, ich konnte von hier oben fast alles überblicken. Der Wagen hielt an und zwei Personen stiegen aus. Ich konnte nur nicht viel erkennen, beide trugen ihre Uniformen. „Na ihr zwei?" Rief Dan von oben. Die erste Person nahm ihren Helm ab. Es war eine Frau, eine sehr schlanke Frau. Sie hatte kastanienfarbenes Haar was mit einer Spange hinten festgemacht wurde. Und was ich noch von oben sehen konnte, sie war unheimlich hübsch. „Hi Dan, sag mal hast du nichts besseres zu tun als mit junge Damen zu flirten?" „Ha ha Sarah, sehr witzig!" Dan lachte. Da kam die zweite Person näher. War es wirklich Tyrone? Ich glaube zu dem Zeitpunk hatte ich einen Puls von 160, so raste mein Herz. Als auch diese Person den Helm ab genommen hatte, erkannte ich ihn. „Tyrone!" Rief ich. Er schaute zu mir hoch. Ich schaute Dan an, „Dan das ist ein Notfall, darf ich?" Ich schaute ihn flehend an. „Ähm, also gut aber bitte nicht weiter sagen!" Ich nickte und schon hatte ich die Stange in der Hand und rutschte runter. Als ich unten ankam, stand Tyrone nur da und schaute mich an. Sein Gesicht hatte einen ernsten Ausdruck angenommen. „Ich…. Ich…. Es…. " Fing ich an zu stottern. Die Tränen schossen mir wieder in die Augen. „Es tut mir alles so leid! Kannst du mir verzeihen?" Schlurzte ich. Sein Gesicht hellte sich auf. Er breitete seine Arme aus und ich rannte hinein. An seiner Brust weinte ich erstmal. „Hey, ist schon gut. Nicht weinen, ich verzeihe dir, aber nur wenn du mir auch verzeihst!" Ich schaute ihn fragend an. „Wie meinst du das?" Fragte ich ihn. „Nun ja, hätte ich dir alles viel früher erzählt, währe das nicht passiert!" Ich schüttelte den Kopf. „Ich verzeihe dir!" Und kaum hatte ich die Worte ausgesprochen, lagen seine Lippen schon auf meinen. Was hatte ich das vermisst. Ich vergaß alles um mich herum. Bis er sich von mir löste. „Ich habe dich so sehr vermisst!" Flüsterte er mir ins Ohr. „Ich dich auch." Schniefte ich. Dan und Sarah standen etwas abseits und applaudierten. „Bravo, bravo!" Jubelten sie. „Hab ich dir nicht gesagt das alles wieder gut wird!" Grinste Sarah. Tyrone schaute zu Boden. „Ja das hast du. Dan, darf ich mir den Rest des Tages frei nehmen?" Dan runzelte die Stirn. „Klar doch, du bist doch freiwillig hier!" Mein Herz jubelte, als mich Tyrone schon die Treppen rauf zog. Als wir im Ankleidezimmer waren, machte er sein Spinnt auf und holte seine Sachen raus. Er schälte sich aus seinem Schutzanzug, bis er nur noch in Shorts vor mir stand. „Was dagegen wenn ich eben noch schnell Duschen gehe?" Ich schüttelte nur mit dem Kopf, zu mehr war ich nicht mehr in der Lage. Er grinste und schnappte sich sein Handtuch und sein Duschzeug. Nach 10 Minuten kam er wieder, er hatte das Handtuch nur um die Hüpfte gebunden. Seine Haare standen zu allen Seiten ab, tropfen liefen ihn über seine Brust und Rücken. Ich konnte nicht anders als ihn anzuschmachten. Als er im begriff war das Handtuch abzunehmen drehte ich mich blitzschnell um. Tyrone kicherte. Er zog sich rasch an und tippte mir auf die Schulter. „Fertig!" Er lächelte mich an. Ich lächelte zurück. „Du Tyrone, ich glaube du solltest mal deine Geschwister anrufen. Sie machen sich große Sorgen um dich!" Er zog eine Augenbraue hoch. „So, woher weißt du das?" Er musterte mich neugierig. „Nun ja, ich war da und hab nach dir gefragt!" Gab ich zu und wurde rot. Er lachte, „ha und du lebst noch!" Ich schaute ihn erschrocken an. „Ich habe Chloes Reaktion bemerkt als Evan mich versucht hat umzustimmen. Sie hat immer und immer wieder schimpfend deinen Namen geschrien. Er schaute mich an und grinste. Ich starrte auf den Boden. „Sie mag mich nicht besonders, hab ich recht?" Flüsterte ich. „Nun ja," begann er. „Wie soll ich dir das erklären? Ich bin, so wie Chloe immer sagt, ihr Lieblings Bruder." Ich nickte nur. „Ach komm schon, sie wird sich schon wieder einkriegen." Er nahm mich bei der Hand und wir gingen nach draußen. Dort stand, etwas abseits, ein schwarzes Motorrad. Als wir näher kamen, erkannte ich das Auspuff und Fußstützen verchromt waren. Tyrone legte eine Hand auf dem Sitz. „So, das ist mein Baby!" Sagte er mit angeschwollener Brust. Ich nickte nervös, aber da reichte er mir schon einen Helm. Tyrone bemerkte das meine Hände zitterten. „Bist du noch nie Motorrad gefahren?" Fragte er und zog die Augenbrauen hoch. Ich schüttelte den Kopf. „Nein…. Noch nie!" Antwortete ich mit klappernden Zähnen. Er seufzte. „Ok, macht ja nichts. Ich erkläre dir was das wichtigste ist beim fahren. Du setzt dich gleich hinter mir auf das Motorrad. Du musst dich dann gleich etwas an meiner Körperhaltung orientieren. Wenn ich mich nach links lege, musst du auch nach links. Lehnst du dich dagegen kann es passieren das wir umfallen." Er schaute mich an und ich nickte. Er grinste und gab mir einen Kuss auf die Stirn. „Hab keine Angst, ich fahre auch langsam." Und so half er mir den Helm aufzusetzen und stieg dann auf. Etwas unbeholfen hüpfte ich hinter ihn. Als er den Motor anließ, sagte er: „So Schatz, festhalten!" Das lies ich mir nicht zweimal sagen. Ich krallte mich richtig an ihn fest. Er lachte, „he sachte, ein wenig Luft muss ich schon noch bekommen!" Gut das ich den Helm aufhatte, da sah man nicht das ich wieder rot wurde. „Ups tschuldige!" Murmelte ich verlegen, aber da fuhr er auch schon los. Ich schloss wie auf Kommando meine Augen. Mein Herz raste. In jeder Kurve lehnte ich mich mit so wie er gesagt hatte. „Schatz, du machst das richtig gut!" Lobte Tyrone mich. „Mhmh!" Murmelte ich nur. Dann musste er an einer Ampel anhalten. „Du sag mal hast du etwa die Augen zu?" „Ja!" Flüsterte ich. Er lachte. „Wovor hast du Angst? Du verpasst doch alles! Ich fahre ja schon extra langsam!" Da fuhr er auch schon wieder an. Ich atmete tief durch und machte langsam meine Augen auf. Er fuhr wirklich nicht so schnell, es war sogar ein schönes Gefühl. Meine Angst wich langsam aus meinen Knochen. „Das macht ja richtig Spaß!" Quietschte ich. Tyrones Körper zuckte vor lachen. „Hab ich dir ja gesagt!" Und so fuhren wir weiter die lange Landstraße nach Hause. Als wir bei Tyrone Zuhause ankamen, war es schon fast dunkel. Die Sonne warf ihre letzten Strahlen zu Boden. Tyrone stieg ab und nahm den Helm ab. Ich tat es ihm gleich. „So, auf in die Höhle des Löwen!"

Scherzte er. Ich lächelte zögernd, nickte aber. Tyrone schloss die Tür auf, als ich Chloes Stimme von oben hörte. „Evan, ich habe doch gesagt das ich sein Motorrad gehört habe!" Als sie unten ankam, blieb sie abrupt stehen. „Oh, du hast die da auch mitgebracht!" Chloe zeigte mit dem Finger auf mich. „Chloe lass das!" Zischte Evan und kam auf uns zu. „Tyrone, schön das du wieder da bist. Wir haben uns echt Sorgen um dich gemacht." Als Evan das sagte nahm er seinen Bruder in den Arm. Tyrone nickte, „es ist auch schön wieder hier zu sein. Aileen hat mich gefunden und wieder her gebracht!" Er legte seinen Arm um meine Schulter. Chloe schnaubte, „ohne sie wärst du erst gar nicht weg gegangen!" Evan schaute sie böse an. Sie verschränkte die Arme vor der Brust. „Ist doch wahr!" „Chloe es reicht jetzt wirklich!" Murmelte Evan durch die Zähne. Sie funkelten sich noch eine weile böse an, als Chloe dann die Schultern hochzog und sich umdrehte. Als sie aus dem Zimmer war, schaute mich Evan an. „Es tut mir leid wie sie dich behandelt, aber ich bin dir dankbar das du Tyrone wieder her gebracht hast!" Er hielt mir seine Hand hin und ich nahm sie. „Gern geschehen!" Sagte ich etwas schüchtern. Als meine Beine vor Erschöpfung nachgaben, konnte Tyrone mich gerade noch festhalten. „Schatz alles in Ordnung mit dir?" Fragte er besorgt. „Ja, ich bin nur sehr müde!" Antwortete ich leise. Tyrone nickte. „Evan lass uns Morgen weiter reden. Ich bringe Aileen jetzt erstmal ins Bett." Evan nickte. „Gute Nacht ihr zwei!" Tyrone nahm mich auf dem Arm und trug mich die Treppe rauf. Als er die Tür zu seinem Zimmer aufmachte, setzte er mich auf sein Sofa ab. Er kramte ein Shirt aus seinem Schrank und reichte es mir.„Wenn du magst kannst du das anziehen zum schlafen!" Ich nickte. Er ging erneut zum Schrank. Aber zur anderen Seite. Er griff nach oben und zog ein Bett aus dem Schrank. Jetzt verstand ich auch warum ich kein Bett beim ersten mal gesehen hatte. Ich nahm das Shirt und ging zum Bad. Dort zog ich mich um und ging mit meinen Sachen unterm Arm zurück. Tyrone lag schon im Bett und hatte den Kopf auf seine Hand gestützt und schaute mich an. Er hob die Bettdecke und sagte: „Komm Schatz, hab das Bett schon angewärmt." Ich konnte nicht anders als ihn anzustarren. Da lag er nur in Shorts und wartete auf mich. „Hallo? Willst du dort Wurzeln schlagen? Es wird kalt!" Lachte er. Ich schüttelte meinen Kopf und hüpfte zu ihm ins Bett. Er senkte die Decke und legte mir seinen Arm um. Er drückte mir einen Kuss auf die Stirn und flüsterte: „Schlaf gut mein Engel und Träume süß. Ich liebe dich!" Ich seufzte und kuschelte mich ganz nah an ihn ran. „Ich dich auch!" Murmelte ich und schlief leider viel zu schnell ein.

26

Als ich am anderen Morgen aufwachte, wusste ich erst gar nicht wo ich war. Ich schaute mich ein wenig um, bis es mir wieder einfiel. Langsam drehte ich den Kopf zur Seite und da lag er. Er sah so süß aus er atmete ganz ruhig ein paar Strähnen von seinen schwarzen Haar, fielen ihm in die Stirn. Ich beobachtete ihn lange. Ich konnte von seinem Anblick nicht genug bekommen. Ich holte eine Hand unter der Bettdecke hervor und nahm vorsichtig eine Haarsträhne aus seinem Gesicht. Da bewegte er sich ein wenig und schlug die Augen auf. Sie strahlten als er mich an sah. „Guten Morgen!" Flüsterte ich und gab ihn einen Kuss auf die Stirn. Tyrone verzog beleidigt den Mund. „Was?" Fragte ich erschrocken. „Mehr bekomme ich nicht?" Fragte er gespielt gekränkt. Verwirrt fragte ich, „wie, was mehr nicht?" Er verdrehte die Augen und seufzte. „Gut, dann hole ich mir eben mehr!" Und schon rollte er auf mich und stützte sich mit seinen Händen seitlich von mir ab. Er schaute mir tief in die Augen, und ich schmolz nur so dahin. Erst nach einer weile bemerkte ich das seine Lippen immer näher kamen. Bis sie meine trafen. Es durchzuckte mich wie ein Stromschlag, wie jedes mal wenn er mich küsste. In meinem Kopf drehte sich alles und mein Herz klopfte wie willst in meiner Brust. Nach ein paar Minuten, die mir wie Stunden vorkamen, löste er sich von mir. Er grinste, „jetzt wird es ein wunderschöner Tag!" Ich musste lachen. „Na dann!" Er nahm eine Hand hoch und strich mir über die Wange. „Aileen, ich bin so froh das du wieder bei mir bist. Mein Leben hätte ohne dich keinen Sinn mehr gehabt." Ich schluckte, „bitte sag doch so was nicht!" Er schaute mich an und lächelte schwach. Er gab mir einen Kuss auf die Nasenspitze. „Genug davon, was machen wir heute?" Ich überlegte kurz. „Erst mal muss ich Jerry und Lucy anrufen. Damit die beiden wissen das es mir gut geht. Und danach…… Mhmh….. Keine Ahnung!" Tyrone zog die Stirn kraus und reichte mir sein Handy. „Also wenn du Jeremy angerufen hast, brauchst du Lucy bestimmt nicht mehr anrufen!" Ich musste lachen. „Ja, ich glaube da hast du recht. Und schon wählte ich Jerrys Nummer. „Ja hallo?" Hörte ich Jeremys verschlafene Stimme. "Guten Morgen, oh hab ich dich geweckt?" „Ja." Gähnte er mir ins Ohr. „Oh Jerry das tut mir leid. Ich wollte dir auch nur ganz schnell sagen das bei mir alles in Ordnung ist." „Aileen das freut mich für dich. Ich habe die halbe Nacht mit Lucy gesprochen. Sie will bestimmt auch alles wissen." Murmelte er. „Klar, ich werde sie später auch anrufen." „Macht das!" Und er gähnte wieder. „Ok Jerry, tut mir leid das ich dich aus dem Bett geschmissen habe. Bis dann!" „Mmh.." Machte Jerry nur und ich legte auf. Da schaute ich auf die Uhr. Oh weh, es war erst acht Uhr. Kein Wunder das Jerry noch geschlafen hat. Ich gab Tyrone das Handy wieder und schaute ihn an. „So und was nun?" Fragte ich ihn. „Mmh….." Überlegte er. „Dir hat doch zum Schluss gestern das Motorrad fahren Spaß gemacht oder?" Ich schluckte, was wollte er mir damit sagen? Ich nickte zögerlich. Er strahlte.„Was hälst du nun davon, wenn ich es dir beibringe?" Ich glaube ich hatte sämtliche Farbe aus meinem Gesicht verloren. „Du…..du meinst, du willst mir das Motorrad fahren beibringen?" Stammelte ich. Er nickte strahlend. Doch da schüttelte ich mich schon vor lachen. „Ha ha ha ich und Motorrad fahren, der Witz ist gut!" Jetzt schaute Tyrone mich böse an. „Also eigentlich meinte ich es ernst!" Abrupt hörte ich auf zu lachen und kaute wieder nervös auf meiner Unterlippe. „Ok, wir können es ja mal probieren. Aber was ist wenn ich dein Motorrad kaputt mache?" Sein Gesicht wurde wieder weicher. „Ach, das überlass mal mir!" Ich schluckte, „ok. Dann las es und versuchen!" Antwortete ich heiser. Er strahlte mich vor Begeisterung an. „Super, glaub mir du wirst es nicht bereuen!" Ich lächelte schwach. „Gut dann wollen wir mal!" Rief er und war mit einem Satz aus dem Bett. „Los, keine Müdigkeit vortäuschen. Raus aus den Federn!" Und schon hatte er mir die Bettdecke weggezogen. Ich starte ihn fassungslos an. Aber er grinste nur und spurtete schon ins Bad. Ich schüttelte nur mit dem Kopf und stieg langsam aus dem Bett. Ich streckte mich gerade, als die Tür wieder aufging und Tyrone wieder ins Zimmer kam. Ich starrte ihn an. „Jetzt sag nicht du warst schon duschen?" Fragte ich endsetzt. Er schaute mich verwirrt an. „Öhm ja!" Antwortete er und ging zum Kleiderschrank. In der Zeit wie er sich anzog ging ich ins Bad. Ich wusch mir mein Gesicht und zog mich an. Na toll dachte ich mir, ich hatte nichts mit weder Zahnbürste noch frische Anziehsachen. Ich schaute in den Spiegel über dem Waschbecken. Meine Haare standen in allen Himmelsrichtungen. Ich konnte machen was ich wollte, sie ließen sich nicht bändigen. Ich seufzte, gab aber den Kampf auf. Als ich wieder zurück ging, stand Tyrone schon fix und fertig angezogen da und strahlte mich an. „Und kann es los gehen?" Ich schaute ihn an und schüttelte den Kopf. „Ja, aber erst zu mir!" Er schaute mich fragend an. „Warum?" Ich verdrehte die Augen. „Weil ich gerne auch duschen gehen, und was frisches anziehen möchte!" Er grinste, „ok überredet. Aber ich finde du siehst echt süß aus so wie deine Haare jetzt liegen." Aus Reflex versuchte ich meine Haare glatt zu streichen. Tyrone lachte und gab mir einen Kuss. Er nahm seine Motorradsachen unterm Arm und so gingen wir die Treppen runter. In der Küche trafen wir auf Evan der am Tisch saß und Zeitung lass. Chloe stand an der Anrichte gelehnt und schaute mich böse an. „Guten Morgen!" Sagte ich freundlich als ich hereinkam. Evan schaute von seiner Zeitung auf und lächelte. „Guten Morgen ihr zwei, na gut geschlafen?" Ich nickte und schaute zur Seite. Tyrone zwinkerte mir zu. „Ja danke ich hoffe ihr auch?" Jetzt schaute ich abwechselnd Evan und Chloe an. „Ja danke!" Sagte Evan, danach schaute ich rüber zu Chloe.„Und du?" Fragte ich leise. Sie schaute mich mit zusammengekniffenen Augen an. „Das geht dich gar nichts an!" Fauchte sie. Ich zuckte zusammen und schaute zu Boden. „Chloe was soll das? Sie hat dich ganz höflich gefragt!" Zischte Tyrone zwischen den Zähnen hervor. Chloe zuckte nur mit den Schultern. „Na und? Ich will ihr aber nicht antworten." Tyrone stieß heftig die Luft aus, als Evan sich einmischte. „Schluss jetzt. Chloe geh schon mal ins Wohnzimmer!" Sie schaute ihn fragend an. „Warum?" Jetzt war Evan richtig böse. „Weil ich mal dringend mit dir reden muss, darum!" Seine Augen funkelten richtig. Chloe stampfte mit dem Fuß auf und ging aus der Küche. Jetzt drehte Evan sich wieder uns zu,. "Entschuldigt bitte, aber ich muss mal mit Madam ein ernstes Wörtchen reden. Einen schönen Tag wünsch ich euch beiden." Und so ging auch Evan aus der Küche. Tyrone sah mich besorgt an. „Es tut mir leid!" Ich schaute hoch und versuchte zu lächeln. „Naja, wenigsten bekomme ich einen Raum schnell leer gefegt!" Jetzt musste er lachen. „Ha ha das ist nicht wahr, jetzt mach dir bloß keine Gedanken. Evan wird Chloe schon zurecht weisen!" Ich schaute erschrocken zu ihm auf.

„Du meinst, jetzt bekommt sie ärger nur wegen mir?" Tyrone zog eine Braue hoch und musterte mich. „Schatz, du machst dir jetzt Sorgen um Chloe?" Ich nickte. „Ok, aber sie darf dich nicht so behandeln! Und das wird Evan ihr wohl auch sagen. Also hab keine Angst, sie wird da schon heil raus kommen!" Sein Gesichtsausdruck war weich, also glaubte ich ihm. „Gut, dann las uns schnell zu mir fahren!" Und schon zog er mich Richtung Garage. Er setzte sich den Helm auf und half mir bei meinem. Ich setzte mich hinter ihm und schon ging es los. Ich legte meinen Kopf an seinen Rücken. Ich fühlte mich so wohl bei ihm und konnte mir ein Leben ohne ihn nicht mehr vorstellen. Als wir bei mir Zuhause ankamen, stiegen wir ab und ich ging schon mal voraus. Während Tyrone sein Motorrad in den Schuppen stellte, schloss ich die Tür auf und ging hinein. Ich blieb ein paar Minuten im Eingang stehen, bis Tyrone hinter mir stand. „Wolltests du nicht duschen gehen?" Ich nickte und ging die Treppen hoch. In meinem Zimmer holte ich frische Sachen aus meinem Schrank und nahm sie mit ins Bad. Dort zog ich mich rasch aus und drehte den Wasserhahn auf. Die Wärme des Wassers beruhigte mich etwas, aber ich hatte keine Zeit zu verlieren, schließlich wartete ein toller Typ in meiner Küche auf mich, der mir das Motorrad fahren beibringen wollte. Bei diesem Gedanken wurde mir mulmig zu mute. Ich stellte das Wasser aus, trocknete mich ab, putzte mir die Zähne und bändigte meine Haare. Danach zog ich mich an und rannte die Treppen runter. Dort saß er, in meiner Küche und strahlte mich an. „Wow, das ging aber schnell!" Ich grinste, „ich wollte dich nicht solange alleine lassen!" Er lachte, „ok bist du soweit?" Ich schluckte, „Ähm…. Eigentlich nicht, aber lass es uns ganz schnell hinter uns bringen." Er stand auf und nahm mich in den Arm. „Du schaffst das schon!" Ich seufzte, „mhm!" Er nahm mich bei der Hand und wir gingen nach draußen. „Warte hier!" Sagte er und lief Richtung Schuppen um das Motorrad zu holen. Mein Herz schlug schneller wie eh und je. Als Tyrone mit der Maschine um die Ecke kam, hielt ich die Luft an. „Das schaffe ich nie," keuchte ich. Er zog eine Augenbraue hoch und grinste. „Aileen, ich werde dich bestimmt nicht sofort drauf los fahren lassen!" Ich starte ihn an und merkte das meine Knie zitterten. Er stellte das Motorrad vor mir ab und Schweißperlen bildeten sich auf meiner Stirn. „So, ich werde dir das Motorrad erstmal erklären! Wie du siehst haben wir hier vorne am Lenker zwei Hebel, wie beim Fahrrad. Der Linke hier, ist die Kupplung." Er schaute mich an und ich nickte zum Zeichen das ich ihn verstanden hatte. „Gut, der rechte ist die Handbremse." Wieder nickte ich und er sprach weiter. „Und wie du jetzt siehst, kann ich den rechten Handgriff bewegen. Das ist unser Gaspedal sozusagen. Wenn du es zu dir hin drehst, gibst du Gas." Ich schluckte und nickte. Er lächelte mich an und sprach weiter. „Jetzt kommen wir zum Rest. Hier unten rechts ist die Fußbremse, diese brauchen wir aber am Anfang nicht. Auf der anderen Seite haben wir die Schaltung. Wenn du diese mit dem Fuß nach unten drückst schaltest du hoch und wenn du sie hoch ziehst schaltest du wieder runter. Ganz oben ist der Leerlauf." Er schaute mich an und lächelte. „Aileen, du bist ja ganz weiß! Du musst das nicht machen wenn du nicht willst!" „Doch, doch erzähl weiter!" Stotterte ich und versuchte zu lächeln. Er schaute mich lange an und erklärte weiter. „Ok, zum Schluss haben wir ja noch das Zündschloss und den Kickstarter. Du drehst erst den Schlüssel um und drückst dann den Kickstarter. Legst den Gang rein und auf geht es."

27

Wir übten noch den ganzen Vormittag, und es klappte komischerweise echt gut. Als sich dann mein Magen bemerkbar machte. „Du Tyrone, lass uns eine Pause machen. Ich verhungere sonst noch!" Er lachte und nickte. „Ja das wollen wir ja nicht! Was möchtest du essen?" Ich überlegte und zuckte mit den Schultern. „Keine Ahnung, mir ist es egal!" Tyrone stellte die Maschine in den Schuppen und ging mit mir ins Haus. „Was hälst du von Pizza?" Bei dem Gedanken lief mir das Wasser im Mund zusammen. Ich nickte. „Ja sehr gerne!" Er griff zum Telefon und bestellte zwei Pizzen. Als er aufgelegt hatte, kam er zu mir rüber. „So, was machen wir jetzt?" Ich schaute ihn an und lächelte. „Ich werde jetzt erstmal duschen gehen, was du machst weiß ich nicht." Jetzt schaute er mich verschmitzt an und grinste. „Das werde ich dann auch machen!" Und so schnappte er mich und warf mich über seine Schulter und trug mich ins Bad. „Hey, was machst du da?" Schrie ich. „Na du wolltest doch duschen, oder etwa nicht?" Er stand mit einem breiten Grinsen vor mir und zog sich das Hemd aus. „Ja richtig, ich wollte duschen gehen, aber was machst du da?" Ich schaute ihn völlig perplex an. „Na ich komme mit!" Ich hielt die Luft an, aber bevor ich etwas machen konnte standen wir beide schon unter meiner Dusche. Als ich gerade dabei war meine Haare zu waschen stellte Tyrone das Wasser ab. „Hee!!" „Scht, sei mal still!" Flüsterte er. Ich schaute ihn nur mit einem Auge an, das andere war voller Schaum. Es klopfte unten an der Tür. Tyrone stieg aus der Dusche und band sich ein Handtuch um die Hüfte. Ich drehte das Wasser wieder auf und spülte den Schaum aus den Haaren. Als ich mir sicher war das alles raus gespült hatte, stieg ich auch aus der Dusche und nahm ein großes Badetuch und band es um meinen Körper. Tyrone hatte den Tisch schon gedeckt. „Komm setzt dich sonst wird die Pizza kalt." Ich setzte mich und nahm mir ein Stück. Nach einer weile lehnte ich mich zurück „puh jetzt bin ich aber satt!" Ich rieb mir meinen Bauch. Ich schaute rüber zu Tyrone der das selbe machte. Wir räumten alles weg und zogen uns etwas lockeres an. Danach machten wir es uns auf meinem Sofa bequem. Tyrone streichelte mir sanft über den Rücken und küsste meinen Scheitel. „Ich bin ja soo glücklich!" Flüsterte er. „Mmh, ich auch." Gähnte ich und schlief in seinem Arm ein. . . . .

3 Jahre später!

„…..**O**h Lucy ich freu mich ja so!" Kreischte ich ins Telefon. „Ja Jerry ist auch ganz aus dem Häuschen!" Ich muss an diesem Punkt sagen das meine beste Freundin Lucy, meinen besten Freund Jeremy geheiratet hat. Es war eine kleine Hochzeit im kleinen Rahmen. Nur Familie und Trauzeugen. Ich war Lucys Trauzeugin. Sie sah traumhaft aus. Das Kleid war cremefarbend und mit Spitze besetzt. Sie hatte einen kurzen Schleier. Jerry hatte einen grauen Anzug an und sah sehr stattlich aus. „Hörst du mir zu? Wir kommen Morgen Abend um dich zu besuchen!" Lucy und Jerry sind nach New York gezogen und deswegen sahen wir uns nicht so oft. „Oh Lu, ich kann es gar nicht mehr abwarten dich endlich wieder zu sehen." „Und ich erst!" Kicherte sie. „Ok Lee, sei schon lieb und halt die Ohren steif. Bis Morgen!" „Ja bis Morgen." Ich legte den Hörer auf und lächelte. „Klopf klopf? Ich bin Zuhause!" Tyrone kam in die Küche und sah mein lächeln. „Ok, nach deinem Gesicht zu urteilen hast du im Lotto gewonnen!" Scherzte er. Ich ging auf ihn zu und gab ihn einen Kuss. „Nein da liegst du total falsch, „er schaute mich prüfend an. „Lucy und Jeremy kommen uns Morgen Abend besuchen!" Er grinste, „das ist aber schön!" Sagte er mit einem frechen Grinsen. Ich zog eine Augenbraue hoch und schaute ihn genau an. „Jetzt sag nicht du wusstest das schon?" Er hob die Hände und schaute mich an, „klar ich habe sie ja auch eingeladen!" Jetzt klappte mir der Mund auf. „Aha." Stammelte ich nur. „Und warum? Gibt es was besonderes?" „Darf ich deine Freunde nicht einfach so mal einladen?" Er schaute mich beleidigt an. „Ja doch, aber! Ach egal ich freu mich einfach." Den Rest des Tages verbrachte ich damit das Haus auf Vordermann zu bringen und das Gästezimmer vorzubereiten. Als alles blitzte und blinkte setzte ich mich mit einem Seufzer auf einen Küchenstuhl. Tyrone schaute mich an. „Was??" Ich schaute ihn böse an. „Bist du jetzt fertig mit deinem Putzwahn?" Ich nickte „Ja alles fertig warum?" Er kam auf mich zu und zog mich in seine Arme. „Weil du mir heute noch gar kein richtige Kuss gegeben hast!" Ich schlang meine Arme um seinen Hals und schaute ihn frech an. „Ohhh, dann muss ich das mal ganz schnell nachholen!" Und da lagen seine Lippen schon auf meine. Wie jedes mal wenn er mich küsste flogen tausend

Schmetterlinge in meinem Bauch herum und mir wurde ganz schwindelig. Ob das je aufhört fragte ich mich. Nach einer weile löste ich mich Widerwillens aus seiner Umarmung. „So, ich werde jetzt mal unter die Dusche hüpfen und ich hoffe das dann unser Bett schon angewärmt ist!" Ich zwinkerte ihn zu und er kicherte. „Aye aye Madam!" Und schon rannte er die Treppen rauf. Ich beeilte mich damit ich schnell ins Bett kam wo er schon auf mich wartete. Ich hüpfte schnell unter die Bettdecke und kuschelte mich an ihm. Es dauerte ewig bis ich einschlief, ich freute mich so endlich meine Freundin wieder zu sehen.

-29-

Am nächsten Morgen überraschte Tyrone mich mit Frühstück im Bett. „Guten Morgen Schlafmütze, wenn du noch weiter schläfst verpasst du noch die Ankunft deiner Freundin." Tyrone grinste mich frech an als er das sagte. Schlagartig war ich hell wach und sprang aus dem Bett. Und rannte schon Richtung Bad als er mir hinterher rief: „He was ist den mit deinem Frühstück?" Langsam kam ich zurück und lächelte verlegen. „Guten Morgen Schatz, wie spät ist es eigentlich? Haben wir noch genug Zeit zum frühstücken?" Er lachte. „Mach dir keine Sorgen, du hast noch 5 Stunden Zeit bis das Flugzeug landet." Ich schaute ihn böse an. „Und deswegen machst du jetzt so ein Stress?" Er hob abwehrend die Hände, „du bist die jenige die einen Spurt ins Bad gemacht hat nicht ich!" Jetzt schaute ich verlegen auf den Boden und nahm mir ein Brötchen. „Ok, du hast gewonnen. Lass uns jetzt was essen und dann machen wir uns in Ruhe fertig." Ich betonte das Wort Ruhe und schaute ihn dabei an, aber er verkniff sich nur ein lachen und nickte. Als wir fertig gegessen hatten nahm Tyrone das Tablett mit runter in die Küche und ich ging ins Bad um mich fertig zu machen. Ich putzte mir die Zähne wusch mein Gesicht und kämpfte mit meinen Haaren die mal wieder nicht das machten was ich wollte. Ich gab es auf und steckte die Seiten mit einer Klammer zusammen. Danach ging ich zurück ins Schlafzimmer um mich anzuziehen. Als ich fertig war, ging ich runter um zu sehen ob ich Tyrone noch helfen konnte. Aber er war schon fertig mit allem. „Oh, du hast schon alles weggeräumt!" Er drehte sich zu mir um und nahm ich in den Arm und gab mir einen Kuss. „Klar, ich habe mich extra beeilt damit ich noch was von dir habe bevor Lucy dich in Anspruch nimmt!" Er schaute mich an und lächelte. Warum bekam ich nach so einer langen Zeit immer noch so Herz rasen wenn er mich so anschaut? Ich liebte den Glanz in seinen Augen wenn er mich ansah die kleine Fältchen an den Augen wenn er lächelte. Das ist die Liebe die wo ich glaubte die es nur im Märchen gab. Nach einer Zeit ließ er mich los und sagte: „So dann mach ich mich auch mal fertig!" Ich nickte. Bis zum Flughafen war es ja noch eine gute Strecke mit dem Auto zu fahren. Als Tyrone die Treppe wieder runter kam, war ich schon ganz nervös und trat immer abwechselt mit dem linken und den rechten Fuß auf. Er kam auf mich zu und legte mir eine Hand auf die Schulter. „Lee, beruhig dich. Du bist ja schlimmer wie ein Kind an Weihnachten!" Ich wurde rot und lachte. „Ha du hast ja recht, ich benehme mich albern. Ich verspreche dir das ich mich jetzt zusammen reiße." Er gab mir ein Kuss auf die Stirn und nahm mich an der Hand und wir gingen gemeinsam zum Auto. Wir stiegen ein und schon ging es los. Die Fahrt zog sich hin, aber desto näher wir zum Flughafen kamen wuchs meine Nervosität wieder. Tyrone merkte es und legte eine Hand auf mein Knie. „Immer mit der ruhe Schatz, warum bist du nur so aufgeregt?" Ich schaute ihn böse an, „weil ich meine beste Freundin das letzte mal vor einem Jahr auf ihrer Hochzeit gesehen habe und sonst nur telefoniert haben, deswegen." Das kam eine Spur zu trotzig rüber, den Tyrone verkniff sich ein Lachen. Als wir am Flughafen ankamen, stellten wir das Auto ab und liefen zum Schalter wo Lucy und Jeremy ankommen sollten. Ich trat wieder von einem Fuß auf den anderen. Ich blieb erst stehen als ich folgendes hörte: „Der Flug aus New York ist soeben gelandet!" Ich stellte mich auf Zehenspitzen um besser sehen zu können aber die Türen waren noch zu. „Hach, wie lange dauert das denn noch?" Murmelte ich. „Ich sag ja wie ein Kind an Weihnachten!" „Umpf!" Machte ich nur und stupste ihn in die Seite. Dann endlich gingen die Türen auf. Ich sah die beiden nicht sofort, aber ich hörte sie. „Lee!!!!" Lucy kam mit offenen Armen auf mich zu gerannt. Ich rannte ihr entgegen und wir umarmten uns feste. „Oh Lu, schön dich wieder zu sehen!" Kreischte ich. „Lee ich bin auch so froh dich endlich wieder zu sehen, Tyrone hat uns ja eingeladen wegen…." Tyrone räusperte sich. „Naja ich meine, ach ist ja egal Hauptsache wir sind jetzt da!" Ich zog eine Augenbraue hoch, was wollte Lucy mir sagen? Was geht hier schon wieder vor? „Was wolltest du mir sagen?" „Ach nicht so wichtig, komm las uns die Koffer holen Jerry!" Lucy plapperte wie verrückt was alles in der Zeit nach der Hochzeit so passiert war. Ich hörte aufmerksam zu weil ich hoffte das sie sich vielleicht doch noch mal verplapperte. Aber als wir im Auto saßen und auf dem Heimweg waren hatte ich die Hoffnung aufgegeben. Ich zeigte Lucy und Jerry wo sie schliefen. „Du Lee? Willst du dich nicht umziehen?" Jetzt verstand ich gar nichts mehr, „umziehen?

Wofür?" Sie kicherte. „Komm ich helfe dir." Sie zog mich ins
Schlafzimmer und riss mein Schrank auf. Sie wühle bestimmt 10
Minuten bis sie was fand. Sie zog ein grünes Sommerkleid raus. „So
zieh das an," ich schaute sie fragen an. „Und warum?" „Tu es einfach!"
Sie grinste mich an. „Ok Lu, was führst du im Schilde?" Ich zog eine
Augenbraue hoch und verschränkte die Arme vor der Brust. „Ich gar
nichts!" Kicherte sie. Ich zog das Kleid an, weil sie ja sonst keine Ruhe
gegeben hätte. Als ich ein Poltern draußen hörte. „Was war das?" Ich
war schon auf dem Weg zum Fenster. Aber Lucy stellte sich vor mir
hin und schob mich wieder Richtung Tür. „Ach das war gar nichts!"
Murmelte sie und schob mich raus. „Lu, wenn du mir nicht gleich sagst
was du vorhast werd ich noch wahnsinnig!" „Ich sag nichts!" Sie
kicherte hinter meinen Rücken bis sie auf einmal rief: „Wir sind fertig!"
Sie schob mich die Treppen runter, wo waren Tyrone und Jeremy? Vor
der Haustür hielten wir an. „So, jetzt bekommst du eine Augenbinde!"
Ich schaute sie fragend an, aber bevor ich etwas sagen konnte, hatte sie
mir schon ein Tuch vor meine Augen gebunden. „Lu, was geht hier
vor?" „Das wirst du gleich sehen!" Kicherte sie. Sie öffnete die Tür und
führte mich ganz langsam raus. Habe ich da nicht jemanden gehört?
Und warum muss ich eine Augenbinde tragen wenn es sowieso schon
dunkel draußen ist? Wenn das ein Scherz sein sollte dann kann Lucy
was erleben dachte ich mir im stillen. Plötzlich hielten wir an und Lucy
fragte: „Na fertig?" „Öhm, ja!" Antwortete ich. Sie nahm mir das Tuch
ab und ich blinzelte. Aber was war das? Ich muss träumen! Da stand
Tyrone in einem Meer aus Kerzen mit einer Rose in der Hand. Mein
Mund klappte auf ich hatte vergessen zu atmen. Tyrone streckte eine
Hand nach mir aus. Ich nahm sie und er zog mich zu sich hin. Ich
schaute ihn nur fragend an und hatte vergessen wie man den Mund
bewegt um etwas zu sagen. Tyrone freute sich über meine
Sprachlosigkeit den er lächelte. „Mein Schatz," begann er. „Wir sind
jetzt 3 Jahre zusammen und ich war in meinem Leben noch nie so
glücklich. Du bist die Frau ohne die ich mir mein Leben nicht mehr
vorstelle kann!" Ich hielt die Luft an. War es jetzt das was ich denke?
Tyrone schaute mir tief in die Augen und machte plötzlich einen
Kniefall. Atmen dachte ich! Er holte ein schwarzes samt Kästchen aus

seiner Hosentasche und öffnete den Deckel. „Aileen, möchtest du meine Frau werden?" Als ich den Inhalt sah, wurde mir schwindelig. Es war ein schmaler Silberring, oben war ein Diamant eingearbeitet der die form eines Herzen hatte. Er funkelte im Kerzenschein. Ich merkte wie mir die Tränen aufstiegen und an der Wange runter liefen. Bis ich meine Sprache endlich wieder gefunden hatte. „Ja ich will!" Schlurzte ich und warf mich in seine Arme. Lucy und Jeremy klatschten. Tyrone nahm den Ring und steckte ihn mir an den Finger. Er lächelte und nahm mich fest in seine Arme und flüsterte: „Ich liebe dich!" „Ich dich auch!" Schniefte ich und der Kuss der darauf folgte war atemberaubend. Nach einer Zeit kamen Lucy und Jeremy um uns zu gratulieren. Lucy hatte Tränen in den Augen. „Oh, das war ja so Romantisch!" Flüsterte sie und nahm mich in den Arm. Nachdem Lucy mich los gelassen hatte nahm mich Jeremy in den Arm. „Na da sind wir ja dann fast alle unter der Haube." Lachte er. Wir stimmten alle in sein Lachen ein. „So Tyrone, wann soll der Termin sein? Hast du dir da auch schon Gedanken gemacht?" Er grinste. „Klar hab ich das, wenn Aileen nichts dagegen hat wollte ich es in 2 Monaten machen!" Jetzt schaute ich ihn erschrocken an. „In 2 Monaten? Aber wie sollen wir das den alles organisieren?" Jetzt lachte er schon wieder. „Das überlass mal mir, Lucy wird dir helfen und ich kümmere mich um alles andere." „Ja!" Kreischte Lucy, „du wirst ein tolles Kleid bekommen." Ah da hatten wir es wieder, Lucy in ihrem Element. „Lu, hast du was dagegen wenn ich Emma auch mitnehme? Weil sie ist ja so was wie meine Ersatz Mutter gewesen!" Sie nickte, „na logisch sicher kommt sie mit! Dann ruf sie mal schnell an um ihr zu sagen das wir Morgen los gehen!" Mitten im Lauf hielt ich inne und drehte mich zu ihr um. „Morgen schon? Aber das Kleid brauchen wir doch erst in 2 Monaten hat das nicht Zeit?" Jetzt schaute sie mich böse an. „Also wirklich meine liebe, willst du etwa ein Kleid von der Stange? Du sollst doch ein Kleid bekommen was zu dir passt!" Ich gab mich geschlagen und ging zum Telefon um Emma und Paul die freudige Nachricht zu überbringen. Emma war ganz außer sich und willigte sofort ein am nächsten Tag mit zu kommen. Sie wusste auch schon genau in welchen Laden wir gehen mussten. Warum wunderte mich das nicht! Als ich auflegte stand

Tyrone hinter mir und strahlte mich an. Er streichelte mir mit seinem Handrücken über meine Wange. Ich schloss die Augen und genoss diese leichte Berührung. Als ich ihn wieder anschaute sagte ich: „Glaubst du das wir das wirklich alles schaffen in 2 Monaten?" Er nickte. „Klar überlass alles mir, vertrau mir." Ich kuschelte mich an seine Brust und seufzte. „Ich vertraue dir!"

„**D**as ist doch nicht euer erst?" Rief ich als Lucy, Emma und ich an einem Geschäft stehen blieben. „Jetzt stell dich nicht so an, na los komm jetzt." Sagte Lucy und zog mir am Arm. „Liebes, das ist das beste Brautmoden Geschäft weit und breit." Emma konnte sich ein lächeln nicht verkneifen. „Umpf....." Machte ich nur und schon stand ich mitten im Geschäft. „Guten Tag die Damen!" Eine ältere Frau kam auf uns zu. „Was kann ich für sie tun?" Und da legte Lucy schon los. „Die junge Dame neben mir brauch ein Brautkleid, es muss bombastisch sein und wir brauchen es in 2 Monaten!" Die Frau schaute uns abwechselnd mit großen Augen an. „Ach ja? 2 Monate?" Jetzt lächelte sie. Ich fühlte mich überhaupt nicht wohl. „Haben sie den schon gewisse Vorstellungen?" Ich schüttelte den Kopf. „Mmh, ok dann kommt mal mit, wir werden da schon was finden!" Und schon war sie verschwunden. Ich schaute mich um und staunte. So viele Kleider habe ich noch nie gesehen und eins war schöner wie das andere. Wie soll ich mich nur da für eins entscheiden? Als die Frau wieder kam hatte sie ein Bandmass in der Hand. „So junge Dame einmal bitte mit mir mitkommen." Ich folgte ihr. „So einmal bitte hier rein und bis auf die Unterwäsche ausziehen ich muss einmal deine Körper Proportionen messen." Ich tat was sie sagte und sie fing an den Beinen an und weiter bis sie an den Armen aufhörte. „So, das war es erstmal. Also ich würde ein weißes Kleid nehmen für sie Schulter frei, sie haben so schöne schmale Schultern, die kann man ruhig zeigen. Mmh. Eine Schleppe, ja etwas verspielt vielleicht, die schöne grüne Augen und die Locken noch dazu...... ach, ich zeig mal ein paar und sie sagen mir was ihnen gefällt und was nicht." Ich nickte wieder und schon war sie verschwunden. Etwa nach 3 Stunden und 30 Kleidern schrie Lucy auf. „Emma, Emma schau das ist es!" Emma kam angerannt und brach sofort in Tränen aus. „Ja Lucy du hast recht. Das ist bezaubernd!" Ich hatte mir nie die Kleider richtig angeschaut, aber jetzt wo die beiden vor mir standen und mich mit leuchtenden Augen anschauten, schaute ich auch mal in den Spiegel. Und was ich da sah, verschlag auch mir die Sprache. Das Kleid war aus weißen Satin, Ton in Ton Stickerrein mit Perlen besetzt zieren die lange Schleppe. Die

Korsage war als Neckholder gearbeitet. Auch diese war mir Perlen und Stickerrein besetzt. Am Rücken hatte sie Zierknöpfe der Rock war sehr weit geschnitten aber umschmeichelte meine Figur. Die Verkäuferin brachte mir noch passend dazu weiße Satin Handschuhe und eine Schleier der am Steißbein endete. Emma hörte gar nicht mehr auf zu weinen und Lucy klatschte in die Hände. „Aileen, das musst du nehmen, Tyrone verschlägt es die Sprache wenn er dich sieht!" Ich grinste und nickte. „Ja, das nehme ich auch." Wir kauften noch passende Schuhe und andere Accessoires. Wir bezahlten das Kleid und legten es ins Auto als Emma sagte: „Las uns mal dort zum Friseur gehen, mal sehen ob sie was mit deinen Haaren machen können!" Ich musste lachen als ich daran dachte wie ich immer vor meinem Spiegel stand und kämpfte. Aber wir fanden ein Friseur der sich meine Haare annahm. Er zeigte mir verschiedene Hochsteckfrisuren, bis wir eine fanden die mir gefiel. Sie war nicht ganz so klassisch, weil der Friseur meinte das man meine Locken nicht verstecken sollte. Er gab mir noch ein paar Infos was ich mir kaufen sollte als Haarschmuck und machte einen Termin zur Probe. Emma und Lucy wollten auch dabei sein. Als wir endlich alles hatten, war ich total k.o. Ich wollte nur noch nach Hause und duschen. Als wir im Auto saßen, lehnte ich mich zurück und holte tief Luft. „Alles ok mit dir?" Lucy drehte sich zu mir um, ich hatte hinten Platz genommen und wollte meine Gedanken sammeln. Ich nickte, „ja Lu alles in Ordnung, bin nur sehr müde und ich habe das Gefühl als ob mein Kopf gleich platzt." Sie kicherte. „Ja das ist echt schon ganz schön viel was du da jetzt verarbeiten musst. Aber glaub mir, das hast du alles vergessen wenn du ja gesagt hast und weist das er endlich dir alleine gehört!" Sie zwinkerte mir zu. Ich lächelte und nickte nur. Die fahrt nach hause kam mir ewig vor, aber als ich mein Haus sah, konnte ich es gar nicht abwarten auszusteigen und Tyrone alles zu erklären. Der Wagen hielt an und ich hatte meine Hand schon am Türgriff als Lucy sich nochmals umdrehte und mich ernst anschaute. „So, du erwähnst nicht eine Silbe von dem was wir heute gemacht haben, geschweige denn wie dein Kleid und alles andere aussieht. Es soll ihn richtig umhauen in 2 Monaten verstanden?" Ich schaute sie mit großen Augen an und nickte. „Ok ok schon gut ich werde ihm nichts erzählen!" Jetzt lächelte sie wieder und nickte mir zu . Als ich ausstieg, verabschiedete ich mich von Emma und ging mit Lucy rein. Jerry kam uns sofort entgegen und nahm Lucy in den Arm, „na habt ihr einen schönen Tag gehabt?" Lucy strahlte! „Und wie! Aber ich erzähle dir alles oben komm mit! Gute Nacht Lee!" „Gute Nacht ihr zwei." Und schon waren sie auf der Treppe verschwunden. Wo Tyrone wohl steckte? Ich schaute in der Küche nach, aber da war er nicht. Ich zuckte mit den Schultern und ging ins Bad. Die heiße Dusche tat so gut. Ich trocknete mich danach schnell ab und zog mein altes schlaf Shirt an. Als ich im Schlafzimmer ankam saß Tyrone auf dem Bett und schaute mich mit müden Augen an. „Oh, du siehst aus als ob du genau so einen stressigen Tag hinter dir gebracht hast wie ich!" Scherzte ich. Er grinste und winkte mich zu sich. Ich setzte mich zu ihm und er begann zu erzählen. „Ich war mit Chloe unterwegs ich glaube in 15 Läden oder so. Sie hatte immer was zu meckern. Und sie hat mir strickt verboten auch nur ein klitzekleines bisschen dir zu verraten." Er schaute mich an und ich lachte auf. „Ha, ja das kenn ich. Ich darf auch nichts verraten." Er schüttelte den Kopf. „Ach komm lass und schlafen gehen, wer weiß was die Morgen mit uns wieder vor haben!" Ich kicherte und ich legte mich in seinen Arm und wir schliefen sehr schnell ein.

31

Am nächsten Morgen wurden Tyrone und ich förmlich aus dem Bett geschmissen. Lucy stand vor der Tür und hämmerte dagegen. "Wenn ihr beide jetzt nicht sofort da raus kommt, dann werde ich reinkommen und euch holen!" Ich seufzte. Tyrone lachte, "sag lieber was, bevor sie die Tür einhaut!" "Lu, gib uns 5 Minuten dann kommen wir runter!" Rief ich Richtung Tür. "Ok, aber nicht länger." Und schon hörte ich wie sie die Treppen runter ging. Ich ließ mich in mein Kissen zurück fallen und schloss die Augen. Als ich sie wieder aufmachte hatte Tyrone sein Gesicht direkt über mir und schaute mich mit leuchtenden Augen an. „Denk daran, wir haben nur 5 Minuten!" Scherzte ich. „Lucy meint es erst!" Er verdrehte die Augen. „Man wird ja mal noch seiner Verlobten einen guten Morgen Kuss geben dürfen!" Verlobte! Mmh wie das klingt! Ich konnte mir ein lächeln nicht verkneifen. „Na dann komm her und hole dir einen Kuss!" Das ließ er sich nicht 2 mal sagen. Kurz bevor unser Lippen sich trafen hörten wir Lucy schon von unten rufen: „Ihr habt noch 2 Minuten!" Mit einem stöhnen lösten wir uns aus unserer Umarmung und standen auf. „Alte Nervensäge;" murmelte ich. So wie wir waren gingen wir die Treppe runter und staunten. Die beiden hatten schon Frühstück gemacht. „Ich dachte schon ihr kommt gar nicht mehr! Los hinsetzen und frühstücken ihr braucht heute eure Kraft." Wir setzten uns und Lucy gab uns jeder eine Tasse Kaffee. „Lu, was steht den heute auf dem Plan? Haben wir nicht gestern alles erledigt?" Fragte ich. „Sie schaute mich mit offenem Mund an. „Sag mal, du spinnst doch! Das war ja noch nicht mal die Hälfte von dem was wir noch alles besorgen müssen. Was glaubst du eigentlich was das wird? Du willst doch keine Nullachtfünfzehn Hochzeit, oder??" Ich grinste. „Also ich hatte da an Las Vegas gedacht nur Tyrone und ich!" Tyrone verkniff sich ein Lachen und Lucy schaute mich böse an. „Umpf, das wagst du nicht!" Knurrte sie. Ich prustete los. „Nein ich werde mich hüten!" Die nächsten 5 Wochen hatten Tyrone und ich kaum Zeit für einander, Lucy und Emma fanden immer noch was, was ich unbedingt brauchte und Chloe nahm Tyrone in die Mangel. So das wir förmlich am Abend todmüde ins Bett fielen.
Als wir eines Morgens aus dem Bett stiegen, schaute ich auf den

Kalender. „Du, es sind nur noch 2 Wochen bis zur Hochzeit! Wir haben aber noch keine Ringe!" Tyrone schaute mich erschrocken an. „Du hast recht, das haben wir ja in dem ganzen Stress total vergessen. Was hälst du davon wenn wir beide uns heute mal frei nehme und in der Stadt was essen? Nur wir beide! Dann können wir uns auch unsere Ringe aussuchen!" Meine Augen glänzten. „Oh das wäre einfach wundervoll!" Jubelte ich. Und so zogen wir uns an und gingen beide mit einem lächeln die Treppe runter. Lucy machte große Augen, „was habt ihr vor?" „Wir machen frei!" Riefen wir wie aus einem Mund. Lucy klappte der Mund auf, auch Chloe wechselte die Farbe. „Wie ihr macht frei?" „Ja, wir beide unternehmen mal was alleine, ohne Stress!" Lucy nickte nur und Tyrone nahm mich bei der Hand und wir gingen zur Tür hinaus. Die ganze Fahrt über alberten wir rum und freuten uns über unsere Freiheit. Als wir den Wagen geparkt hatten gingen wir zu einem Juwelier. Selbst das Ringe aussuchen war schon ein Akt für sich. Aber wir entschieden uns für 2 schlichte Ringe. Sie waren Silber mit einem zarten goldenen Rand auf beiden Seiten. Nur mein Ring hatte einen brillanten in der Mitte. Wir ließen noch unsere Namen und das Datum unserer Hochzeit eingravieren, bezahlten und Tyrone steckte sie ein. „So meine liebste jetzt gehen wir was essen!" Und so schlenderten wir durch die Stadt bis wir ein Restaurant gefunden hatten. Wir setzten uns rein und die Kellnerin kam auch schon mit der Speisekarte. „Guten Tag, möchten sie schon was trinken?" „Also ich hätte gerne eine Cola!" Sagte ich und schaute sie an. Sie nickte und notierte es auf einem kleinen Block. Jetzt schaute sie in Tyrones Richtung. „Für mich bitte auch." Mir entging nicht wie sie ihn mit einem lächeln anschaute. „Kommt sofort!" Sagte sie und zwinkerte ihm zu. Als sie sich umdrehte und außer sicht weite war, verschränkte ich meine Arme vor der Brust. Tyrone sah das und schaute von seiner Speisekarte hoch. „Schatz was ist los?" „Ach gar nichts!" Knurrte ich. Er zog eine Augenbraue hoch und musterte mich. „Na los raus mit der Sprache was bedrückt dich?" Aber zu einer Erklärung kam ich nicht, die Kellnerin war schon wieder da. „So, hier sind die Getränke. Habt ihr schon gewählt?" Und wieder zwinkerte sie Tyrone zu. Jetzt wusste Tyrone was ich hatte. „Schatz, hast du dir schon was ausgesucht? Oder brauchst du noch etwas Zeit?

Wissen sie meine Verlobte brauch immer etwas länger!" Ich sah wie die Kellnerin einen Schmollmund zog und zu mir rüber schaute. Ich nickte, „ich nehme die Spagetti in Tomaten Soße und du?" „Das nehme ich auch! Also 2 mal die Spagetti bitte!„ Er grinste. Die Kellnerin notierte das und schaute uns an. „Sonst noch etwas?" „Nein das wäre alles erstmal!" Und schon drehte sie sich um und ging in die Küche. „Schatz ich liebe es wenn du eifersüchtig wirst, dann bist du wie ein trotziges Kind!" Ich streckte ihn die Zunge raus und grinste. Nach etwa 15 Minuten kam dann auch schon unser Essen. Es schmeckte köstlich. Nach einer weile schaute ich zu ihm auf, „du sag mal! Wo feiern wir eigentlich die Hochzeit?" „Lass dich überraschen!" Sagte er nur. „Na toll! Gibt es eigentlich irgend etwas was ich vielleicht schon in voraus wissen darf?" Grummelte ich. Er nickte, „ ja natürlich! Ich werde auch da sein!" Ich verdrehte die Augen. „Ha ha, das will ich ja schwer hoffen!" Als wir mit dem Essen fertig waren, bezahlten wir und gingen aus dem Lokal. Es war noch viel zu früh um nach Hause zu gehen. Und so gingen wir noch Hand in Hand spazieren und unterhielten uns über alles mögliche nur nicht über die Hochzeit. Am nächsten Morgen war es mit der Ruhe vorbei. Lucy und Chloe hämmerten wie verrückt gegen die Schlafzimmertür. Ich zog mir die Bettdecke über den Kopf und stöhnte: „Hört das den nie auf?" Tyrone lachte, „doch wenn alles vorbei ist." Upf!" Das ist noch so lange hin!" Jetzt schaute er mich fragend an. „Du findest 2 Wochen noch lange hin?" Ich grinste und zwinkerte ihn zu, als auch schon die Tür aufflog und es mit der Gemütlichkeit vorbei war. Lucy zog mich förmlich aus dem Bett und Chloe schimpfte weil Tyrone sich im Bad versteckte. Aber die 2 Wochen vergingen im nu, ich hatte alle Probetermine beim Friseur hinter mir und das Kleid passte auch wie angegossen. Oh mein Gott, Morgen war es endlich soweit. Da wird aus Aileen Connelly, Aileen Callaghan. Allein bei dem Gedanke wurde mir ganz kribbelig. Lucy und Chloe bestanden darauf das Tyrone und ich uns erst am nächsten Morgen wieder sehen sollten. Das hieß die Nacht alleine einschlafen. „Oh mein Gott Lu, das schaffe ich nicht ich werde vor Nervosität kein Auge zumachen!" Und schaute auf die weiße Kleiderhülle an meinem Schrank. „Ach erzähl kein Mist, ich bin doch auch noch da!" Ich nickte leicht. „Ok ich werde Morgen mit dir zum Friseur Fahren und dir anschließend hier Zuhause in dein Kleid helfen. Paul wird dich dann um 15 Uhr abholen. Ich werde schon mal vorfahren und dafür sorgen das alle auf ihre Plätze sind. Und wie du es gewünscht hast wird dich Paul dann nach vorne zu Tyrone führen." (Ich wollte das Paul es macht weil er mir immer ein guter Vater Ersatz war.) Ich nickte schwach und umarmte meine Freundin. „Danke für alles! Du bist die beste Freundin die man sich vorstellen kann!" Sie schluckte. „Jetzt werde mal nicht sentimental ok?" Wir hatten beide Tränen in den Augen und mussten lachen. Dann war es an der Zeit schlafen zu gehen. „Versuch zu schlafen süße!" Sie gab mir ein Kuss auf die Wange und ich nickte und stieg ins Bett. Wie ich befürchtet hatte machte ich kein Auge zu. Und der Morgen des 18.10. Kam immer näher!

„**O**h mein Gott, Aileen! Wie siehst du denn aus? Hast du denn nicht geschlafen?" Lucy starte mich nur an. Ich zuckte nur mit den Schultern. „Es tut mir leid aber ich glaube ich bin erst um halb 3 eingeschlafen." Lucy und ich schauten gleichzeitig auf die Uhr. Diese zeigte gerade mal 9 Uhr an. „Upf, na dann mal los, ab unter die Dusche mit dir." Ich hatte nur 10 Minuten zum Duschen, Lucy bereitete schon mal alles vor, so das ich wenn wir wieder nach Hause kamen nur in das Kleid schlüpfen brauchte. „Aileen, komm schon, wir haben in einer halben Stunde den Friseurtermin!" Sie packte sich die Tüte mit dem Haarschmuck in die Handtasche und zog mich, mit dem Schleier überm Arm die Treppe runter. Wir kamen gerade noch rechtzeitig, der Friseur wartete schon auf uns. Wir setzten uns und da legte der Friseur auch schon los. Lucy bekam auch eine Hochsteckfrisur. Sie hatte sich für die Klassische Banane entschieden. Bei mir war es etwas verspielter. Meine Locken wurden erstmal gebändigt. Sie wurden auf große Lockenwickler aufgedreht, so das sie wie Korkenzieher fielen. Dann nahm er die rechte Seite und steckte sie so nach hinten weg das es von hinten aussah wie ein Fächer. Die vordere Partie, legte er in einer Welle, so das die linke Seite mir über die Schulter viel. Am höchsten Punkt der rechten Seite wurde mein Blumendiadem eingearbeitet. Die Blumen waren Schneeweiß mit je einen Brillanten in der Mitte. Der Schleier wurde am Hinterkopf befestigt. Zum Schluss das Make-up, sehr dezent gehalten. Das ganze dauerte 3 Stunden. Um 13 Uhr waren wir dann endlich wieder Zuhause und Lucy half mir in mein Kleid. Jetzt klopfte mir mein Herz bis zum Hals. „So Lee, meinst du ich kann dich mal für ein paar Minuten alleine lassen? Ich muss mir ja schließlich auch mein Kleid eben anziehen." Ich nickte schwach und merkte wie meine Knie anfingen zu zittern. Sie nahm meine Hand und drückte sie leicht. „Tief einatmen, ich bin gleich wieder da." Ich holte tief Luft, da rauschte sie auch schon aus dem Zimmer. Ich bewegte mich nicht einen Millimeter von der Stelle. Ich achtete nur auf mein Herzschlag und an das regelmäßige ein und aus atmen. Als unten die Haustür aufging schaute ich auf die Uhr, es war schon 15 Uhr. „Oh mein Gott, noch eine Stunde!" Flüsterte ich. Kurz danach kam auch schon Lucy wieder ins

Zimmer. Sie trug ein Silbernes Abendkleid, was eng am Körper anlag. „Oh Lu, du siehst super aus!" Sie schaute mich an und lächelte. „Du hast noch nicht ihn den Spiegel geschaut, stimmts" Ich schüttelte den Kopf. Als sie zu mir rüber kam, nahm sie mich bei der Hand und führte mich zu dem großen Wandspiegel. Ich schaute rein und machte große Augen. „Bin das wirklich ich?" Sie kicherte, „und jetzt sag das ich super aussehe neben dir!" Ich wurde aus meinen Gedanken gerissen als es oben an der Tür klopfte. „Darf ich reinkommen?" Hörte ich Paul fragen. „Na klar!" Antwortete Lucy. Paul machte die Tür auf und blieb mit offenen Mund im Türrahmen stehen. „Himmel, Aileen…. Kleines … du siehst bezaubernd aus!" Er kam langsam auf mich zu und umarmte mich vorsichtig. „Rick und Shannon wären so stolz auf dich!" Beim klang der Namen meiner Eltern kämpfte ich mit den Tränen. „Um Himmels willen, Lee nicht jetzt schon weinen!" Rief Lucy und tupfte mir die Tränen weg. „So ich werde dann schon mal losfahren. Paul du weißt was zu tun ist?" Paul nickte. „Gut, bis später." Und weg war sie. Jetzt drehte Paul sich um, „so nun zu uns. Darf ich bitten?" Er machte eine Verbeugung und reichte mir seinen Arm. Ich kicherte und harkte mich unter. Die Treppen waren der Horror. Ich hatte Angst mit der langen Schleppe hängen zubleiben und dann runter zu fallen. Als wir unten vor der Haustür stand atmete ich auf. „Puh, das hätten wir schon mal geschafft!" Paul nickte und machte sie auf. Ich konnte nicht anders als mit offenen Mund das anzustarren was dort stand. Eine Schneeweiße Kutsche mit 6 Schneeweißen Pferden. Ich stieß die Luft aus und war wieder kurz vor einem Tränen Ausbruch. Paul schaute mich besorgt an. „Gefällt es dir nicht?" Ich schüttelte mit den Kopf, „es…… es…… es ist wunderschön!" Hauchte ich. Paul strahlte und half mir in die Kutsche. Er saß vorne und lenkte die Pferde. Die Sonne stand schon sehr tief, es dauerte nicht mehr lange bis sie unterging. Ich schaute nach links und rechts und merkte das wir nicht zur Kirche fuhren. „Ähm Paul, das ist aber nicht der weg zur Kirche!" Er lächelte mir zu, „ich weiß!" Ich grübelte wo die Hochzeit noch stattfinden konnte, bis Paul vor einer alten Scheune anhielt. „So wir sind da!" Ich schaute mich um und wusste wo wir waren. „Oh, Paul wusstest du das Tyrone und ich uns hier das erste mal begegnet sind?" „Ach ehrlich?"

Antwortete Paul mit einem grinsen. „Du wusstest es richtig?" Er zuckte nur mit den Schultern, als Lucy auch schon angelaufen kam. Erst jetzt sah ich das ein großer roter Teppich um die Scheune rum ging. Lucy zupfte in der zwischen Zeit mein Kleid zurecht und legte den Schleier nach vorne. „So jetzt ist es soweit! Wie geht es dir?" „Gut!" Sagte ich eine spur zu hoch. Lucy lächelte. „Wenn es dich beruhigt, Tyrone ist auch schon sehr aufgeregt. Er hat mir Löcher in den Bauch gefragt wie du aussiehst! Aber ich habe nur gesagt das er abwarten soll und das du wunderschön aussiehst. Das hat ihn nur noch nervöser gemacht. Nun gut, wollen wir ihn nicht länger warten lassen. Ich sage John bescheid das er mit der Musik beginnen kann. Dann lauft ihr los!" Ich nickte und merkte wie meine Knie wieder anfingen zu zitterten. Lucy verschwand wieder und kurze Zeit später hörten wir auch schon die Musik. Ich nahm Pauls Arm und wir liefen los. Ich konzentrierte mich immer ein Bein vor das nächste zu setzten. Als wir um die letzte Ecke der Scheune traten setzte mein Herzschlag aus. Der Gang war mit großen Fackeln versehen und links und rechts standen weiße Stuhlreihen. Etwas abseits saß John an einem Piano welches ebenfalls weiß war. Am Ende des Ganges stand Tyrone in einem schwarzen Anzug, unter einem Rosenbogen. Und genau zur gleichen Zeit wie ich immer näher zu ihm kam, desto mehr ging die Sonne unter und tauchte den Himmel in einem leichten rosa. Ich erkannte diesen Platz wo Tyrone stand, hier haben wir uns das erste mal getroffen. Tyrone strahlte mich an und ich war froh als ich endlich bei ihm war. Als Zeichen des Vertrauens legte Paul meine Hand ihn Tyrones und ging dann zu Emma rüber die schon ihr 2. Taschentuch gebrauchte. Tyrone nahm meinen Schleier und legte ihn vorsichtig nah hinten und Küsste meine Stirn. „Ist es nicht faszinierend wenn sie unter geht?" Flüsterte er mir ins Ohr. Ich schaute ihn an und lächelte. Das waren die gleichen Worte, die er mir vor 3 Jahren an diesem Platz gesagt hatte. „Du siehst umwerfend aus!" Ich lief leicht rot an, „du aber auch!" Flüsterte ich zurück, als John dann aufhörte zu spielen und der Pfarrer mit der Zeremonie begann. Tyrone und ich konnten uns nur ansehen, bis der Pfarrer dann die entscheidende Frage stellte. „Tyrone ich beginne bei dir. Tyrone Callaghan, willst du die hier anwesende Aileen Connelly zu deiner Frau nehmen, sie lieben und ehren, in guten wie in schlechten Zeiten, bis das der Tot euch scheidet? So Antworte mit ja ich will!" Er schaute mich an und nahm meine Hand. „Ja ich will!" Der Pfarrer nickte. „Nun zu dir Aileen. Willst du Aileen Connelly, den hier anwesenden Tyrone Callaghan zu deinem Manne nehmen, ihn lieben und ehren, in guten wie in schlechten Zeiten, bis das der Tot euch scheidet? So Antworte mit ja ich will!" Eine Träne lief mir an der Wange runter als ich antwortete „ja ich will!" Wir steckten uns die Ringe an, als auch hier der Pfarrer nickte. „Da ihr meine Frage beide mit einem klaren ja beantwortet habt, erkläre ich euch hiermit zu Mann und Frau. Sie dürfen die Braut küssen!" Das ließ sich Tyrone nicht zwei mal sagen. Wir vergasen alles um uns herum, als wir uns aus unserm Kuss lösten, jubelten und klatschten alle Beifall. Und Paul versuchte Emma zu beruhigen. Der Pfarrer reichte mir die Hand, „Herzlichen Glückwunsch Miss Callaghan!" Ich grinste und nickte. Dann drehte er sich zu Tyrone um, um ihn zu gratulieren. Als der Pfarrer uns frei ließ kamen all unsere Freunde und Bekannte um uns zu gratulieren. Ich bemerkte jetzt erst wer alles da war. Selbst Ben und Andy aus New York waren da. „Aileen süße!" Ben stürmte auf mich zu. „Alle gute, du siehst wie ein Engel aus! Ach ich bin ja noch ganz außer mir." Jetzt reichte er auch Tyrone die Hand. „Das du mir ja gut auf meinen Engel aufpasst!" Tyrone nahm mich fest ihn den Arm, „Da kannst du dich darauf verlassen Ben." Ben nickte, „gut gut. Wo steckt den Andy wieder? Also für diesen Mann brauch man eine Leine. Bis später mal!" Ich musste kichern. „Ach die beiden sind so süß!" Als wir alle Glückwünsche entgegen genommen hatten, nahm Tyrone mich bei der Hand und führte mich zur Scheune wo in der Mitte eine Tanzfläche aufgebaut war. Lucy steckte meine Schleppe hinten fest, das ich mich besser bewegen konnte. „Miss Callaghan, darf ich um diesen Tanz bitten?" Tyrone verbeugte sich leicht. Ich kicherte und machte einen Knicks. „Es währe mir eine große ehre Mr Callaghan!" Und so begannen wir unser Hochzeitsfest. Wir feierten die ganze Nacht durch. Als die ersten Sonnenstrahlen am Himmel wieder zu sehen waren, kam Lucy zu uns rüber. „So ihr zwei, es wird Zeit!" Wir schauten sie fragend an. „Wofür?" „Das ist euer Hochzeitsgeschenk von uns allen!" Sie hielt uns einen großen Umschlag hin und Tyrone öffnete ihn. Als er ihn auspackte machte er große Augen. „Tyrone, was ist?" Lucy antwortete. „Die Koffer sind schon gepackt, ihr müsst euch nur umziehen und dann geht es los." Jetzt verstand ich nur noch Bahnhof. „Tyrone, wieso Koffer was steht da?" Er räusperte sich und sagte schließlich: „Unsere Freunde haben uns Flitterwochen geschenkt!" „Bitte was?" Mir blieb die Luft weg. „Und wohin?" Hauchte ich. Tyrone hielt mir den Brief hin und ich las. „Karibik? Das gibt es doch gar nicht!" „Ihr müsst euch beeilen, sonst verpasst ihr euer Flugzeug!" Sie schob Tyrone und mich schon Richtung Kutsche wo Paul schon auf uns wartete. „Ich habe euch Sachen rausgelegt die ihr zum Flug anziehen könnt, sie liegen im Gästezimmer. Und nun habt viel Spaß und genießt die 3 Wochen. Und wenn ihr wieder kommt will ich einen ausführlichen bericht!" Ich umarmte meine Freundin, „ach Lu du bist die beste." „Ja ja, los jetzt." Als wir los fuhren, winkten uns alle zum Abschied. Zuhause zogen wir uns rasch um und fuhren mit dem Taxi zum Flughafen. Wir kamen in letzter Minute noch an. Als wir dann auf unseren Plätzen saßen, starte ich auf meinen Ring. Tyrone bemerkte es. „Alles in Ordnung?" Fragte er besorgt. „Ja alles bestens. Ich kann es nur nicht glauben das wir jetzt für immer zusammen bleiben!" Er nahm mich ihn seinen Arm. „Glaub mir so schnell wirst du mich nicht mehr los!" Ich grinste, als die Stewardess uns unterbrach. „Miss Callaghan? Endschuldigung Miss Callaghan?" Tyrone grinste und stupste mich an weil ich nicht reagierte. „Was?" „Miss Callaghan," jetzt schaute ich sie an und wurde rot. „Oh, ach ja das bin ja jetzt ich!" Tyrone schüttelte sich vor lachen. „Miss ich soll ihn diesen Brief überreichen!" Ich stutzte und nahm ihn entgegen. „Danke!" Als ich den Brief öffnete, war dort eine Karte mit Glückwünschen und Unterschriften von all unseren Freunden drauf. „Was für eine schöne Erinnerung! Du wie lange fliegen wir eigentlich?" Tyrone zuckte mit den Schultern. „Keine Ahnung, vielleicht so ca 9 Stunden!" „Upf, so lange!" Stöhnte ich und legte meinen Kopf an seine Schulter. Er nahm meine Hand und streichelte mit dem Daumen über meinen Handrücken. Und so schliefen wir auch ein.

33

„Und, wie war es?" "Ach Lu, es war ein Traum! Danke noch mal für alles!" „Ach, hör schon auf, du machst mich ja ganz verlegen. Das hab ich doch gern gemacht." Die Flitterwochen waren leider schon vorbei und wie versprochen rief ich Lucy sofort an um ihr alles zu berichten was wir so erlebt haben. Ich fing an beim ersten Tag an. Als ich vom letzten Tag erzählte, schwärmte sie: „Oh, das klingt super! Ich glaube da muss ich mit Jerry auch mal hin!" „Ja Lu, das mach auch mal. So Tyrone schaut mich schon an, ich muss die Koffer noch auspacken und die Wäsche machen." „Ja ok, dann viel Spaß noch beim Wäsche waschen !" Kicherte Lucy und legte auf. „Ha ha!" Murmelte ich und legte ebenfalls den Hörer auf. Als ich mich umdrehte strahlte Tyrone mich an. „Was ist los?" Fragte ich. „Ich habe gerade unsere Post von Paul abgeholt." „Ja und?" „Ich habe vor der Hochzeit mit Dan gesprochen, du weißt ja der von der Feuerwehr!" Ich nickte schwach. „Sie wollen mich nun fest im Team haben, ist das nicht super?" Tyrone strahlte mich an und ich merkte wie mir die Farbe aus dem Gesicht wich. „Schatz was hast du denn ist dir nicht gut?" Tyrone schaute mich besorgt an. Ich schüttelte nur den Kopf. „Nein alles in Ordnung, es ist nur so das ich etwas Angst habe, das dir etwas passieren könnte!" Tyrone lachte, „ha aber Schatz was soll mir den passieren, ich mache das jetzt so lange und es ist mir noch nie was geschehen." Er kam zu mir rüber und nahm mich ihn den Arm. Ich seufzte. „Na gut wenn du das sagst, dann will ich dir mal glauben das das nicht so gefährlich ist." Er gab mir einen Kuss und nickte. „Glaub mir es wird nichts passieren." Und damit war das Gespräch beendet. Ich sortierte die Wäsche und begann zu waschen, aber mit meinen Gedanken war ich woanders. Ich hatte kein Gutes Gefühl bei der Sache. Wie damals als das mit meinen Eltern passierte. „Ach Aileen du bist albern!" Sagte ich zu mir selber und schob den Gedanken beiseite. Als ich am Abend todmüde auf mein Sofa viel, schaute mich Tyrone lange an. „Was?" Fragte ich, weil ich es nicht leiden konnte wenn man mich lange anschaute ohne etwas zu sagen. „Du willst nicht das ich bei der Feuerwehr anfange oder?" Ich zog die Luft ein, „Tyrone so ist das nicht. Ich weiß das das immer dein Traum war, aber ich habe Angst um dich! Ich will nicht das dir was zustößt, ich will dich nicht verlieren! Davor habe ich die meiste Angst!" Sagte ich und senkte den Kopf um meine Tränen zu verbergen. Tyrone kam zu mir rüber und nahm mich in den Arm. „Ach süße, du wirst mich nie verlieren das verspräche ich dir!" Ich nickte und kuschelte mich an seine Schulter. Am nächsten Tag ließ ich unsere Bilder entwickeln die wir auf der Hochzeit und in unseren Flitterwochen gemacht hatten. Als sie endlich fertig waren fuhr ich nach Hause und breitete sie auf dem Boden im Wohnzimmer aus um sie zu sortieren. Und in ein Album zu kleben, welche ich extra gekauft hatte. Als ich bei unserem Hochzeitsbild ankam schaute ich lange drauf. Wir strahlten beide um die Wette. Ich musste kichern, als da auch schon die Türe auf ging und Tyrone rein kam. „Was gibt es den zu lachen?" Aber da sah er auch schon die ganzen Bilder und setzte sich zu mir. Wir schauten uns alle Bilder genau an und erzählten uns was wir zu diesem Zeitpunkt dachten. Als Tyrone dann ein Bild aus dem Stapel zog und es genau ansah. „Warum hast du dieses Bild zwei mal?" Er schaute mich fragend an. Ich schaute ihn an und antwortete: „Ich habe diese Bilder doppelt weil ich es unseren Eltern geben wollte." Tyrone schaute mich lange an und nickte. „Und wie hast du das vor?" Darauf stand ich auf und holte 2 Bilderrahmen aus der Schublade. Ich legte die Bilder hinein und zeigte es ihm. Er nickte und stand ebenfalls auf. „Dann sollten wir sie ihnen bringen!" Und so machten wir uns auf dem Weg zum Friedhof. Als wir bei den Gräbern ankamen, nahm Tyrone einen Bilderrahmen und ging zum Grab meiner Eltern. „Mr und Mrs Connelly, ich danke ihnen das sie so eine bezaubernde Tochter haben! Ich werde gut auf sie aufpassen." Und da stellte er das Bild am Grabstein hin. Ich schaute ihn an und lächelte. Das andere Bild stellte ich auf das Grab von Tyrones Eltern. Ich legte meine Hand auf den Grabstein und schloss meine Augen. Nach ein paar Minuten schaute Tyrone mich an, „was hast du gemacht?" Ich lächelte ihn an. „Ich habe mich ebenfalls bei deinen Eltern bedankt!" Er grinste und nahm mich ihn den Arm. So standen wir noch eine ganze weile da und schauten auf die Bilder.

Es waren nun schon fast 2 Jahre seit der Hochzeit vergangen, und Tyrone kam jeden Abend gesund und munter nach Hause, wie auch an diesem. „Schatz ich bin wieder Zuhause!" Tyrone kam in die Küche wo ich auf einen Stuhl saß und mir den Bauch hielt. „Schatz? Was ist mit dir?" Fragte er mich besorgt. Ich schüttelte meinen Kopf. „Ich weiß es nicht, mir ist schon den ganzen Tag so komisch. Übergeben musste ich mich auch schon." „Hast du was falsches gegessen?" Ich zuckte nur mir den Schultern und sprang vom Stuhl auf und übergab mich im Waschbecken. „Am besten gehen wir sofort zum Arzt!" Sagte Tyrone und legte seine Hand auf meiner Schulter. „Nein…. Das ist bestimmt Morgen wieder weg. Habe bestimmt was falsches gegessen." Hustete ich. „Na gut aber wenn nicht gehen wir sofort zum Arzt!" Ich nickte wieder und ging ins Bad um mir die Zähne zu putzen. Ich fühlte mich elend. „Ich glaube ich werde mich was hin legen!" Sagte ich matt. Tyrone nickte und gab mir einen Kuss, ich schlurfte die Treppe Rauf und legte mich zusammen gerollt auf mein Bett. Was war nur los? Ich konnte mir absolut nicht erklären warum mir so übel war. Tyrone kam noch ein paar mal nach oben um zu sehen ob ich noch was brauchte, aber ich schlief schon tief und fest. Am nächsten Morgen ging es mir nicht besser. Tyrone bestand darauf das wir zum Arzt fuhren und ich willigte Zähne knirschend ein. Als wir beim Arzt ankamen, mussten wir noch im Wartezimmer Platz nehmen. Nach einer geschlagenen halben Stunde war ich an der Reihe. Er wollte alles wissen was ich gegessen hatte und wann es mit der Übelkeit anfing und so weiter. Er tastete auf meinen Bauch und wollte wissen ob mir irgend etwas weh tat. Ich schüttelte den Kopf. Er nickte und meinte das er nicht finden könnte und das er einen Kollegen fragen wolle. Jetzt wurde ich nervös. Was war nur los mit mir? Ängstlich schaute ich Tyrone an und er sah genau so beunruhigt aus. Als der Arzt dann aus dem Zimmer ging und nach 10 Minuten mit einem anderen Arzt rein kam. Der andere stellte sich als Dr. Robert Doyle vor. Ich gab ihn die Hand und dann ging die Fragerei von vorne los. Ich erzählte ihm das gleiche was ich auch schon vorher gesagt hatte. Nur das dieser Arzt anfing zu grinsen. Ich zog eine Augenbraue hoch und da stellte der Arzt mir eine bestimmte Frage.

„Miss Callaghan, wann hatten sie ihre letzte Periode?" Mein Mund blieb offen stehen und Tyrone schaute mich mit großen Augen an. Ich überlegte eine weile und sagte schließlich. „Vor acht Wochen glaub ich!" Der Arzt nickte und sagte das er mich gerne mal untersuchen wolle. Ich nickte schwach. Er drückte auf einen Knopf und sagte zu der Schwester das er jemanden brauch zur Blutabnahme. Es kam auch sofort eine. Als sie mir mein Blut abgenommen hatte, sagte der Arzt das sie es auf was testen sollte, aber ich verstand nun mal die Ärzte Sprache nicht. Die Schwester nickte und verschwand. „So Miss ich würde sie bitten noch mal im Wartezimmer Platz zu nehmen, wir müssen erst auf die Ergebnisse warten. Das dauert ca. 10 Minuten. Ich nickte wieder schwach, doch da hörte ich Tyrone sprechen. „Dr. Doyle ist es was schlimmes?" Der Arzt grinste, „nein ganz bestimmt nicht. Aber ich möchte auf Nummer sicher gehen bevor ich ihnen meine Vermutung mitteile." Tyrone nickte schwach und nahm mich bei der Hand. Die 10 Minuten kamen mir vor wie eine halbe Ewigkeit. Bis eine Schwester uns aufrief und uns ihn einen anderes Zimmer führte. Dort stand ein Gerät mit einem Monitor. Es war ein Ultraschall Gerät. Ich stieß die Luft aus. Tyrone war sofort zur stelle. „Schatz was ist? Ist dir wieder schlecht?" Ich schüttelte den Kopf und schaute ihn an. „Nein, ich glaube ich weiß was mit mir los ist!" Aber mehr konnte ich ihn nicht sagen da der Arzt wieder ins Zimmer kam. „So Miss, bitte legen sie ihren Bauch mal frei." Tyrone machte wieder große Augen und schaute mich fragend an. Ich tat was der Arzt mir sagte und legte mich auf den langen Tisch und machte meinen Bauch frei. Nun schaltete er den Monitor an und nahm ein kleines Gerät zur Hand, welches mit dem Monitor verbunden war. Er stellte alles ein und nahm eine durchsichtige Masse und schmierte sie auf mein Bauch. Ich zuckte, „ist das kalt!" Er lächelte. Jetzt nahm er das kleine Gerät und legte es auf meinen Bauch. Er wanderte hin und her, rauf und runter, bis er schließlich sagte: „Aha, da haben wir es ja!" Tyrone kam sofort zu mir rüber und legte mir eine Hand auf die Schulter. „Was Dr. Doyle?" Der Arzt drehte sich zu uns um und lächelte. „Herzlichen Glückwunsch! Miss Callaghan, sie sind Schwanger!" Ich hielt die Luft an und Tyrone setzte sich auf einen freien Stuhl. Der Arzt setzte fort. „Sie sind laut

Ultraschall ca. in der 6. Woche." Jetzt stand Tyrone wieder auf und schaute mich an er hatte Tränen in den Augen, „oh Schatz das ist ja so wunderbar!" Er gab mir einen Kuss und wir schauten beide auf den Monitor. Ich sah nur drei kleine Punkte, einer davon ging immer an und aus. „Dr. Doyle? Was ist das für ein blinkender Punk?" Er schaute auf den Monitor und grinste. „Das Miss, ist das Herz ihres Kindes. Das Herz ist das erste Organ im Körper des Kindes." Ich nickte und musste weinen vor Glück. Der Arzt gab uns ein Bild von den 3 kleinen Punkten mit nach Hause. Vorne an der Rezeption bekam ich von der Schwester meinen Mutterpass, denn ich jetzt immer bei mir führen musste. Ich machte noch einen Termin und Tyrone und ich gingen Händchenhaltend und Freudestrahlend nach Hause. Wir waren überglücklich, aber das Schicksal wollte es anders. Ich war jetzt im 4. Monat und wir waren gerade dabei das Kinderzimmer einzurichten als Tyrone mich lange ansah. „Was hast du?" Ich schaute ihn fragend an. Er holte tief Luft. „Dan hat mich gestern angerufen!" „Ja und?" Ich wusste nicht was er mir damit sagen wollte. „Ich habe doch mit ihm um eine Versetzung gesprochen, so das ich immer bei dir sein kann und mit dir zu den Arzt Terminen gehen kann!" Ich nickte leicht. „Er kann mich nicht Versetzen es ist kein Platz für mich frei, erst in 3 Monaten, dann geht Ronny ihn Rente." Ich nickte wieder. „Schatz, es sind nur noch 3 Monate dann bin ich hier bei dir und dem Baby!" Er streichelte sanft über meinen Bauch der nun leicht gewölbt war. Ich nickte wieder und schaute ihn an. „Tyrone, du weist das ich totale Angst um dich habe wenn du im Einsatz bist!" Er nickte. Ich seufzte. „Wann musst du wieder los?" „Morgen früh!" Flüsterte er. Ich nickte nur und ging aus dem Zimmer und setzte mich draußen auf die Veranda. Ich schaute Gedanken verloren aufs Meer, als Tyrone sich neben mir setzte. „Aileen ich liebe dich! Und ich habe dir versprochen das mir nichts passiert! Ich werde jeden Abend zu dir zurück kommen. Du hast mein Wort." Und damit war das Gespräch beendet. Der Morgen kam und meine Angst wurde immer größer. Tyrone drehte sich an der Tür zu mir um und nahm mich ganz fest in den Arm. „Pass gut auf dich und dem Baby auf, ich liebe dich!" Ich schaute ihn an und sagte: „Ich liebe dich auch und du bist auch vorsichtig ja?" Er nickte und gab mir einen

Kuss. Dann ging er um sein Motorrad zu holen. Er winkte und hauchte mir noch einen Luftkuss zu, dann war er auch schon weg. Ich stand da und hatte wieder dieses schreckliche Gefühl in den Knochen. Ich beschloss Lucy in New York anzurufen. Sie war leider nicht da, nur der Anrufbeantworter ging an. „Hallo Lu, ich bin es! Wenn du mal Zeit hast, kannst du mich ja anrufen!" Danach legte ich auf. Ich ging in das ehemalige Gästezimmer, was nun als Kinderzimmer diente. Ich setzte mich in den Schaukelstuhl, der am Fenster stand, und versuchte meine Nervosität zu bändigen. Die Stunden vergingen, aber weder Lucy noch Tyrone riefen an. Selbst das Baby merkte das ich sehr nervös war, es stupste leicht gegen meinen Bauch. Ich legte meine Hand auf die stelle und sagte leise: „Ich weiß, ich habe nur sehr viel Angst das etwas passiert, aber du hast recht. Er hat ja gesagt das ich gut auf dich aufpassen soll und wenn ich so nervöse bin, geht das nicht!" Ich beschloss erstmal ein Bad zu nehmen um mich zu entspannen. Es half auch ein wenig. Danach setzte ich mich vor dem Fernseher um meine Lieblingssendung zu schauen, dabei schlief ich wohl ein. Das läuten vom Telefon weckte mich. Ich schaute verschlafen auf die Uhr. Und war sofort hellwach. Es war schon nach 23 Uhr und Tyrone war noch nicht da. Er hatte immer um 21 Uhr Dienstschluss, ich sprang vom Sofa und rannte zum Telefon. „Hallo?" Sagte ich mit zittriger Stimme. „Aileen?" „Dan bist du das?" „Ja ich bin es, wie geht es dir?" Fragte er mich mit matter Stimme. „Was ist passiert?" Mir blieb die Luft weg, ich legte meine freie Hand auf meinen Bauch, ich wusste das etwas nicht stimmte, Dan hat noch nie um diese Uhrzeit angerufen wenn Tyrone noch nicht Zuhause war. „Es gab einen Brand in einem Hochhaus, es sollte evakuiert werden," begann er. „Wir hatten alle Leute draußen als Tyrone noch ein Kind im 4. Stock sah. Er ist sofort losgerannt um es zu holen, wir wollten ihn aufhalten aber er war einfach zu schnell. Er gab uns über Funk bescheid das wir das Sprungtuch bereit halten sollten. Wir hatten es gerade bereit als wir ihn auch schon mit dem Kind sahen. Er gab uns ein Zeichen und das Kind sprang. Ich sagte dann das er auch springen soll, er wollte gerade springen als ein Balken von der Decke stürzte und ihn traf. Die Funkverbindung brach ab……" Ich stützte mich an der Wand ab und unterdrückte meine

Tränen. „Nein, oh Gott bitte nein!" Flüsterte ich. Dan fuhr fort. „Ronny schrie das wir ihn da raus holen müssen und so ist er mit einem Kollegen rein und wir brachten das Feuer unter Kontrolle. Die Sanitäter waren auch schon da und kümmerten sich um die verletzten. Wir lauschten den Funkkontakt, bis wir Ronny hörten. Ich habe ihn, wir kommen jetzt raus. Ronny trug ihn über der Schulter, er war bewusstlos. Die Sanitäter kümmerten sich sofort um ihn und brachten ihn ins Krankenhaus!" „Dan, wie geht es ihn?" Schlurzte ich. „Er schwebt ihn Lebensgefahr!" Ich keuchte, „Dan sagte mir noch in welchen Krankenhaus er liegt und dann legte er auf. Ich setzte mich auf den Fußboden und weinte. Als erneut das Telefon klingelte. Gedanken verloren nahm ich ab. „H ….H …..Hallo?" „Um Himmels willen, Lee was ist passiert?" Lucy war besorgt. „Tyrone…" Keuchte ich. Ich erzählte ihr kurz was Dan mir erzählt hatte. Sie versprach mir sofort den nächsten Flieger zu nehmen. „Und Lee, versuche ruhig zu bleiben, denk an das Baby!" „Ich werde es versuchen." Flüsterte ich. Ich legte auf und rief mir ein Taxi. Als ich am Krankenhaus ankam, ging ich zur Information. „Guten Abend Miss, was kann ich so spät noch für sie tun?" „Tyrone Callaghan? Wo ist er?" Sie schaute mich besorgt an und schaute im Computer nach. „Er ist auf intensiv, sie können nicht da hin!" Aber das hörte ich schon nicht mehr, ich rannte den langen Flur endlang und blieb an der großen Türe stehen. Ich schellte und ein Feuerwehrmann machte die Tür auf. „Sie müssen Aileen sein!" Ich nickte. „Wo ist Tyrone?" Er nickte und ging mit mir den Flur endlang. Er sprach mit dem Oberarzt und er kam auf mich zu. „Miss Callaghan?" „Ja das bin ich, wie geht es meinem Mann?" Mir wurde total schwindelig und der Feuerwehrmann hielt mich fest. „Miss er ist außer Lebensgefahr, aber durch seiner starken Kopfverletzung ist er ins Koma gefallen!" „Aber was heißt das?" Tränen liefen mir über die Wange. „Wir wissen leider nicht wann er aufwacht Miss!" Das war zu viel für mich. Mir wurde übel und ich weinte ihn den Armen des fremden Feuerwehrmannes. Er versuchte mich zu beruhigen und schaffte es auch nach einer weile. „Es tut mir leid!" Sagte ich verlegen. Er lächelte, „schon gut. Ich bin Ronny!" „Du hast ihn gerettet!" Er schaute mich an, „das hätte jeder für ihn getan!" Ich nickte und stand auf. Ich ging zum Arzt. „Endschuldigung!" Der Arzt drehte sich zu mir um. „Darf ich zu meinem Mann?" Der Arzt nickte, „hier endlang bitte!" Er führte mich bis zum Ende des Ganges und führte mich in ein steriles Zimmer. Dort musste ich Mundschutz und so was anziehen. Als ich fertig war, öffnete er die zweite Tür und da sah ich ihn. Er hatte lauter Kabel und Schläuche an sich. Der Anblick verschlug mir die Sprache. Ich merkte das mir die Tränen wieder in die Augen traten. Langsam ging ich durch den Raum und stand nun an seinem Bett. Sein Gesicht war noch mit Russ bedeckt. Ich nahm ein Taschentuch und versuchte es vorsichtig abzuwischen. „Oh Tyrone," ich legte meinen Kopf auf seiner Brust und weinte. Als der Arzt wieder kam, sagte er zu mir: „Miss sie können jeder Zeit wieder kommen!" Ich nickte. „Kann er mich eigentlich hören oder merkt er das ich hier bin?" „Ja Miss, das spürt er!" Ich nickte wieder und drehte mich noch mal um. „Ich liebe dich, ich werde Morgen nach dem Arzt Termin wieder kommen. Bis Morgen!" Ich gab ihn einen Kuss, doch er bewegte sich nicht. Und so verlies ich das Zimmer und fuhr nach Hause. Ich ging Duschen und versuchte zu schlafen.

-35-

Am nächsten Morgen fühlte ich mich wie gerädert. Ich hatte glaub ich nur 3 Stunden Geschlafen. Ich frühstückte und packte ein paar Sachen für Tyrone zusammen. Danach machte ich mich auf den Weg zum Frauenarzt. Als ich dort ankam, schaute mich die Schwester besorgt an. „Miss Callaghan, ist mit ihnen alles in Ordnung?" Ich schüttelte nur mit den Kopf und ging in das Behandlungszimmer. Dr. Doyle schaute mich genauso besorgt an. „Miss ist alles in Ordnung?" Und da brach ich wieder in Tränen aus und erzählte von Tyrone. „Ach du liebe Güte. Das ist ja furchtbar, ich drücke ihnen die Daumen das er schnell wieder wach wird!" Er nahm meine Hand und ich bedankte mich bei ihm. Er untersuchte mich und war sehr zufrieden. „So dann wollen wir mal schauen was es wird oder?" Er schaute mich an und ich nickte schwach. Er machte einen Ultraschall. „Aha, da haben wir es ja, Miss, es wird ein Mädchen." Ich strahlte. „Das muss ich Tyrone sofort erzählen. Dr. Doyle, können sie mir zwei Bilder geben? Ich würde gerne eins bei Tyrone lassen." Er nickte und gab mir die Bilder. „So dann in 4 Wochen wieder, es sei den es ist irgendetwas!" Ich nickte und machte mit der Schwester vorne einen Termin. Vom Arzt aus fuhr ich sofort zum Krankenhaus. Diesmal brauchte ich keinen Mundschutz. Ich betrat das Zimmer und Tyrone lag noch genau so wie ich ihn verlassen hatte. Ich nahm den großen Stuhl aus der Ecke und stellte ihn direkt vor seinem Bett. Ich packte die Tasche aus, ich hatte das Hochzeitsbild von uns mitgebracht und sein Lieblings Buch. Und da fing ich an zu erzählen. „Schatz, ich war heute beim Frauenarzt, wir bekommen ein kleines Mädchen, ist das nicht toll?" Ich schaute zu ihm rüber aber er rührte sich nicht. Ich erzählte weiter. „Ich habe dir sogar ein Bild von ihr mitgebracht. Ich habe dir auch dein Lieblingsbuch mitgebracht, wenn du magst kann ich dir ja vorlesen?" Ich schaute ihn wieder an, aber er bewegte sich nicht. Nur die Brust bewegte sich leicht rauf und runter und das piepsen der Herztöne war zu hören. Da merkte ich eine kleine Bewegung im Bauch. „Huch, da will dir auch jemand hallo sagen. Sie hat sich gerade bewegt." Es klopfte an der Tür und eine Schwester sagte: „Miss Callaghan, draußen steht eine Miss Melone und will sie sprechen." „Danke ich komme sofort. Schatz ich bin sofort wieder da, ich gehe nur mal eben Lucy begrüßen." Ich stand auf und ging raus auf dem Flur wo Lucy mir entgegen gerannt kam. „Oh Lee, ich habe gerade mit der Schwester gesprochen. Das ist ja furchtbar." Wir umarmten uns und sie schaute mich an. „Wie geht es dir?" Ich zuckte mit den Schultern. „Geht so, habe Tyrone gerade gesagt das er Vater von einer Tochter wird." Ich streichelte liebevoll über meinen Bauch. „Das ist ja mal eine erfreuliche Nachricht!" Ich zeigte ihr das Ultraschallbild und erklärte ihr wo was war. Sie zog eine Augenbraue hoch und schaute mich an. „Also sei mir nicht böse, aber ich sehe nur Punkte darauf!" Ich musste lachen und das tat gut. Als der Arzt kam um Tyrone zu untersuchen ging ich zu ihm rüber und stellte ihn eine Frage. „Dr. Braun darf meine Freundin auch in das Zimmer?" Er holte tief Luft, „also normalerweise darf ich es nicht zulassen, aber ich werde ihn ihrem Zustand mal eine Ausnahme machen!" „Danke!" Und so gingen wir gemeinsam zu Tyrone rein. Der Arzt schaute sich die Werte der Geräte an und überprüfte alles. Dann schaute er mich an und schüttelte den Kopf. „Alles unverändert!" Ich nickte und er ging zur Tür raus. „Schatz ich habe Besuch mitgebracht, Lucy ist da!" Ich schaute sie an und Lucy wusste nicht so recht was sie machen sollte. Aber sie antwortete: „Hi Tyrone!" Jetzt schaute sie mich wieder an und ich erzählte weiter. „Sie bleibt eine weile und hilft mir Zuhause, ich muss in 4 Wochen wieder zum Frauenarzt.." Ich schaute wieder zu ihm rüber. Aber wieder nichts. Ich seufzte. „So, Lucy und ich werden dann mal gehen. Ich werde Morgen wieder kommen, ich liebe dich!" Ich gab ihn wieder einen Kuss und verließ dann mit Lucy zusammen den Raum. Sie schaute mich an und nahm mich bei der Hand. „Lee er kommt schon wieder zu sich, er ist ein starker Mann!" Ich schaute sie an und eine Träne kullerte mir an der Wange runter. „Ich hoffe du hast recht!" Wir fuhren zu mir nach Hause und Lucy schaute sich das Kinderzimmer an. „Oh wie süß, Lee das ist echt super schön! Das kleine Mädchen wird sich hier bestimmt wohl fühlen!" Ich lächelte und streichelte mir wieder den Bauch. Lucy schlief auf dem Sofa und ich oben im Schlafzimmer. Ich wollte erst das sie oben Schläft aber das wollte sie nicht. Und so lag ich wieder hell wach auf meinem Bett und betete zu Gott das Tyrone bald wieder wach wird. „Ich vermisse dich so sehr! Bitte komm zu mir zurück!" Flüsterte ich und kuschelte mich in sein Kissen und schlief nach langem hin und her drehen dann doch ein.

„**A**ileen, du musst was essen! Denk doch mal an das Baby und Tyrone
hat auch nichts von dir wenn du in den Hungerstreik gehst!" Lucy
redete mit Engelszungen weil ich mein Brot nur hin und her schob.
„Ich weiß Lu, aber ich habe keinen Hunger! Ich habe so viele
Gedanken in meinem Kopf, ich habe wahnsinnige Angst das Tyrone es
nicht schafft und nie wieder aufwacht." Lucy kam zu mir rüber und
nahm mich in den Arm. „Süße, so etwas darfst du nicht denken hörst
du?" Ich nickte. „So und nun isst du dein Brot und dann fährst du
Tyrone besuchen!" Ich schaute sie fragend an. „Und du?" Sie grinste.
„Ich werde Hausputz machen!" Ich wollte ihr gerade widersprechen, als
sie mir ihren Zeigefinger auf den Mund legte. „Scht, keine Widerrede!"
Ich grinste und nickte. „Ja auf was wartest du noch? Los, du musst dich
fertig machen!" Sie schob mich Richtung Treppe. Ich ging ins Bad und
als ich dort fertig war zog ich mich an. Ich ging die Treppen wieder
runter und bedanke mich noch mal bei Lucy das sie da war. Sie
schüttelte nur den Kopf und sagte: „Ach ist doch selbstverständlich! So
und nun gehe und grüß Tyrone von mir." "Ja mach ich!" Und da stieg
ich schon ins Taxi. Als ich am Krankenhaus ankam, sah ich Ronny am
Eingang stehen. „Guten Morgen Ronny!" Rief ich. Er drehte sich um
und lächelte. „Guten Morgen Aileen, wie geht es?" Er schaute mich
prüfend an. „Tja sagen wir mal den umständen entsprechend!" Und
tätschelte meinen Bauch. „Warst du schon bei Tyrone?" Er nickte. „Ja,
war ich, aber der Arzt lässt mich nicht zu ihm rein, nur Familie! Aber er
hat mich über seinen Zustand informiert!" Ich schaute ihn fragend an.
„Und was hat er gesagt?" Er schüttelte den Kopf, „unverändert!" Ich
seufzte. „Na gut, dann werde ich jetzt mal zu ihm gehen." Ronny
klopfte mir leicht auf die Schulter und ging! Ich holte tief Luft und ging
dann zu Tyrone ins Zimmer. Eine Schwester wollte ihn gerade das
Gesicht waschen, als sie mich bemerkte. „Guten Morgen Miss!"
„Guten Morgen, darf ich das machen?" Die Schwester nickte und
reichte mir die Schüssel und den Schwamm. „Danke!" Sie lächelte und
verschwand. Ich ging zu Tyrone und gab ihn einen Kuss. „Guten
Morgen Schatz, ich bin wieder da. Ich werde dir jetzt mal dein Gesicht
waschen." Und so begann ich ganz vorsichtig an der Stirn. Ich lies mir

viel Zeit dabei. Als die Schwester erneut kam war ich gerade fertig. „Ach wie schön, sie sind fertig. Ja so ist es besser. Ich werde sie jetzt wieder alleine lassen, wenn sie was brauchen sagen sie mir bescheid Miss!" Ich nickte und schon war sie wieder verschwunden. „Jetzt sind wir wieder alleine. Ich hoffe ich finde gleich alles wieder wenn ich nach Hause komme, Lucy macht gerade Hausputz bei uns. Ich soll dich auch schön grüßen von ihr." Ich schaute ihn an, doch er bewegte sich nicht. „Ach Tyrone, du hast mir versprochen das dir nichts passiert!" Und schon legte ich meinen Kopf auf seiner Schulter und fing wieder an zu weinen. Als ich mich nach einer weile wieder beruhigt hatte, merkte ich wie das Baby wieder anfing zu treten. „Oh, das Baby ist wieder sehr aktiv," Ich legte ich ganz vorsichtig neben Tyrone und legte seine Hand auf meinem Bauch. „Spürst du wie sie tritt? Sie ist ganz schön kräftig!" Ich schaute in seinem Gesicht doch es war keine Regung zu sehen. Ich schloss meine Augen und so blieb ich liegen und war froh ihn Tyrones nähe zu sein. „Miss Callaghan?" Ich öffnete die Augen und Dr. Braun schaute mich an. „Oh, bin ich etwa eingeschlafen?" Der Arzt lächelte, „ja das sind sie. Ist alles in Ordnung?" „Ja mir geht es gut!" Sagte ich. Ich stand langsam auf. „Sie müssen bestimmt ihre Untersuchungen machen!" Er nickte und so begann er alles zu kontrollieren. „Mmh, das ist ja merkwürdig!" Ich schaute erschrocken auf. „Was ist merkwürdig?" „Miss ich muss sie fragen wann sie sich neben ihrem Mann gelegt haben!" Ich machte große Augen und überlegte. „Oh, das muss vor ungefähr 20 Minuten gewesen sein, warum?" Er lächelte. „Das ist wunderbar, er zeigte auf das EKG. „Ihr Mann fühlt ihre nähe, genau als sie sich neben ihm gelegt haben begann sein Herz etwas schneller zu schlagen. Das ist ein gutes Zeichen!" Ich konnte ein lächeln nicht unterdrücken. „Das heißt er wird bald wach?" Jubelte ich. „Das kann ich ihnen nicht sagen, aber er kämpft, und das ist ein gutes Zeichen!" Ich drehte mich zu Tyrone um und streichelte seine Hand. „Gib nicht auf liebster, du schaffst das schon ich bin bei dir!" Und das war der Ansporn den ich brauchte. Ich fuhr jeden Tag zum Krankenhaus. Ich redete mit ihm, oder laß ihm die Zeitung vor. Erzählte ihm von Chloe und Evan was Paul und Emma so machten und das auch jeden Tag seine Kollegen von der Feuerwehr anriefen um sich zu erkundigen wie es ich ginge. Aber sein Zustand blieb unverändert. Ich gab nicht auf. „Schatz, Morgen komme ich etwas später. Ich muss wieder zum Frauenarzt, die 4 Wochen sind mal wieder um!" Mein Bauch wurde langsam immer runder und das Baby immer aktiver. Dr. Doyle war sehr zufrieden mit mir. Er sagte das es dem Baby gut geht und sich normal entwickelt. „Also ich kann nichts auffälliges entdecken, dem kleinen Mädchen geht es super!" Er zeigte auf dem Monitor des Ultraschall Gerätes. Ich sah kleine Händchen und Füßchen, dann drehte sie sich um und zeigte uns ihren kleinen Popo. Ich musste Lachen. „Wenn Tyrone das nur sehen könnte!" Flüsterte ich und blinzelte meine Tränen weg. Dr. Doyle schaute mich an. „Das wird er!" Ich schaute fragen zu ihm auf. „Ich habe alles im Computer gespeichert, wenn er wach wird mache ich ihnen alles auf einer Cd fertig und er kann es sich anschauen." Jetzt weinte ich richtig. „Oh das ist ja so lieb von ihnen!" Schlurzte ich und warf mich ihn seine Arme. Er räusperte sich. „Äh ja, das mache ich doch gerne!" Ich machte dann vorne einen Termin für in 4 Wochen und fuhr zu Krankenhaus. Als ich dort ankam ging ich grinsend durch die Tür, doch was ich da sah verschlag mir die Sprache. Alle Ärzte und Schwestern rannten wie von einer Tarantel gestochen aus Tyrones Zimmer und wieder Rein. Ich sah Evan ihn einer Ecke sitzen und rannte zu ihm. „Evan, was ist hier los?" Evan schaute mich traurig an. Und klopfte mit einer Hand auf den Stuhl neben sich. Ich setzte mich und schaute gebend zu ihm hin. „Tyrone hatte einen Krampfanfall! Die Ärzte versuchen ihn wieder ruhig zu stellen!" Ich schlug mir eine Hand vor den Mund um ein Schrei zu unterdrücken. „Miss Callaghan!" Ich sah wie Dr. Braun auf mich zu rannte. Ich schaute Ängstlich in seine Richtung. „Miss, wir brauchen sie, vielleicht bekommen sie ihn ruhig." Ich nickte und ging mit ihm ins Zimmer. Als ich in das Zimmer trat unterdrückte ich einen Aufschrei. Dort lag er und zitterte am ganzen Körper; so das das ganze Bett wackelte. Ich überlegte nicht lange und rannte zu ihm rüber. „Tyrone liebster, ich bin hier! Es wird alles gut. Ich war heute bei der vorsorge und Dr. Doyle meint das es unserem kleinen Mädchen sehr gut geht…" Tyrones Zittern lies ein wenig nach und Dr. Braun ermutigte mich weiter zu sprechen. "… sie ist genau so wie ein 5 Monate alter Fötus sein muss.

Ich habe ihre Bewegungen auf dem Ultraschall gesehen, sie hat so winzige Füßchen und Händchen. Der Arzt meinte wenn du wieder fit bist macht er dir alles auf einer Cd fertig und dann kannst du dir das auch alles anschauen. Nur dafür musst du bald wach werden." Das zittern war weg und sein Puls ging wieder normal. Dr. Braun zeigte mit dem Daumen nach oben und ich nickte. Von dem Tag an wich ich Tyrone nicht mehr von der Seite. Ich schlief im Krankenhaus, die Schwestern brachten mir ein extra Bett und ich verließ das Krankenhaus nur um zu meinen Vorsorgeterminen zu gehen. Tyrone bekam keine Krampfanfälle mehr aber sein Zustand wurde auch nicht besser. Wochen vergingen und meine Angst wurde immer größer.

37

Ich war nun schon im 8. Monat, mein Bauch war schon richtig rund. Ich saß wie jeden Tag an Tyrones Bett und laß aus seinem Lieblings Buch vor. Ich hielt dabei seine Hand, als ich einen Druck an meiner Hand spürte. Ich hörte auf zu lesen und starte auf meine Hand. Und da sah ich es, Tyrone bewegte seine Finger. Ich drückte sofort auf die Schelle um eine Schwester zu holen. Diese kam auch sofort angerannt. „Miss ist alle in Ordnung mit ihnen?" Ich nickte. „Holen sie schnell Dr. Braun, ich glaube Tyrone bewegt sich. Sie machte große Augen und rannte los. „Tyrone liebster, kannst du mich hören?" Wieder ein leichter Druck an meiner Hand. Da ging auch schon die Tür auf und der Arzt kam herein. „Ist das war? Hat er sich bewegt?" Ich zeigte auf meine Hand und genau ihn diesem Moment bewegte Tyrone seinen Daumen. Dr. Doyles Augen strahlten. Er kontrollierte gerade die Geräte als ich was hörte. Ich drehte mich um und sah wie Tyrone seine Lippen bewegte. Ich hielt den Atem an. „A….." Ein flüstern, ich ging näher ran um ihn besser zu verstehen. „Aileen?" Tränen liefen mir übers Gesicht. „Ich bin hier mein Schatz!" Wieder ein flüstern. „……geht Baby?" Verstand ich nur. „Oh Tyrone dem Baby geht es gut!" Ein zartes lächeln war zu sehen. Und dann war wieder Ruhe. Ich schaute ängstlich zu Dr. Doyle der mich aufmunterte noch mehr zu sagen. „Tyrone? Kannst du mich hören? Komm bitte wieder zu mir zurück!" Und da schüttelte mich ein Weinkrampf. Ich legte meinen Kopf auf seien Schulter und weinte. „Nicht weinen….." Hörte ich Tyrone flüstern. Ich schaute wieder hoch und da sah ich es. Er hatte die Augen geöffnet und schaute mich an. Wie hatte ich das vermisst! „Oh Tyrone! Du bist wach!" Dr. Doyle kam zu uns rüber und untersuchte Tyrone. Er stellte ihn ein paar Fragen und schaue ihm dabei in die Augen. „Mr. Callaghan, möchten sie etwas haben?" Er schaute mich an und sagte mit schwacher stimme: „Nein…. Ich habe alles was ich brauche!" Dabei nahm er meine Hand. Der Arzt nickte und ließ uns alleine. Tyrone schaute mich mit großen Augen an und strich sanft über meinen Bauch. „Wie lange war ich Bewusstlos?" Fragte er mit schwacher Stimme. „Fast 5 Monate!" Antwortete ich. Er zog eine Augenbraun hoch und rechnete. „Dann bist du jetzt im….!" Ich half ihm. „Im 8. Monat. Noch 4 Wochen dann kommt unser Mädchen!" Er schaute mich an. „Ein Mädchen?" Ich nickte. Jetzt schaute er mich traurig an. „Tyrone, was ist los?" Er schaute mich an und weinte. Ich hatte ihn noch nie so weinen gesehen. „Es tut mir so leid, was du meinetwegen alles durch gemacht hast! Ich konnte dich noch nicht mal zu den Vorsorgeterminen begleiten!" Ich nahm ihn in den Arm. "Schatz, beruhig dich bitte. Du sollst dich noch etwas schonen. Aber die Hauptsache ist doch das es dir schnell wieder besser geht und das du wieder bei mir bist." Er nickte schwach. Ich gab ihn einen Kuss, „so nun ruh dich noch ein bisschen aus damit wir schnell nach Hause fahren können." Er legte sich hin und ich deckte ihn zu. Ich gab ihn noch einen Kuss auf die Stirn und ging aus dem Zimmer. Ich ging nach draußen und holte tief Luft. Danach holte ich mein Handy raus und rief Evan an um ihn zu sagen das sein Bruder wieder wach sei. Evan konnte es nicht glauben und rief es Chloe zu die wie ich hörte anfing zu weinen. Danach rief ich bei der Feuerwehr an und Lucy, die wieder in New York war. Alle freuten sich mit mir. Als ich den letzten angerufen hatte und mein Handy wieder einsteckte hatte ich ein starkes Ziehen im Unterleib. Ich krümmte mich und atmete heftig ein und aus. Die Frau an der Information bemerkte das und kam zu mir rüber. „Miss, ist alles in Ordnung bei ihnen?" Ich holte tief Luft. „Mein Bauch tut so weh." Keuchte ich. Die Frau stützte mich und setzte mich auf einer Bank. Sie rief einen Arzt runter und Dr. Braun kam auf mich zu., Miss Callaghan, was ist mit ihnen?" „Mein Bauch…. Wie Magenkrämpfe….." Japste ich. Er wusste sofort was los war. „Miss, wie lange haben sie noch? Wann soll das Baby kommen?" „4 Wochen!" Keuchte ich. Er nickte wieder und brachte mich rauf aufs Zimmer. Er holte einen Facharzt für Geburten und dieser gab mir ein Mittel gegen Wehen. „Miss sie brauchen jetzt viel ruhe und keinen Anstrengungen mehr. Sonst kommt das Baby früher." Sagte der andere Arzt. Ich nickte und versprach jetzt vorsichtiger zu sein. Er nickte und verließ das Zimmer.

„**E**ndlich wieder Zuhause!" Tyrone wurde 1 Woche später aus dem Krankenhaus endlassen und hatte keine bleibenden Schäden davongetragen. Bei mir war soweit auch wieder alles in Ordnung. Er stellte seine Tasche im Flur ab und nahm mich fest in den Arm. Es waren nur noch 3 Wochen bis zur Geburt und ich musste jetzt regelmäßig zum Arzt zur Kontrolle da ich ja schon Wehen hatte. Und genau Heute war so ein Tag. „Aileen ich freue mich wahnsinnig jetzt endlich auch mal die Kleine auf dem Ultraschall zu sehen. Ich hatte ihm schon die ganzen Bilder gezeigt und er wurde immer nervöser. Wir wollten gerade aufbrechen als es an der Tür klopfte. Tyrone öffnete. „Hallo Dan!" Ein Arbeitskollege stand vor der Tür und schaute Tyrone an. „Hallo Tyrone, wie geht es dir?" Tyrone grinste. „Mir geht es gut! Danke. Was führt dich zu uns?" Dan räusperte sich. „Tyrone das ist mir unangenehm, aber wir wollen wissen wann du wieder einsatzfähig bist?" Ich wurde schneeweiß im Gesicht und zog vor Schreck die Luft ein. Tyrone drehte sich blitzschnell zu mir um aber ich winkte ab. „Mir geht es gut!" Flüsterte ich. Jetzt drehte sich Tyrone wieder zu Dan um. „Nun um genau zu sein, ich werde keinen Einsätze mehr machen. Ich habe schon mit dem Obermeister gesprochen, ich werde ab sofort nur noch Einsätze einteilen und annehmen. Ich habe nämlich bald eine Familie um die ich mich kümmern muss und da sind die Einsätze zu gefährlich!" Dabei nahm er mich in den Arm und ich lächelte zufrieden. Dan nickte und sagte: „Ja, das verstehe ich gut!" Er gab uns die Hand und ging. Jetzt schaute ich Tyrone an. Du wirst keine Einsätze mehr machen?" „Nein! Das was mir vor 5 Monaten passiert ist und das was du durchgemacht hast, das will ich dir nicht noch mal antun." Ich seufzte. „Ich liebe dich!" „Ich dich auch mein Schatz, ohne dich hätte ich es sehr wahrscheinlich nicht geschafft!" Ich war überglücklich. Und so machten wir uns auf den weg zum Arzt.

Tyrone starte wie gebannt auf den Monitor. „Schau mal da ist ja ein Füßchen!" Rief er und zeigte mit dem Finger drauf. Ich lächelte. Dr. Doyle hielt sein versprechen. Er zeigte Tyrone alles was er verpasst hatte und erklärte alles. Tyrone beobachtete und hörte genau zu was der Arzt ihm erzählte. Nach einer weile drehte er sich zu mir um und hatte Tränen in den Augen. „Schau mal, unsere Prinzessin!" Ich nickte. „Wir müssen uns noch einen Namen aussuchen!" Sagte ich aber er schaute wieder zum Monitor und verfolgte die Bewegungen des Babys. „Schau mal sie winkt uns zu! Und da lacht sie!" Es freute mich Tyrone so zu sehen. „So, es ist alles in Ordnung, dem Baby geht es gut. Aber sie müssen sich trotzdem noch schonen!" Ich nickte. Wir machten noch einen Termin und dann gingen Tyrone und ich nach Hause. Als wir Zuhause ankamen, setzte ich mich vor meinen Computer und suchte im Internett nach Namen. Ich laß ungefähr 100 Namen vor doch immer wieder schüttelte Tyrone den Kopf. Wir wollten uns nicht einig werden. „Na das kann ja noch heiter werden!" Murmelte ich. Wir diskutierten noch eine ganze weile, als ich es an der Tür Klopfen hörte. Ich ging hin um sie zu öffnen. „Oh, guten Abend Dr. Braun! Was führt sie zu uns?" Er schaute mich an und antwortete: „Ich wollte mich nur mal nach erkundigen wie es ihnen und ihren Mann geht." Ich lächelte. „Das ist aber nett, kommen sie doch bitte rein!" Und so machte ich den weg frei das er eintreten konnte. „Danke!" „Tyrone, komm doch bitte mal. Dr. Braun ist hier!" Rief ich. Und da hörte ich auch schon Schritte auf der Treppe. „Guten Abend Dr. Braun! Was führt sie zu uns?" Tyrone ging auf den Arzt zu um ihn die Hand zu reichen. „Hallo! Ich wollte nur mal sehen ob alles ihn Ordnung ist oder ob sie einen Rückschlag hatten." Tyrone schmunzelte. „Nein wie sie sehen geht es mir hervorragend!" Dabei nahm er mich in den Arm. Dr. Braun lächelte. „Ja, das sehe ich. Nun wissen sie, es ist ja wirklich ein Wunder das sie noch am Leben sind. Normaler weise wachen Patienten nach 5 Monate in Koma nicht wieder auf. Aber sie haben so eine starke Frau, die ihnen da rausgeholfen hat!" Jetzt schaute er zu mir und ich wurde ein wenig rot. „Ja, das habe ich wirklich. Aber ich glaube so tief im Unterbewusstsein habe ich sie immer in meiner Nähe gespürt!" Dr.

Braun machte große Augen. „Das ist ja interessant. Können sie mir mehr darüber erzählen?" Tyrone nickte. „Aber klar doch. Nach dem Unfall, dachte ich erst, so das war es. Ich wusste nicht wie viel Zeit vergangen war, aber ich hatte immer das Gefühl nicht alleine zu sein. Ich wusste nicht ob ich mir das immer alles einbildete oder ob ich Aileen wirklich gehört hatte. Und dann wollte ich es wissen und kämpfte gegen die Müdigkeit an. Und als ich die Augen öffnete, sah ich sie!" Er drückte mich etwas fester an sich. „Und da war ich mir sicher das sie bei mir war!" Dr. Braun hörte gespannt zu. „Das ist unglaublich! Sie haben wirklich Glück gehabt." „Ja, das hatte ich. Und hätte ich von Anfang an auf meine Frau gehört, wäre das nie passiert." Ich seufzte. Dann drehte der Arzt sich zu mir um. „Und wie geht es ihnen?" „Gut danke! Dr. Doyle meint das das Baby wohl pünktlich kommt." Der Arzt nickte. „Das ist ja eine erfreuliche Nachricht. Na dann, würde ich sagen wir sehen uns dann bei der Geburt!" Tyrone und ich schauten uns an und lachten. „Ja das werden wir. Danke für ihren Besuch!" Dr. Braun winkte ab. „Ach das habe ich gern gemacht! Ich wünsche ihnen noch einen schönen Abend!" „Das wünschen wir ihnen auch. Und vielen dank noch mal!" Antwortete ich und brachte den Arzt zur Tür.

40

Drei Wochen waren jetzt um, und pünktlich setzten die Wehen ein. Ich saß gerade mit Tyrone am Frühstückstisch als ich einen heftigen Stich im Unterleib spürte. Ich holte tief Luft und hielt mir den Bauch. „Schatz? Ist alles in Ordnung?" Tyrone kam sofort zu mir rüber. „Ich … Ich glaube es geht los!" Keuchte ich. Tyrone stand auf einmal Kerzen gerade da und starte mich an. Als der Schmerz nachließ, schaute ich ihn an. „Ich glaube wir fahren besser ins Krankenhaus." Tyrone nickte nur und rannte die Treppe rauf um meine Tasche zu holen die im Schlafzimmer schon fertig gepackt stand. Es dauerte keine Minute da rannte er auch schon die Treppen wieder runter. Er half mir in meinen Mantel und dann ging es auch schon los. „Tyrone, du brauchst nicht so zu rasen, es wird wohl noch eine weile dauern bis das Baby kommt!" Tyrone war total angespannt, aber ließ sich etwas beruhigen. Als wir am Krankenhaus ankamen, rannte er los und schloss mich im Auto ein. Nach zwei Minuten kam er wieder raus und holte mich aus dem Auto. Verlegen schaute er auf den Boden. „Es tut mir leid, aber ich bin total nervös!" Ich schüttelte nur mit dem Kopf, als die nächste Wehe anfing. Ich krümmte mich und holte wieder tief Luft. Tyrone stand da und schaute sich Hilfe suchend um. Als auch dieser Schmerz nachließ, gingen wir zur Information. Tyrone redete aufgeregt auf die Frau an der Information ein. Diese schaute mich fragend an, und ich sagte nur: „Die Wehen haben eingesetzt." Und die Frau verstand. Sofort rief sie im Kreissaal an und es kamen zwei Schwestern um mich mit zu nehmen. Ich zog mir ein langes Shirt an und dann wurde ich an das CTG angeschlossen, um zu kontrollieren in welchen abschnitten die Wehen eintraten und wie der Herzschlag des Kindes war. Jede halbe Stunde wurde das CTG kontrolliert und ich wurde untersucht wie weit die Geburt vorgeschritten war. Tyrone saß neben mir und hielt meine Hand, und jedes mal wenn eine Wehe kam, drückte ich leicht zu und er atmete mit mir ein und aus. Die Schmerzen wurden von mal zu mal heftiger und in kürzeren abständen. Ich kam gar nicht richtig zum einatmen. Tyrone war schneeweiß im Gesicht. Als eine Schwester zu mir rein kam, um das CTG mal wieder zu kontrollieren, sagte Tyrone: „Schwester, haben sie nicht irgend etwas damit meine

Frau nicht so große Schmerzen hat?" Er klang total verzweifelt. Ich zischte nur zwischen einer Wehe, „schatz das schaffe ich schon!" Und die Schwester ging wieder aus dem Zimmer. „Aileen, ich kann dich nicht leiden sehen, mir tut das in der Seele weh dich so zu sehen! Und das ist alles meine Schult!" Ich schaute ihn böse an. „Jetzt red nicht so ein Blödsinn, andere Frauen haben es auch geschafft. Deine Mutter gleich 3 mal vergiss das nicht!" Er nickte. Nach geschlagenen 8 Stunden kam ein Arzt herein. Er untersuchte mich und schaute sich das CTG an. „Miss Callaghan, also in den 8 Stunden hat sich nicht viel getan, aber dem Baby geht es gut, wir würden gerne noch etwas warten ob sich noch was tut bei ihnen." Ich nickte nur und wurde wieder von einem starken Ziehen gepackt. Die Stunden vergingen, die Schwestern und der Arzt versuchten alles mögliche um die Geburt zu beschleunigen. Nach 15 Stunden hatte ich dann endlich einen Blasensprung. Die Schwester schaute sich das an und rief sofort einen Arzt. Der Arzt erklärte mir das das Fruchtwasser leicht grünlich war. Ich schaute ihn erschrocken an. „Nein Miss, sie brauchen sich keine Sorgen machen. Dem Baby geht es gut, aber es hat genau so viel Stress jetzt wie sie und da kann es schon mal passieren das das Fruchtwasser sich grünlich färbt. Nur da das Baby jetzt nicht mehr im Fruchtwasser ist, müssen wir jetzt genau kontrollieren was wir machen!" Wieder nickte ich. Ich schaute zu Tyrone, er sah aus als ob er jede Minute umfallen würde. „Tyrone, alles in Ordnung mit dir?" Er schaute mich an und nickte. „Mir geht es gut, ich hoffe nur das du es bald geschafft hast, es ist einfach schlimm für mich dich so leiden zu sehen!" Wir schaffen das schon sagte ich und da ging es auch schon wieder los. Nach geschlagenen 18 Stunden, sagte der Arzt dann zu mir: „Miss Callaghan, wir können nicht mehr warten. Wir müssen das Kind jetzt holen." Tyrone schaute den Arzt an. „Was bedeutet das?" "Wir müssen einen Kaiserschnitt machen!" Jetzt wurde Tyrone noch nervöser wie er eh schon war. „Wenn es nicht anders geht!" Antwortete ich. Er nickte und erzählte mir dann was alles gemacht wird und die Risiken. Aber da hörte ich nicht hin. Dann wollte er noch wissen ob ich schlafen möchte oder ob ich die Geburt mitbekommen wollte. Natürlich mit Betäubung. „Ich will nicht schlafen, ich habe jetzt so lange gekämpft, jetzt will ich sie auch sehen." Wieder nickte der Arzt und dann schoben sie mich auch schon in den OP. Der OP war schon vorbereitet. Sie schoben mich hinein und Tyrone musste sich noch umziehen. Als er wieder zu mir kam, konnte ich mir ein lachen nicht verkneifen. „Du siehst lustig aus!" Er schaute mich an und lachte mit. Er hatte ein grünes Häubchen auf einen grünen Mundschutz und einen grünen Kittel. Er sah aus als ob er die Geburt machen sollte. Dann kamen zwei Schwestern und hängten ein großes Tuch genau über meine Brust, so das ich meinen Bauch und Beine nicht mehr sehen konnte. Tyrone nahm links von mir Platz und hielt meine Hand die sie aus Sicherheits Gründen festgebunden hatten, da ich vor Aufregung anfing zu Zittern. Der Oberarzt kam rein und fing an. Ich merkte überhaupt nichts, erst als ich ein komisches saugen und dann ein Baby schreien hörte wurde ich ruhiger. Die Schwester kam auf uns zu mit einem kleinen Bündel. „Mr und Miss Callaghan, herzlichen Glückwunsch, hier ist ihr kleines Mädchen. Sie gab es Tyrone in den Arm und er schaute mich an und fing an zu weinen. „Sie ist so wunderschön!" Er hielt sie mir hin und ich schaute sie mir an, sie war so winzig. Da nahm die Schwester die kleine wieder um sie zur Untersuchung zu bringen. In der Zwischenzeit wurde ich genäht. Die andere Schwester schaute auf die Uhr. „Geboren am 5.2.2010 um 2.02 Uhr. Geburtsgewicht 3570 Gramm und 51 cm groß. Name......?" Sie schaute uns an, Tyrone zuckte mit den Schultern und ich antwortete: „Lea!" Tyrone nickte und so hatten wir endlich einen Namen für unser Baby. Als der Arzt fertig war mit nähen, wurde ich auf mein Zimmer gefahren. Dort wartete eine Schwester schon auf uns. Sie gab mir mein Baby auf den Arm und ich schaute sie mir genau an. Sie war so süß und lächelte mich an. Tyrone kam zu mir rüber und setzte sich zu mir aufs Bett. „Das ist das schönste Geschenk was du mir je hättest schenken können!" Sagte er und gab mir eine Kuss. Danach gab er dem Baby einen zarten Kuss auf die Stirn. „Miss, sie müssen sich noch etwas ausruhen, ich werde ihnen die kleine Morgen wieder bringen." Sagte die Schwester zu mir. Ich nickte und gab meiner Tochter noch einen Kuss. „Bis Morgen mein kleiner Engel!" Und da nahm die Schwester sie mir auch schon ab und legte sie in ihr Bettchen. "Tyrone, fahr du auch nach Hause und versuch etwas zu schlafen!" Tyrone schüttelte den Kopf. „Ich bleibe so lange bis du eingeschlafen bist!" Ich seufzte. „Wie du meinst!" Murmelte ich und da nahm er meine Hand und streichelte mit seinem Daumen über meinen Handrücken. Es dauerte nicht lange bis ich einschlief.

Am nächsten Tag brachte man mir meinen süßen Engel wieder. Und es kamen alle um sie zu sehen. Sogar meine Freunde aus New York waren da. „Och was ist die süß!" Lucy war außer sich. „Jerry schau doch mal!" Tyrone lachte und klopfte Jeremy auf die Schulter. „Tja Jerry, sieht fast so aus als ob ihr jetzt nachlegen müsst!" Jeremy schaute verlegen drein und Lucy strahlte. „Das haben wir schon! Ich war vor einer Woche beim Arzt. Ich bin in der 8 Woche!" Ich schaute meine Freundin an. „Warum hast du mir nichts gesagt?" Sie kicherte. „Ich glaube du hattest genug um die Ohren!" Ich schüttelte nur mit dem Kopf. „Du bist mir eine!" Dann schaute Tyrone mich an. „Aileen, wolltest du Lucy nicht noch was fragen?" Jetzt schaute sie mich gespannt an. „Ach ja, Lu, möchtest du die Patentante von Lea werden?" Ihre Augen leuchteten. „Oh Lee, sehr gerne!" Tyrone zwinkerte mir zu. „Wer wird den noch Pate?" Lucy schaute abwechselnd mich und Tyrone an. „Meine Schwester Chloe!" Antwortete Tyrone. „Oh wie schön, zwei Frauen!" Sie zwinkerte mir zu. „Keine Shoppingtouren!" Sagte ich mit versuchten strengen Blick. Und sie hob ihre Hände in die Luft, „was denkst du denn von mir!" Und da mussten alle lachen.

So, jetzt sitze ich hier auf meiner Veranda. Tyrone ist nach oben gegangen um ein Bad zu nehmen und die kleine Maus schläft in ihrem Bett. Tyrone hat sein versprechen gehalten und macht keine Einsätze mehr bei der Feuerwehr und wir sind glücklich so wie es jetzt ist. „Aileen, was machst du da?" Tyrone steht nur mit einem Handtuch um die Hüften gebunden vor mir. „Ich habe unsere Geschichte aufgeschrieben! Es soll nämlich jeder erfahren wie doll ich dich liebe!" Jetzt kommt er auf mich zu und sagt: „Das war einfach Schicksal würde ich sagen!"

ENDE

Herstellung und Verlag:
Books on Demand GmbH, Norderstedt
ISBN 978-3-8391-9927-5

-Danksagung-

Mein Dank gilt zuallererst an meine Familie, meinen Mann und meiner kleinen Tochter. Meine Eltern die immer für mich da sind. Meinen Bruder, Grosseltern und alle anderen. Danke das ihr an mich geglaubt und mich unterstützt habt das Buch fertig zu stellen. Ich bedanke mich auch bei BOD das ihr meinen Traum wahr werden lasst.